天子《てんし》ロミルの一日修行《いちにちしゅぎょう》

高藤吉伸《たかふじよしのぶ》

創英社／三省堂書店

プロローグ

兜率天《とそつてん》に安住《あんじゅう》する天子ロミルは、神仏の創造《そうぞう》した三次元の地球に於《お》いて、一日限定の修行を自《みずか》らに課《か》せ、その修行地として世界の中から飛騨《ひだ》高山盆地《たかやまぼんち》を厳選《げんせん》したのでございます。そして高山に在住《ざいじゅう》する豊島《としま》家に降臨《こうりん》し、その誕生から修行の終わるまでの喜怒哀楽《きどあいらく》を、一種の生業として記述して参ります。

✧兜率天《とそつてん》の事はエピローグを参照して下さいませ。

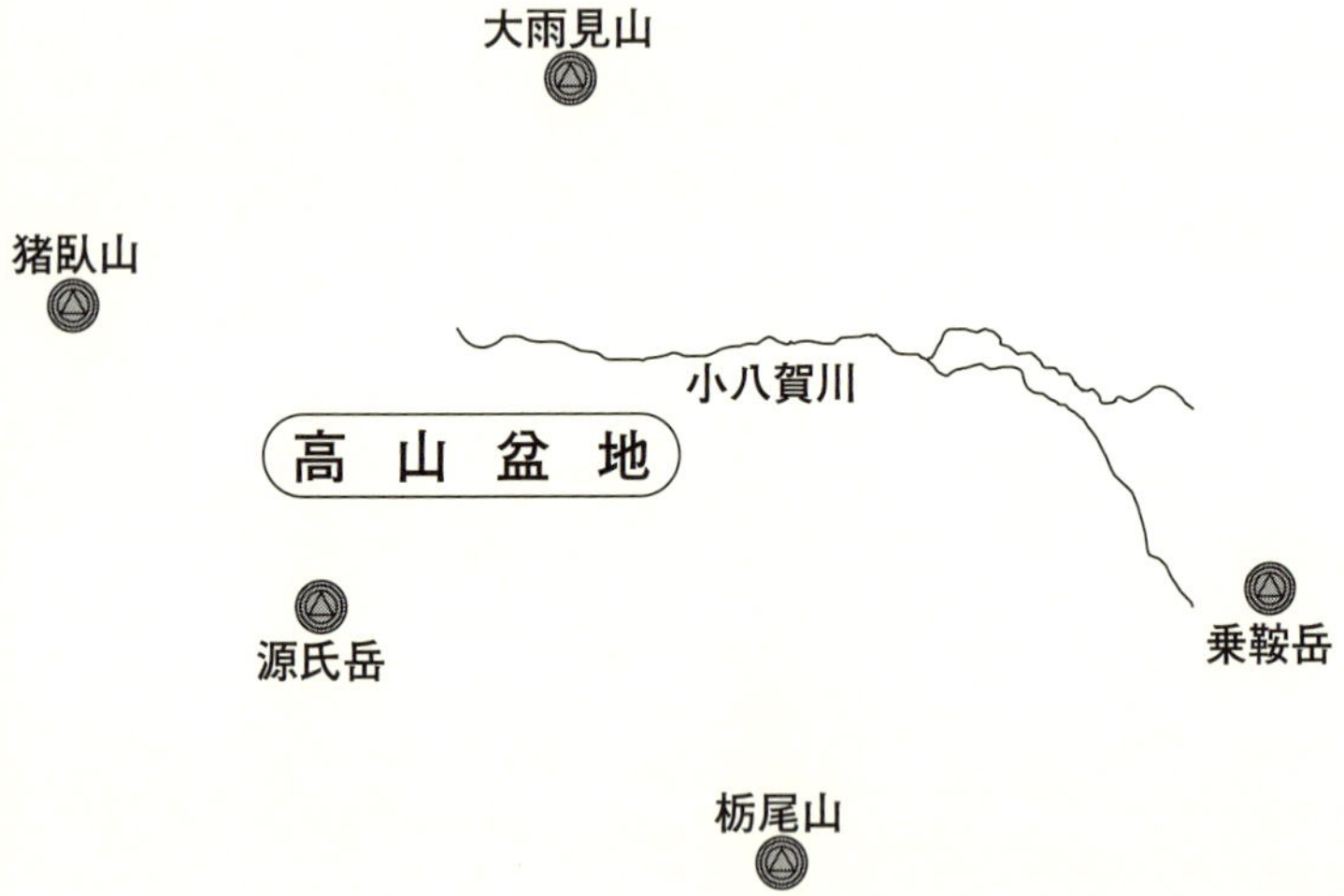
大雨見山
猪臥山
小八賀川
高山盆地
源氏岳
乗鞍岳
栃尾山

（一）

飛騨《ひだ》高山町《たかやままち》の豊島光男《としまみつお》とその妻、静《しず》。

どん底の貧乏暮らしではあるが、清慎《せいしん》な資質《ししつ》を持っている二人の子供になると決意したロミルの願いが叶い、静の子宮《しきゅう》に豊島家の末《すえ》っ子《こ》として人間界の命を受けたのである。

母になってくれる静の体内は清らかで、狭いながらも浄土と同じように安心感で満ちていた。

ロミルは静の子宮で兄や姉の元気な声を聞いたり、優しい父母の会話を聞く事が楽しみであった。

静はロミルを庇《かば》いながらも日々の働きは全くいつもと変わらずに頑張っている。

その原動力は、光男の優しい思い遣りのある日々の言動《げんどう》に癒《いや》されていたのが大きな心の支えになっていたのであった。

ロミルも母静の平静《へいせい》な心の動きに安らぎを覚え、浄土の歌を知らず知らずに口遊《くちずさ》んでいた。

母が冷たいものを飲んだ時は冷たい感じが伝わり、温かいものを食した時は温かくなり、いつも母と全てを共有している嬉しさを感じていた。

神仏の一日は人間界の百年に値《あたい》する。故《ゆえ》にロミルは未だ神仏の一日を維持していたので、二八〇日は〈あっ！〉と言う間の期間であった。

ロミルの身体《からだ》は大きくなり子宮がいよいよ狭くなった一九二六年三月一日、母静は急に苦しみ出した。

ロミルも全身が押し潰《つぶ》されそうな激痛を感じたが必死にその苦しみを耐えた。

母も極限状態の中、全身の力をこめて苦しみと闘っている。

長い時間に感じられたが、強い母の力を身に受けながら人間界に生まれる瞬間を全身で感じた。その刹那《せつな》は息が止まる寸前で、手足が硬直して呼吸の仕方もわからない状態であった。

その時、峯助産婦のやさしい手が、ロミルをそっと抱いて下向きにしたり、上向きにしたりして呼吸の仕方を導いてくれた。

その上で全く痛さを感じさせないように、臍《へそ》の緒《お》を切ってくれたのである。

この時ロミルは人間界に生まれた事に感動しながら、初めて大きく娑婆世界の空気を吸って産声《うぶごえ》をあげたのであった。峯助産婦の峯トキは

「静さんお目出とう、とても元気でかわいい女の子よ！　よかったね」

と目を輝《かがや》かせてロミルを見せた。母静は深く息を吸い、大きくうなずきロミルにそっと手をふれて

「よく私の子供として生まれてくれたわね、ありがとう」

とあふれんばかりの涙目で優しく囁《ささや》き、無上の悦びを示したのであった。

ロミルはこの瞬間、今まで母の子宮にいた事を忘れ、人間界に生まれてこれた事の感動で胸が一杯になったのである。そして峯は、土間《どま》でうろうろしている父光男に

「お父さん、かわいい女の子よ、静さんも元気よ」

と声をかけた。声をかけられた光男は大喜びで二人の傍に来て

「静、大変だった！　よく頑張った！　ありがとう！　よかった、よかった！」

と上擦《うわず》った声で静を労《ねぎら》った。

その目は嬉しさと安堵感で潤《うる》んでいたのであった。

一時間ほど経った時、光男はニコニコしながら

「なあ〜、実は女の子だったら『志保《しほ》』という名が良いと思っていたんだが、どうかなあ〜」

と言って徐《おもむろ》に大書きした奉書紙を壁に貼って見せたのである。

「この名の理《ことわり》は、まず保《ほ》とは保《たも》つとも読む。双方とも同じ解釈につながるが、保《たも》つは守りの意、或《あるい》は長く持ちこたえる、または忍耐強いという意味の文字だ。志《し》は、こころざし、とも読む。志は自身を律《りっ》するにつながる意、つまり強い意志を持ち自《みずか》ら思慮、選択が出来る。何事に付けても決断力に勝《すぐ》れる。或は善と悪の区別がはっきりと判断出来る。まず、志《し》とはそんな素晴らしい意味になる大きな字だ。それに対し、こころざし、は自分の思う処をめざす、つまり未来に対して夢を育《はぐく》み、それを実現させたいと心に誓い、確かな日々を創出する。或は人の気持ちを思い遣《や》る心が豊かである。そんな心の幅の広い人になる。従って『志保《しほ》』という名は、強く、そして優しく幅の広い心をいつまでも保《たも》ち、世に貢献出来ますように、健康で幸せになりますように、と願いを込めた名だ」

と光男はゆっくりと命名した訳を伝えたのであった。静は大喜びで

「素敵な名前だわ。きっと願いが叶うわ。そして豊島家再興の要《かなめ》になってくれるわ」

とロミルのやわらかい産毛《うぶげ》をそっと撫《な》でるように頭に手を触れ

「あなたのお名前は志保ちゃんよ、よかったわね」

と優しく囁《ささや》いたのであった。

ロミルは父母のやさしい言葉にうっとりするほどの境地に浸《ひた》って我を忘れていた。

不思議と思えるくらい母の胎内《たいない》から離れた瞬間、浄土から子宮《しきゅう》に移ったこと、そして胎

内に二八〇日間を過ごした事など全《すべ》てを忘れかけていた。

しかし父母や兄姉《きょうだい》の話はすべて覚えていたのである。父は
「志保、お前は賢い子だなあー、お父ちゃんの休みの日に誕生してくれてよかった、おかげで峯《みね》おばちゃんを迎えに行くことが出来たよ、本当にお利口さんだ」

とそっと人差し指で頬を撫《な》で嬉しさをかくしきれない様子だった。

峯トキは還暦直前《かんれきちょくぜん》で一寸《ちょっと》小太り気味、話し方も早口で元気のいい人である。

出産にかかわるさまざまな物を、てきぱきと片付けながら、

「ハハハハ、光男さんはせっかちね、もう名前を発表したのね。よほど嬉しいのね、その気持ちよく解るわ、私の父もそうだったそうよ。もちろん覚えていないけど、多分その時私も嬉しかったと思うわ。ところでどう、何処《どこ》か痛いところあるかね～」

と親しみ深い笑顔を近づけた。静は
「ハイ大丈夫です、おかげさまで、ありがとうございました」

と安堵の表情をうかべて礼を述べた。

〈昭和初期は自宅出産が多かったので助産婦は妊婦にとって母のように頼りにされ、慕われていたのであった〉

父は峯トキの前に正座して丁寧に一礼し

「誠にありがとうございました、おかげさまでとてもかわいい子を授《さず》かることが出来ました、その上親子とも何の障りもなく元気です、深く深く感謝致します」

と両手を付いて平伏するように礼を尽くしたのであった。峯は

「なんの、なんの、これは静さんの日々生業《なりわい》にかける真剣さ、誠実さ、そして謙虚《けんきょ》さが出産という大きな事に向かう覚悟を創《つく》った賜物《たまもの》よ。私は仕事柄いつも思っていることだけど、妊娠した女の体は想像以上に繊細《せんさい》で微妙《びみょう》に変化を受けるものなのよ。男の人には絶対に解らないと思うわ。身体《からだ》の変化もさる事ながら精神的変化は言葉では説明出来ないほど難しい。なぜなら、時々刻々《じじこくこく》変わるからよ。それにしても静さんは強い！　感心したわ！　人に心配かけまいとする配慮に加え、どんなに身体の不調があっても、それを隠《かく》しいつも人に優しく接するなんて並の人では出来ない事よ。お産の直前まで全く普段の生活で愚痴《ぐち》一つ言わないでいるなんて信じられないわ。凄い奥さんよ！　感謝しなさいよ！」

と真顔で話した。そしてキチンと座り直して、

「偉《えら》そうに言ってご免なさい、お目出とう御座います」

三つ指をついて明るく言った。

光男は五人の子供を無事とりあげてくれた大恩ある峯トキに頭が上がらない。ましてて正論を言われると尚更である。

「ハイ、全くその通りです。ありがとうございます」
とまた頭を下げた。峯は微笑んで
「いやですよ！　私じゃなく静さんによ！　ホホホホ」
と言って帰り支度を始めたので、光男は急いで自転車の荷台に座布団を置き、ずれないように
して
「さあーどうぞおかけ下さい、ご自宅まで」
と言って、送る準備を整《ととの》えたのであった。
光男と峯が家を出た後、家の中では進、波江、歌代《かよ》、文彦の四人が神妙な顔を志保に近づけ
「へェ〜やっぱり赤い顔をしているなあー」
と進が呟《つぶや》くと、皆も《ウン！　ウン！》と何度も頷《うなず》いている。
静は志保と伴《とも》に布団の中で、集まって来る子供達を見て〝進も波江もしっかりして来た、これから十年も経てばどうなるのか？　今が一番大事な時だ。
私も尚一層、初心を忘れず子育てを大切にして行かなくては！〟と思い、一人ひとりの顔を見て、
「ねえーみんな、お父さんが志保という名前を付けてくれた、みんなの妹よ、やさしくか

わいがってね」

と一人ひとりの手を取って、やさしく目を見て「ね！」と言った。

子供達はやわらかい母の手をしっかり握り返すようにして、一人ひとりが「ハイ！」と嬉しそうに応えていた。

その状況を満面笑顔で、そっと見ている人がいた。

それは光男の父母であった。

子供達の祖父になる利美夫《とみお》は、この時五十七歳、未だ若いのになぜかめっきり白髪《しらが》が多くなって来たが、ガッチリとした体格で元気そうであった。

子供達の祖母になるチカは、利美夫より二歳年下で五十五歳であった。

祖母はどのような事でも、テキパキと手際《てぎわ》よくこなす人である。

二人は、嫁である静が子供達にやさしく接している状況を見ていて、同時に「ホォー」と声を発したのである。そしてチカは
「素晴らしい雰囲気だわ、静さんお目出とう、あなたも、赤ちゃんも元気そうで何よりだわ」

と声をかけた。利美夫も「お目出とう」と続けたのであった。

「あっ！　お爺《じい》ちゃんとお婆《ばあ》ちゃんだ！　ワーイ」

と歌代は嬉しそうに叫んだ。そして子供達は二人を囲むようにして
「あのね、赤ちゃんが生まれたの！」

と報告するように言ったのであった。

チカはあらかじめ紙に包んでお捻《ひね》り風にした金平糖《こんぺいとう》を手提《てさ》げ袋《ぶくろ》から出して孫達に配《くば》りながら、泣き笑いの声で
「良かったね〜みんなの妹は神さまや仏《ほとけ》さまが住んでいる処から、はるばる豊島家に来た子なのよ、お母さんの言うようにかわいがりましょうね。よかった！　よかった！」

と涙を拭き拭き
「静さん、良く頑張ったね、体の方は大丈夫？　赤ちゃんは女の子で名前は志保ちゃんね、さっき進の声が表まで聞こえたから、いい名前ね、光男にしちゃあ上出来だ！」

と五人目の孫を見て感無量の面持ちで、

「志保ちゃん、初めまして、こちらがあなたのお爺ちゃんよ、そして私がお婆ちゃんよ、おーおーなんと可愛いんだろう、まあまあーなんときれいな肌なんだろう」

と嬉しさの余り泣き声が震えていた。

利美夫も目を赤くしてチカの言う事に、いちいち大きく頷《うなず》いていたのであった。

志保が未だ兜率浄土にいる時、娑婆世界で高利貸《こうりが》しらによって極限状態に追い詰められた

数々の屈辱《くつじょく》や苦悩によって歪《ゆが》められた祖父母の険相《けんそう》を見て心を痛めていたが、あの時の様子と全く異なり志保の誕生を祝ってくれている。

奈落の底に落ち、口には出せぬ苦難から少しずつ脱《ぬ》け出した事がはっきりと窺《うかが》える。

険悪《けんあく》な相貌《そうぼう》であったのも、今は妙相《みょうそう》に変わっていた。

みんなに向けた声も弾んでいることも志保は嬉しかった。チカは静に
「あと一週間ぐらい先かと思っていたのよ、今日は二人で一寸《ちょっと》早めに何か手伝いをしようと思い来て見たら、今、生まれたと聞いてびっくりしたわ、でも何事もなく親子共に元気でよかった。安心したわ」

と静の苦労をねぎらったのであった。

「ありがとうございます。いつも心配かけてすみません。私も昨日《きのう》から一寸変だな、と思っていたけれどまさか今日とは思わなかったもので、なんとも……」

とやや恥《は》じらいながら言った。チカは
「ハハハハ、これで五人目の孫が生まれて豊島家は万々歳よ！　静さんありがとう。今、私達に出来ることは産後のお手伝いぐらいしかない。この人は明日早出番だから今夜帰るけど、私は一週間程手伝うわ」

「すみません」

と静はチカの申し出を受けたのであった。

チカは用意をして来た着替えに割烹着をつけ、そして、

「さあ～みんな、今日から婆ちゃんがお母さんの代《か》わりをするからね。お母さんはゆっくり養生してもらいましょうね。みんな解りましたか」

「ハーイ解りました」

と子供達は声を揃えて応えた。波江は
「じゃー、お婆ちゃんは今夜から泊まって行くの」

とチカに聞いた。

「そうよ、今晩から一週間程泊まるから、困った事があったら何でも言ってね」

と波江と進に告げたのであった。

狭い家に志保が増えて、その上祖母が泊まり込みで手伝いに来た訳だから大騒ぎになった。

光男は峯トキを自宅まで送り届けて帰って来たら、両親が手伝いに来てくれているではないか？　驚いた光男は
「あれ…誰が知らせたのかな？」と言うと、利美夫は
「いや～偶然なんだよ。今日は静を見舞いに行こうと決めていたので、来て見たらこのお

目出たに出会うことが出来たと言う訳で、俺《わし》らもびっくりしている処だ」

と笑顔で応じたのであった。

「へェーそうなんだ、不思議なものだね。それにしても助かるなあー。母さんよろしく頼みます」

と光男の声は、嬉しさと安堵感《あんどかん》で弾《はず》んでいた。

チカは進と波江に手伝ってもらいながら、炊事、洗濯、買い物など大忙《おおいそが》しの毎日を過ごし、七日目の朝みんなの前で、

「あっ！　と言う間に一週間が過ぎてしまったね。お母さんも元気になって来たようだし、志保ちゃんも目に見えてしっかりして来たわ。もう大丈夫と思うからお婆ちゃんは角川《つのかわ》に帰るね。進君、波江ちゃん、歌代ちゃん、文彦君、ありがとうね。後はみんなで頑張ってお母さんを助けてね」

とみんなの顔を一人ひとり見たのであった。波江は
「え！　もう帰っちゃうの……、つまんないなあー、でも大丈夫よ、後はまかせて！」

とにっこり笑顔で応えたのである。

静は、この遣り取り《やと》を聞きながら、進と波江の対応に逞《たくま》しさを感じていたのであった。

そしてチカは、朝食《あさげ》の卓袱台《ちゃぶだい》を囲《かこ》んだ家族の前で

「ねえー、光男に静さん、私はこんなに充実した一週間は本当に何年振りかで、とても楽しく嬉しい日々だったわ。子供達も頼り甲斐のある子に育って、なんとも頼もしい思いだわ。静さんありがとう。おかげで私達二人も何か生き甲斐を感じたのよ。また頑張るからね」

と目を輝《かがや》かせて礼を言った。静は笑顔で

「お義母《かあ》さん、お礼を言うのは私です。おかげさまで元気になる事が出来ました。豊島家の五人の子供はきっと常識をふまえた素晴らしい人になると思います。なぜならば、それはお義母さんの血脈相承《けちみゃくそうじょう》が立派に成《な》されているからです」

と言うと、チカはこの時、ハラハラと涙を流し、

「静さん貴方《あなた》は当家の救いの神さまです。その方にそんな風に言われると恥ずかしくてどこかに身を隠したい思いになるわ。その言葉、あの人が聞いたらどんなに悦《よろこ》ぶか、静さん私達二人はあなたのおかげで本当に幸せ者になったわ。ありがとう。光男ありがとう。みんなありがとう」

と言って一時間程して角川《つのかわ》に帰って行ったのであった。

その日は皆でゆっくり過ごしたが、次の朝は母静の出番だ。

なにしろ一人増えて五人の母だ。

その奮闘は大変で朝から大忙《おおいそが》しである。

未だ陽《ひ》の出ぬうちに起床し、外で湯を沸かすためのカマドと、家の中にある竈《カマド》に杉の葉を焚き付けにして火を起こす事から始まり、朝食《あさげ》の支度、弁当作り、洗濯の準備など、休む暇《ひま》などない日々が続くのだ。

しかし実の処、静にとっては何でもない日常の事である。

他人から見ると全く暇《ひま》がないように見えるが、静にとっては自由に時間が取れる程余裕があった。

志保が生まれて、一ヶ月程が経《た》った光男の休日の時、光男は志保をあやしながら
「なあー静、お前のおかげで五人の子供に恵まれた。この五人を立派に育てていきたいなあー」

とゆっくりとした口調で語りかけた。

土間《どま》の履物《はきもの》などをそろえながら、夫のやさしい言葉を聞き、静は心に悦《よろこ》びを感じて
「ハイ、本当にそうですね」

と光男の顔を見てにっこりと笑顔で応えた。

二人の会話を聞いていた天子ロミルは、人間界の志保となって、この優しい二人の子として生まれて良かったと改めて思ったのであった。

そして半年が過ぎた頃、志保は母乳ですくすくと育って、体も日増しに大きくなり、しっかりとして来た。

自分の身体《からだ》に日々力がついて来ている事を感じて、手も足も力強く動かすことが出来る嬉しさを身を持って表現出来るようになったし、大きな声も出せるようになって来た。

両親の会話や兄や姉達の話も、志保に対する問い掛けも、全て理解出来た。

しかし返事をしようと思っても未《ま》だ〝アバ、アバ〟と言うのが精一杯だ。

だが父母や兄姉《きょうだい》の会話によって自分の考え方など人としての基盤の第一歩が作られて行く事を、わくわくしながら感じていたのであった。

（二）

そして一年が過ぎた三月中旬。母静が四十度近い熱を出して寝込んでしまった時の事だった。

進と波江は母の看病と仕事のかわりをしようと朝まだき、母と同じ行動を取り朝食《あさげ》の支度や弁当作りに挑んでいた。

その主役は波江だった。

波江は未《ま》だ九歳、身長は四尺（一二〇cm）を一寸超《こ》えたくらいの小さな身体《からだ》である。

高い所にある物は取れないので、声を潜《ひそ》めて
「お父さん、あの鍋とザルを取って」

と手伝ってもらう。

父は波江のやる気を損なってはいけないと思い助手役に励んでいる。

進も井戸から水を汲《く》み水がめに足したり、火を焚いたり、薪を割ったりして小まめに働いている。

そうこうしているうちに何とか卓袱台《ちゃぶだい》の上に朝食《あさげ》が並んだ。波江は
「お母さん、朝ごはんの支度が出来たけど、お母さんの分、枕元《まくらもと》に用意するからね、一寸待ってね」

と母の顔をのぞき込むようにして、小さな声で囁やくように言った。母は、

「え！　ごはんの支度をしてくれたの、波江ちゃん凄いね、よく出来たね！」と誉めると
「ウウ～ン、私一人では無理だから、お父さんとお兄ちゃんに手伝ってもらったの……、だから出来たのよ、フフフ」

と、はにかみながら応えたのであった。

進もいつの間にか傍に来て、心配そうに母を見ていた。

「二人共ありがとう、でも朝ごはんは一日の始まりを感謝し、今日の一日が無事に過ごせますように祈願を込めて頂くための大切なお食事だから、先ずいつものように皆で神仏に合掌してから、お母さんも皆と一緒に頂くわ。歌代ちゃんも、文彦ちゃんも、起きているの？」

と訊いた。進は「ウン、二人共起きて顔洗っているよ」と応えた。

そして朝食《あさげ》の意味を染み染《じ》みと噛み締めたのであった。

「そう、それじゃーお母さんも支度をして行くから一寸待っててね」

とやさしく進と波江の肩に手をふれたのであった。

二人は嬉しそうに「ハイ！」と返事をして母の傍をはなれた。

そしていつも通り家族が卓袱台を囲み合掌が終わった時、母はにこにこしながら
「進、波江、今朝は早くから大変だったわね。本当においしい朝食だわ。本当によくやっ

てくれたね。ありがとう。おかげでゆっくり寝たから病気は治ったわ。二人はたいしたものね、お母さんは凄く嬉しいわ。今日はお天気も暖かくなりそうだから、もう大丈夫よ。あとはお母さんがゆっくりやるから学校に遅れないようにしてね」

と言うと進は「え〜」と言って母の顔をまじまじと見て言った。

「本当に大丈夫なの？　まだ熱が下がっていないみたいだよ、だから今日は一日ゆっくりと寝ていた方がいいよ。後片付《あとかたづ》けとか、洗濯とかは僕と波江がやるから、学校は少しくらい遅れても大丈夫だよ」

とことさら心配な様子だった。波江も

「昨日《きのう》、先生にお母さんの事話したの、そしたら先生は『それは大変だ、病気を拗《こじ》らせないようにしないといけないよ。だから出来るだけお母さんを大事にして、手伝えることはどんどんしてあげなさい』と言ってくれたから私の事は大丈夫よ。だからお母さんは今日一日寝ていてね」

と真剣な顔に加え労《いた》わるように言った。

その時進は、そっと立ち上がり母のうしろから母の額《ひたい》に手を回して熱があるか、否《いな》かを確かめて

「あっ！　やっぱり駄目だよ、まだ熱があるもん。だからやっぱり今日は一日寝て養生し

ないとだめだよ。波江が学校を休んで歌代と文彦と志保の面倒を見る。僕も出来るだけ早く帰って手伝うから、ね！　そうしてもいいでしょう？」

と父母の顔を交互に見ながら言った。

　静は思いがけない二人の行為と主張がうれしく、それが嬉し涙をさそったのであった。

　涙を押さえながら
「二人とも、そんなに心配してくれて嬉しいわ、ありがとう。その言葉を聞いただけで、病気は大あわてで逃げてしまったわ。お母さんは本当に大丈夫よ、だから波江ちゃんは心配しないで学校へ行ってね。あなたのお弁当はどうしたの？　作ったのかしら？」

と言って立ち上がろうとした時、波江は涙をハラハラと流して
「お兄ちゃんとお父さんのお弁当は作ったけど、私のは作らなかったの。だって今日一日はお母さんの看病と三人の子守りをするつもりだったもん」

と涙を拭こうともせずに母を見つめた。

　笑顔でこのやりとりを聞いていた父光男は
「波江泣かないでくれ、本当に親孝行な子だ。父さんも、母さんも、子供達がこんなに心配してくれるなんて、こんな嬉しい事はない。

　しかし、学校を休んだらだめだよ。なぜなら、もしお前が学校を休んだら、先生や友達は

《やっぱり波江のお母さんは病気を拗《こじ》らせ重症《じゅうしょう》になってしまったのだ》とえらく心配を掛けてしまうことになるよ。先生は昨日《きのう》波江に『手伝えることがあったらドンドンしてあげなさいよ』と言ってくれたけど、学校を休んでまで手伝いなさいと言った訳ではないんだよ。わかるかなあ～、もし波江に学校を休んでまで手伝ってほしいとなれば、それはお父さんが正式に先生に、その旨《むね》お願いするのが正しい親の役目だからだ。だからお母さんのことは俺《わし》に任《まか》せてくれ。食事の片付けも、洗濯も、歌代、文彦、志保のことも全て俺《わし》がやる。お前達の心配ごとは、今日の処は全部、俺《わし》が解決するから心配せずに学校へ行きなさい。それから波江の弁当は俺《わし》が心を込めて作ってあるからね」

と父は思いの外、明るい言葉で二人に話した。その時、進が

「でもお父さんが仕事に行ってしまうと、志保は二歳になったばかりで心配だし、文彦も四歳半で悪戯《いたずら》盛りだし、歌代がしっかりして来たけど、まだこの二人を任せられないと思う。だから三人共、僕が学校へ連れて行く。三人は僕の傍で絵を描いたりして大人《おとな》しくしていてくれると思うから大丈夫だよ。それに先生も友達も、お母さんが病気だと解っているからきっと理解してくれると思う。だからそうしてもいい？」

と訊いた。その時、光男も静も、これには少々ビックリして、思わず顔を見合わせて声をのんでしまった。その時、歌代が

「私が文彦ちゃんと志保ちゃんの面倒は見られるもん！」
とはっきりとした口調で声を張り上げたのであった。
これには進も波江も驚いたが、もっとビックリしたのは父光男と母静であった。父は
「オー、歌代、そうだよな、歌代も大きくなって、もうすぐ学校へ行く年齢になったんだよなー。いや驚いた。静、もう安心だなあーよかったなあ」
と感激していたのであった。母は笑顔で
「進、そんなにお母さんのことを心配してくれてありがとう。でも、歌代が言うように、文彦や志保の事は、毎日とても良く面倒を見てくれているのよ。文彦も志保も歌代を慕《した》い、とっても仲がいいのは進も波江も良く知っている通りよ。だから歌代に任《まか》せておけば安心なのよ。もし三人を学校に連れていかれたら、それこそお母さんは心配で病気がぶり返してしまうわ。だからそれは駄目よ。それに先生達に対しても、とんでもない心配をかけてしまう事になるのよ。なぜなら、生徒は進一人じゃないからよ。多くの生徒も規律外の事を認めると、秩序を乱してしまう事になるからよ。進、あなたの気持ちは個人的に考えると、とても素晴らしいわ。でも大きな目で見ると、もう少し深く考える必要があるわね。お母さんの言う事も解ってね」
と諭《さと》すように進を見た。進も母の顔を、じーっと見ていたが、やがて

「ハイ、解った」と応えた。そして隣に座っていた歌代に
「ご免な、これから頼りにするからな、ありがとう」

と歌代の小さな肩をポン、と叩いた。歌代はにっこり、はにかんで「うん」とコックリ頷《うなず》いたのであった。

進は母が高熱なのに全《まった》く普段と変わらぬ様子を見せ、自分の事より家族の事をこうも深く考えてくれているんだ、と心の底から嬉しく思ったと同時に深く尊敬の念を持ったのであった。

両親の話を理解した進と波江は、いつもの通り元気な声で「いってきます!」と家を出て学校へ向かったのであった。

光男は「オー、気を付けてな」と二人を見送りながら…〝二人共、また一段としっかりして来たなあー、俺《わし》の子供時代とはかなり違うなあー。あの頃は豊島家《としまけ》の家運《かうん》は衰退期《すいたいき》にあり、両親は地獄の憂《う》き目にあった。俺《わし》は両親に対し何の役にも立つ事が出来なかった。可哀《かわい》相《そう》に両親は代々続いて来た素封家《そほうけ》と言われた名と全《すべ》ての財産を失い、失意のどん底に落とされてしまった。そうした厳しい中にありながらも俺《わし》の一生を左右《さゆう》する道筋を付けてくれた。そして俺《わし》は大石さんに巡り逢う事が出来たのだ。両親は静との結婚も心から祝ってくれた。そして俺《わし》と静は素晴らしい五人の子に恵まれた。今、上の二人は母の病気に対峙して、さま

ざま自ら思う処を主張した。家族を思う心も、親を気遣《きづか》う心も良く見えた。今朝《けさ》の二人の行動は豊島家の家運を盛り上げる第一歩になるぞ！〟と心に仄々《ほのぼの》とした悦《よろこ》びを感じていたのであった。母静は、父が二人の子供を見送りながら、何かの思いに浸《ひた》っているのをみて〝多分、子供にさまざまな事を学《まな》んだと思っているんだろうなあ〟と思ったのである。そして母も新婚の時に心に誓った事を思い出していたのであった。

〝あの頃、豊島家は悲運の底に落ち、どうする事も出来なかった。義父母の気持ちはいかばかりか、本当にその苦痛が今も在《あ》りありと思い出される。その時未だ子供であった私達二人は、その気持ちを支える力もなかった。しかし、いつか必ず二人で力を合わせ、あの時の屈辱《くつじょく》を晴らし、豊島家再興を成《な》す事を誓い一緒になったんだ。私達二人は、そのための基礎作りの第一歩は家族を築く事だ。そしてそれが私達の使命だ。《愚公山《ぐこうやま》を移す》の例えの如く、何代もかけて思いを遂げる事を誓っていたんだ。それ故《ゆえ》にどんなことがあっても立派に子供を育て上げる事が肝要《かんよう》である〟と深く心に刻《きざ》んだ事を鮮明に覚えて今日まで来たのだ。

しかし今、結果として進と波江、そして歌代から得難《えがた》い教えを受けた思いであった。

そして改めて自分の信念を問う事が大切だと思ったのである。

子供達は幼いながらも一人ひとりの個性があり、考え方も、動作もさまざまだ。

どんな条件下でも父母を頼り生きる事に執念を持っている。

初めて体験する事や珍しいことに対する好奇心も旺盛だ。

そして自分を主張する、そうした子供達の行動の中に過去の自分、そして今の自分を重ねて見ると、そこに子育てに対する答えが見えるようだ、と改めて思えた。

親に対して絶対の信頼を寄せる子供達に、その責任の重さを芯《しん》から感じる。

しかし日々《ひび》成長する姿を見ると、家族を築いている実感が湧き出るようだ。

その事は、どんな苦も、楽しさや嬉しさに換《か》えてくれる思いである。

〝人を育てる事は大変な事業だ。二人で誓った事は、子供達を立派に社会に送り出し、あの地獄の鬼共を見返してやる、と思っていたが、子供達を見ていると、イヤ！　そんな次元の低い目標は子供達に失礼だ！　もっと、もっと上の次元を目指す人間としての根幹を教える事が私の役目だ〟と母静はこの時、悔《く》い改《あらた》めるように思ったのである。

静は物事を元来幅広く考える性格であった。自分の苦痛と同じように、人の苦痛を思い遣《や》る優しい心を持っている。

母を思う進の配慮から出た願いと問《と》いに、静がきっぱりと言った言葉に対して、進が嫌《いや》な気持ちにならず『ハイ、解《わか》った』と素直に返事をしたのは、そうした母の思いの積み上げが凛《りん》として心の奥に届いていたからである。

こうした、遣《や》り取《と》りや両親の強い意志を全身で受けていた志保は、自然と自らの善業《ぜんごう》として、一枚一枚薄紙《うすがみ》を貼るように、しっかりと根幹《こんかん》に埋め込まれていたのであった。

（三）

志保は、人には優しく、自分には厳しく律《りっ》する両親と素直で思い遣《や》りのある兄姉《きょうだい》、そんな家族の中で、二歳の五月十五日を迎えた。

この日は父の定休日だ。

志保は多少の不安はあるが走る事も出来るようになった。

父は家の周《まわ》りをゆっくり掃除をしたり、焚き付けにする小枝などをキチンとまとめたりして整理をしている。

志保は父の周《まわ》りをチョロチョロと遊んでいた。

十時を少し過ぎた頃、光男が作った手造りの丸いお盆に、お茶の用意をして母静が

「今日はなんと言う素晴らしい天気でしょう。こう言う天気を五月晴《さつきば》れと言うのでしょうね。どうですか、私達も一服しませんか」

と父に声をかけ、父が作った丸太の卓《たく》にお盆を置き、少し小さめな丸太のイスを三つその周りに並べた。

「本当に静かな日だなあー、風もそよ風だし陽射《ひざ》しもやわらかいなあー。なんと言うか、お前にこうしてお茶を入れてもらうなんて凄く贅《ぜい》沢《たく》だなあー。金はないがこういうのを幸せと言うんだろうなあー、なあー志保」

と志保を見て「ハハハハ」

と嬉しそうに笑った。母は

「ホホホホ、本当に何事も悪い事が無く無事でいられるなんて天国みたいね」

と楽しそうに、そして湯呑み茶碗を両の手《て》の平《ひら》でつつみ、お茶を愛《いと》おしむようにして少しずつ飲んでいる。

「天国かあー、天国と言えば俺《わし》らの先祖さん達はどうしているのかなあー。お前も覚えていると思うが、豊島家の仏間は一番奥の部屋にあったよなあ。仏間には大きな仏壇が安置してあったが、それも残念ながら持っていかれてしまった。今は親父《おやじ》の処に仏壇とは程遠《ほどとお》い、小箱に位牌《いはい》だけを重ねるようにして入れてある状態だ、あれではご先祖さまに申し訳ないと俺《わし》は思っているんだよ。親父もお袋《ふくろ》も、口には出さないが相当《そうとう》気にしているようだ。実はなあー静、いつかお前に相談しようと思っていたんだが、今日の此の日を吉《きち》としてお前に打ち明けるよ、フフフ」

と照れ笑いをした。

「アラ！　なんでしょう？　思い出し笑いなんかして、ホホホ」

と笑顔で母は応じていた。

「いや~俺《わし》に仏壇《ぶつだん》が造れるか否《いな》かは何ともやってみなければ解らないが、秋山《あきやま》さんや山根《やまね》さんから使わなくなったカンナやノミなどの道具をもらって、大切にしまってあるんだ。それに、かなり前から廃棄《はいき》する材料を親方の許可を得て少しずつ残して置いた物が貯《た》まって来たので、その材料を使って造ろうかと思うんだ。どうかなあー」

としずかな口調で語った。

「まあーそれは素敵なことだわ、大賛成よ！　でもお仏壇造りってさまざまな法則に基《もと》づいて造られているそうね。その点も勉強しないといけないの？　楽しみが出来るけど、大変な時間がかかるんでしょうね」

と母は大賛成ながらも〝素人の父にはたして出来るんだろうか〟と思う不審もあり、不安そうに応えたのであった。

「問題はそこだ。法則はお寺の本堂や専門の文献で勉強すればなんとかなる。技術の方は全く素人《しろうと》だけど、今まで職人さん達の仕事ぶりを見てきて、ある程度《ていど》見様見真似《みようみまね》で、これも何とかなる。いよいよの時は教えてもらいながらやれば出来ると思う。最大の問題は自分が使える時間だ。一日の中で自分の時間として使えるのは、昼休みの三十分、あとは仕事が終わってから約一時間、そして休日に仕事場を使わしてもらうなどして、月に二十時間くらいしかないからなあ。まあ、見当も付かないくらい時間がかかると思う。完成はたぶん二年くらい先になるかも知れないが挑戦してみようと思ってんだ」

と真顔で言った。

「そうでしょうね。でもそんなに自分勝手に仕事場を使わしてもらっていいのかしら？もし、大石さんが許してくれるなら、ぜひにでも造りたいわね。大変な事だけど遣《や》り甲《が》斐《い》のある仕事だわ。私も何か手伝う事があれば手伝いたいわ」

と母静は嬉しそうに賛成したのであった。

それから二ヶ月余りを費《つい》やして父は設計図を仕上げた。

豊島家は代々続いて来た家柄《いえがら》であったので、位牌《いはい》は大人と子供を合わせて二十二柱《はしら》もあった。その位牌をキチンと祀《まつ》りたいと思っていたので、その配置が難しかったのであった。

そして、夕食後、家族全員に完成図を見せ、そもそも仏壇とは？　信仰とは？　宗派とは？　と順を追って説明した。その上で、

「みんな良く聞いてくれ、今、豊島家は貧乏のどん底にあるが、家族は皆元気だ。でも、この前お母さんが四十度近い熱を出して数日間寝込《ねこ》んでしまった。一時はどうなる事かと俺《わし》は心配した。野沢先生に診《み》てもらったら、先生は『奥さんは働きすぎですよ。さすがに何年も長い間、休みなしで働いて来たせいで無理が生じたんだね。少し養生すれば大丈夫、すぐ治《なお》りますよ』と言ってくれたが、あの時俺《わし》は入院のことまで考えたよ。でも不思議と先生の言った通り、すぐに〈ケロッ〉と治ったんだ。俺《わし》は心からホッ！　としたよ。お前達も俺《わし》と同じ気持ちだったと思う。この事は、神仏の世界におわします、ほとけさまやご先祖さまが守ってくれているお陰《かげ》だと俺《わし》は強く思ったんだ。だから俺《わし》は、空を仰《あお》ぎ手を合わせ、〝神さま、ほとけさま、ご先祖さま、いつも、いつも俺《わし》ら一家を守って下さりありがとうございます〟とお礼を申し上げたんだけど、何だか神仏《しんぶつ》の世界に俺《わし》の気持ちが届いていないような気がしたんだ。俺自身《わしじしん》もやっぱり物足りなく感じたんだよ。それはなぜか？　答えは、我が家

には神さまも、ほとけさまもお祀りしていないからではないか？　と気が付いたんだ。今まで俺《わし》は、何かあるとすぐ神仏に対して自分の都合のいい事をお願いして来た。そんな自分勝手なことで言い訳が立たないと気が付いたんだ。ではどうすれば良いかと考えた。その結果、俺《わし》をはじめ家族全員が心を一つにして、神仏及びご先祖さまに、毎日の無事を素直《すなお》に感謝する事が肝要《かんよう》であることが、まず第一に解《わか》った。そして、その気持ちを表現するには、お参りする行為が必要だという事が第二に解ったんだよ。第三に解った事は、お参りする事によって、ほとけさまの世界に御在《おわし》ます如来《にょらい》さまや菩薩《ぼさつ》さまの心《たましい》が瞬時《しゅんじ》に拝《おが》む人の心《こころ》に届くという事も解った。それは、ご先祖さまの処にも同じように届くという事なんだ。つまり、そうした行為によって神仏の世界と現世の仏壇の世界が結ばれるんだ。もう少し解り易《やす》く言えば、皆が純粋な気持ちで礼拝《らいはい》出来る仏壇を安置《あんち》する事によって、ほとけさまと心が一つになれるという事なんだよ。一寸解《ちょっとわか》りにくかったかも知れないので、もっと簡単に言えば、仏壇を用意し、みんながそれぞれの思いで祈願《きがん》したり、感謝をしたりすることにより、ほとけさまやご先祖さまと心の対話が出来るようになるという事がはっきりと解ったんだ。一寸話は変わるが、聞いてくれ。ほとけさまの教えは、人々の生き方や考え方などで迷いが生《しょう》じ、何をしても思うようにならなくて困った時、その迷いを解く正《と》しい指針となることを、さまざまな方法で、その真理《しんり》を解《わか》り易《やす》く教えてくれているんだよ。例えば、人は生まれると光陰は矢のごとしの言葉通り、どんどん年を取っていくんだ。そして人の身体《からだ》というものは、どんなに気を付けていても必ず、何らかの病気にかかってしまうように出来ているんだ。これは例え王さまでも大臣でも、どんなに忠実な家来でも、あるいは大金持ちが物凄い宝を持って来ても、更に妻や子供が最大の愛を込めてくれても、この年を取るという事を止《と》める事は絶対に出来ないんだよ。この事を《無常頼《むじょうたの》み難《がた》し》と言う人もいるくらいだ。人はこうして何方《どなた》でも、必ず年を取ると、無常感や死を考えることになってしまうんだ。老病死の苦とは、こう言う事を指《さ》すんだ。人はこの事を含め絶対に避けて通れない四苦八苦があるんだよ。ほとけさまの教えは、なぜ人はこうしたさまざまな苦を受けてしまうのか？　についてその真理を教えて下さるんだよ。そして人々が少しでも、その苦を楽に受け入れる事が出来るように導いていてくれているんだよ。人間では解《と》けない、真理を一つ一つ学ぶことにより、人は心の幅が広くなり、世の中のために良い影響を及ぼす事が出来るようになる。俺《わし》はいつもそうなればいいなあ～と思っているんだ。そこでだ、そのようになるためには、まず自分の家から実践《じっせん》する事だ。しかし今俺《わし》らの家には仏壇がない。そこで二年くらいかかってしまうが、この図面の仏壇を俺《わし》が製作して豊島家の要《かなめ》にしたく思うがどうかな」
と提案した。そして父は「ウワハハハ」と笑いながら
「なあ静、子供達の前で偉《えら》そうに難しい話を長々としてしまったが、意味が解るかなあ」

と照れ臭そうに言った。静は卓袱台《ちゃぶだい》の上にそっと湯呑みを置き
「ホホホホ、たしかに難しい話だったけど、多分進は理解出来たと思うわ。なぜなら、つい先日、ご法事のあった篠崎さんを交《まじ》え仏事の話をしていたのよ。その時篠崎《しのざき》さんたら、あろう事か進に難《むつか》しい仏事や仏教のことを聞いたのよ。私はどうなるかとハラハラしていたら、なんと進はスラスラと答えていたのよ。私はビックリして、どうしてそんな難しい事を知っているのと聞いたら、進は『だって僕らの担任はお寺さんだから仏教の逸話などいろいろ仏事のことも教えてくれるんだ』と笑っていたのよ。だからそう思うわ」
と微笑みながら応えたのである。
進は正義感の強い中学生だ。すかさず「ハイ!」と手を挙《あ》げて
「豊島家のことはいろいろと聞いているから大まかなことは解っているんだけれど、仏壇のことについて一つだけ解らない事があるんだ。僕んちも本来ならじいちゃんもばあちゃんも、皆と一緒に住み仏壇を安置して、その中にご本尊《ほんぞん》さまやご先祖さまのお位牌《いはい》をお祀《まつ》りして、毎日お線香や花、そしてお供物《くもつ》を供《そな》えてご供養《くよう》をしていくのが、後を継ぐ人の役目と言うか、責任だよね。なのに僕んちはいろんな事情で家が別々になっちゃった。しかもすぐとなりじゃあない。歩いて行くと二時間近くもはなれた処にあるからどうしようもない。その上借りている家だもんね。家が小さいからと言って勝手に増築する事も出来ないんでしょ

う。だから止むを得ず、今はタンスの上に置く小さな仏壇がじいちゃんの処にあるんだよね。もし一緒に住めたら仏壇は一つだけあればいい訳だよね。二つは必要ないよね。あっちにも、こっちにも仏壇があると、中にお祀りしているものも二つに分けなくてはいけない事になるんだろうか？　もし二つに分けるという事になると、ご本尊さまとお位牌さまも半分ずつに分けるという事になる訳だよね。そうなったらどうなってしまうんだろうか？　二手に分かれてしまうという事は、バラバラになるという事になる訳だよね。それでも大丈夫なの？」

と訝《いぶか》った。

「おー！　進、よく気が付いたな、本当に良い質問だ。豊島家は俺《わし》も爺《じい》ちゃんも一人っ子だから、お前の言うように仏壇は一軒の家に住むことが出来たら一壇《いちだん》でいいが。残念ながら今の処、我が家ではそうした事が出来ない状況だ。その上に一寸《ちょっと》遠くにはなれている。そのため毎日爺ちゃんの処にお線香をあげに行くのは無理だ。その場合は仏壇を双方に一壇ずつ用意してその中に、ご本尊さまとお位牌さまを双方同じように揃えてご安置する事が大事なことになるのだ。そして毎日敬恭《けいきょう》の誠を尽くすのが正しいご供養の有り方なんだよ。なのに俺《わし》は早くなんとかしなくてはと思っていたが、なかなか思うように出来ず、今までずるずると来てしまった。だけどやっと仏壇製作に必要な材料の目処《めど》も付いたので着手する事が出来るようになった。しかし仕上がって家に祀《まつ》るまでは、二年か三年くらい先になってしまう。なにしろ素人の俺が仕事の合い間に少しずつ手掛ける訳だからなあ。ご先祖さまもきっと事情を察して下さると思う。我が家の話とは別になるが、類似《るいじ》した話だから聞いてくれ。

仮に兄弟が五人、いや何人でも同じだが、その人達は皆ご先祖さまのお位牌をお祀りするのは当然の事なんだよ。なぜならば、代々のご先祖さまが存在して居《い》たから親が存在するんだ。その親のお陰で皆、受《う》け難《がた》き命を受ける事が出来たんだよ。言い換えれば、ご先祖さまが居《い》なかったら皆この世に生《せい》を受けることが出来なかった。つまり居なかったことになる訳だよ。だから昔から、《母の母、その又母は、知らねども、我が存在に、欠かせぬお方》と何方《どなた》が遺《のこ》された詩《し》か知らないが、誰でも納得出来る立派な言い伝えがある。

従ってこのような意味を大切にしている家は大抵【○○家《け》先《せん》祖《ぞ》代々《だいだい》之霊位《れいい》】または【倶会《くえ》一処《いっしょ》】と言う位牌をお祀りしている。それ故にお位牌を兄弟で作ることをお位牌分《わ》けとして大切に伝えられているんだよ。それでも本家だけが先祖や父母の位牌を祀り、この役目は後《あと》継《つぎ》だけのものとし、弟達に位牌分けをしないと弟達は毎日本家に出向かわなければならなくなってしまう。これでは大変で無理が生じてしまう。無理があると結果的には何もしなくなってしまう。それでは一族の要《かなめ》が無くなる恐れも出てきて問題がある。そうした意味で仏壇を安置し、ご本尊さまやお位牌をお祀りし、合掌礼拝《がっしょうらいはい》すれば、そのお心《たましい》は人智の及ばぬ神通力《じんつうりき》をもって、本家や分家を問わず、全《すべ》ての家にしかも瞬時《しゅんじ》に降臨《こうりん》して下さるんだよ。その事を心から信じることによって、一家の要《かなめ》となり血脈《けちみゃく》を知り命の絆《きずな》を大切にするようになるんだ。そうなることにより人智の及ばぬ力も加わり、人としても幅の広い心を育《はぐく》む事になるのだよ。強いて言えば確固たる国家の礎《いしずえ》を造る事にも繋《つな》がって行く。だからこのことは軽々《かるがる》しく考えることはどうか？　ということになる訳だ。しかし女の人は嫁に行くと嫁《とつ》ぎ先の姓を名のり、そこの家の人になって、そこの先祖に敬恭の誠を尽くして行く事になる。それは我が家のばあちゃんも母さんも同じだ。言《い》い換《か》えると婆ちゃんやお前達のお母さんがいたからこそ豊島家の礎《いしずえ》が出来たのだ。このことはどこの家でも同じだ。だから女の人はその家族を創り出す源《みなもと》になる人なんだよ。故《ゆえ》に何処からか嫁いで来た人も必ず嫁ぎ先の家を大切にして守っているのだ。そうした事によってどこの家も代々血脈が続いている。俺《わし》らの家もそうなんだよ。もし何千年も前の昔に戻り、日本人の初代の人に逢《あ》えたらいいなあ。その初代はたった一組の夫婦かも知れないぞ。そうだとしたら人類は皆血のつながった親類縁者かも知れないな」

と言って皆の顔を見て更に話を続けた。

「人は絶対に一人では生きて行けない。社会全体の仕組みと人智の及ばぬ神仏とご先祖さまのご守護《しゅご》があるから生きて行けるんだよ。豊島家は今は貧乏のどん底だけど、みんなの心は豊かだ。もしかしたら日本一かも知れないぞ。世の中の人が皆平等《みなびょうどう》に幸せになれたらいいなあ、と俺《わし》はいつも思っている。そのような願いも込めて一日も早くお祀りしたいと思っているんだ。皆解ってくれたかなあ」

と一人ひとりの顔を見たのであった。進は納得した素振りで

「ふ～ん、凄いね。豊島家は僕で七代目と思っていたけど、本当はもっと、もっと昔から続いていた事になる訳か。そうなると数え切れない程大勢のご先祖さまがいるのか～」

と笑顔で皆を見回した。

母も、波江も、歌代も、文彦も、にっこりとして長男の進を見たのである。

志保は父の話を聞いて懐かしい思いがこみ上げて来た。

それは未《ま》だ、二歳の根幹《こんかん》に天子《てんし》の頃、浄土《じょうど》でほとけさまから素晴らしい真理《しんり》を聞いていた時の思い出が残っていたからである。

故《ゆえ》に、父が皆に聞かせた話が、断片的ではあるが理解出来たのであった。

心に悦《よろこ》びを感じた志保は、父の膝に飛び込むようにして座り、引《ひ》っ繰《く》り返《かえ》るようにして父の顔を眺めた。父光男は

「オッ！　オッ！　志保どうした？　ほとけさまの話が解るのか？　オ～お利口さんだ」

と言って抱きしめたのであった。

母静はいつものように優しい口調で
「進、いつかみんなで千光寺さんに行って見ようか。あのお寺さんは、うちと同じ宗派だから大日如来さまが拝《おが》めるわよ」
と言ったその時、子供達は
「わあー、お弁当もって行くの？　嬉しい！」
と大はしゃぎになり、父の提案はそっちのけになってしまった。
父光男はその後、職人達の指導を受けながら、材料の工夫や細《こま》かい部品の工作図などを作成した。
そして毎日自分の自由になる時間を厳守して少しずつ進めていったのである。

（四）

昭和三年三月一日のことであった。

光男が仕事の後片付《あとかたづ》けを済ませ、暗くなった六時半頃。自転車置き場の片隅にある釣瓶式《つるべしき》の井戸水を汲《く》み上げて手桶《ておけ》に移していた時、大石製作所の親方である大石秦一郎《おおいししんいちろう》が小型の行《こう》

李《り》を大事そうにかかえて、

「豊島君、今日の仕事は終わったのか?」

と言ったので、光男は、

「ハイ、やっと片付《かたづ》きました。思いのほか手間取り遅くなってすみません」

と応えた。

「いやー材料の整理は大変なんだよなあ、ありがとう。今日は三月一日、志保ちゃんの三歳の誕生日なんだよね。昼間お宅まで届けようと思っていたんだけど、私も家内も、何かバタバタしていて届ける事が出来なかったんだよ。そんな訳で遅くなってしまったが、実は誕生日のお祝いにと思ってかわいい人形を用意したんだ。志保ちゃんが気に入ってくれるかどうか心配だが」

と持って来た行李の被《かぶ》せ蓋《ぶた》を持ち上げて
「このリボンで結んであるのが志保ちゃんの人形なんだ。それから他の紙包みは四人の子供さんと静さんにと思って選んだお菓子だけど」

とニコニコしながら言った。光男は
「エッ! それは親方……」としばし絶句したがすぐに、

「いつもすみません、ありがとうご座居ます。大した仕事もしていないのにこんなに良くしていただいて申し訳ありません。志保やみんながどんなに悦《よろこ》ぶことか楽しみです」

と言って大石に深々と頭を下げて礼を言い受け取った。そして自転車の荷台にしっかり縛って更に手でゆり動かし大丈夫であることを確認して
「それでは頂戴して今日はこれで帰ります。奥さんにくれぐれもよろしくお伝えください。ありがとうございました」

と言って自転車に乗った。

道路の両肩には雪が残っていたが、二間幅程の中央部分は砂利道で凸凹《でこぼこ》だった。日中であれば石を避けながら進めるが、夜間は暗闇《くらやみ》で月明《つきあか》りを頼りにする有りさまに加えて光男の自転車は無灯火であった。そのため良く見えない状態であった。

しかし通い慣れた道なので、いつもの通りペダルを踏んでいた。

だが気が急いでいたせいか、一寸スピードが出ていたのと拳大《こぶしだい》の石があったのが事の始まりだった。

光男はその石に気付かず前輪がのりあげてしまったのである。

アッと言う間もなくハンドルを取られてしまった。

そのはずみで道路脇にあった松の木に運悪く衝突してしまったのである。

更にその衝撃の勢いで南に面した高さ三m程の土手下に転げ落ちてしまったのであった。

南に面して土手面には残雪がなかったのも不運であった。

光男は咄嗟に大石からの贈物である行李《こうり》は大丈夫かと思い、起き上がった瞬間〈がつん!〉と初めて味わう激痛におそわれた。

〝しまった! これは骨か? どうしたものか! 何とかしなければ……どうしようか〟と痛さをこらえながら思案していた。

その時、キーコ、キーコという音が聞こえて来た。

光男は〝アッ! これは同僚の池田だ〟と思った。池田の自転車は賑《にぎ》やかでペダルを漕《こ》ぐ度《たび》にキーコ、キーコと金属が擦《す》れる音がするので、池田であることがすぐに解《わか》ったのである。

光男は
「オーイ池田さあ〜ん、池田さあ〜ん」と大声で叫んだ。
池田も帰宅のため光男より約五分遅れて光男と同じ道を通りかかった処、光男の呼ぶ声がしたので、自転車を止めて周りをキョロキョロと見回していた。光男は池田に向かって
「池田さん、ここだ、ここだ！」と再び声をかけた。
池田は〈ハッ！〉と土手下の異常に気付き飛び降りるようにして駆《か》け寄《よ》って
「あっ！　豊島さん！　どうしたか！」と大声を出した。光男は
「いや〜よかった、池田さん、よく気が付いてくれた、助かった」
と言って安堵の表情をうかべて
「何かの上にのり上げてハンドルを取られ、ここまで転げ落ちてしまった。いや〜失敗した。どうやら足と手を折った気がする。池田さん未《ま》だ工場に人は残っているかなあ、もし残っていたら悪いけど手を貸してくれるよう頼んでもらえないかなあ。何ともみっともないけど宜しく頼む」
と池田に助けを求めたのであった。池田は
「解《わか》った！　一寸待って、すぐみんなと一緒に来るから」
と言って工場へ取って返した。
工場には残業のため残っていた職人の秋山と山根、それに見習工の二人がいた。池田は

「大変だ！　豊島さんに一大事が起きた！」

と大声で叫びながら工場へ飛び込んで来た。そして秋山と山根に事情を説明し助けを求めたのである。

秋山は建具を組立てていた当《あ》て木《ぎ》を持ったまま
「ナニイ！　そりゃ大変だ！　オイ！　斉藤と石井！　大至急担架と大八車を用意してくれ」と命じた。

外で大八車が用意され、製品を包む当《あ》て布団《ぶとん》も十枚積み込まれた。

二人の弟子は「用意が出来ました」と大声で叫んだ。山根は
「よし！　斉藤お前は何かあったら困るのでここに残れ。もしかしたら明かりが必要になるかも知れないから、カンテラの用意をしておいてくれ。それじゃあ池田さん案内頼む」

と言った。池田は「解りました」と言って四人で工場を飛び出した。

二間幅程《にけんはばほど》の砂利道をガラガラガラと現場に向かって急行した。

光男は土手下で痛さをこらえてただ只管《ひたすら》待つしか方法はなかった。

やがて四人の声と大八車の音が次第に近づいて来た。池田が
「こっち、こっち、こっち！」

と叫んで三人を案内して来た。

バタバタと人の走る音が頭上で止まった。
光男は心強いものを感じた。池田が
「豊島さん、みんな来たよ！　もう大丈夫だよ」と励ました。秋山は
「全く動けないか？」と聞いた。光男は
「何ともすみません、どうやら左手と右足が折れているみたいで感覚がない。それに脇腹を強く打ったのか、圧迫感が強い状態です」と応じたのであった。
「そうか、それじゃ動けんな、こりゃ思ったより大変だな。山根さん、池田さん、これは素人の俺《わし》らでは難しいと思うが、担架で土手上まで運び上げる事が出来るかな？」
と二人に聞いた。山根は
「ウーン、このままの状態でなんの養生もなしではまずくないかなあ、野沢さんは内科だけどどんな事でも診《み》てくれるよ。だからここへ来てもらって指示を受けながら動かした方が、少し時間がかかっても安全じゃあないか」
と言った。池田は
「それじゃあ石井君、俺の自転車で野沢先生の処へ走ってくれないか、どうだ行けるか？」
と言うと、石井は「もちろん行って来ます」と元気よく応えたので、池田は
「そうか！　じゃあ頼む。暗いから気を付けてな」と石井の肩をポンと叩いた。石井は

「じゃあ、急いで行って来ます」と言って自転車に乗った。石井の師である山根は「くれぐれも気を付けてな！　何かあっても助けに行く事が出来ないんだからな！」と声を強めて言った。
「ハイ！　解りました！」と言って石井は出発したのであった。
石井を送り出してから池田は
「こう暗くては危ないから一走《ひとっぱし》り工場へ行ってカンテラを持って来る」と言って走り出した。秋山は光男に
「何かさあ〜、豊島さんらしくもない事をやったなあ。まあー未《ま》だ若い証拠だな。しかし何だなあ、医者に診てもらわないと何とも言えないが、もし骨折だとしたらしばらく入院という事になるかも知れないなあ」
と言いながら光男の作業服を何となく触り、〈ハッ！〉と顔を曇らせた。そして暗い月明りの中、何やら凝視し
「おっとこれはもしかしたら血じゃないか？　どこか切ったのか？　左肩の下の方だ、痛くないか？　ああーこれじゃ駄目だな、血止《ちどめ》の必要があるな。山根さん、俺も一寸工場へ行って添え木と体を固定するサラシを持って来る。
でよ！　血の出処《でどころ》が解らんが、このタオルを使ってサラシを持って来るまでこの辺を押

えていてくれないか」
とタオルで左脇上部の処を押えながら言った。山根はすかさず
「よし解った、早く行って来てくれ！」とタオルを押えたのであった。
事故現場から工場まで走ると十分弱くらいだった。
秋山が工場に着くと池田がカンテラに火を入れたり、布綱《ぬのづな》を巻いている処であった。
池田は「あれ！　秋山さん！」と声をかけた。秋山は
「そうなんだよ、血も出ているしよ、思ったより重傷かも知れないぞ。だから止血用と骨折した処を固定する添え木、それに何か食べる物と水を取りに来たんだよ。一寸奥さんに頼んで来る」
と一気に言った。
大石親方の自宅は工場と隣接しているが別棟になっている。
しかしその時、大石の妻美千代はいつもと異なる工場の雰囲気に気が付き、何かあったのかなあ、と見回りに来た。秋山は
「あっ！　奥さんいい処に来てくれた、実は」と言いかけた時、親方の大石が近所の会合から帰って来た。秋山と池田は
「わあー！　親方いい処に帰って来てくれた！」

と言って一部始終を説明したのであった。大石は
「解った、それで石井が野沢先生の処へ行ってどの位の時間が経過したのか」
と言った。池田は
「ハイ、かれこれ一時間くらいと思います」と応えた。すると大石は
「そうか、それじゃあ、ぼつぼつ現場に到着するな。斉藤君、悪いがもう少しここで工場を守っていてくれ」
と言って妻美千代に
「何でもいい、腹の足しになる物を用意してくれ、大至急だ！　池田さん秋山さん準備が出来次第現場へ行こう」
と言った。美千代は自宅に走って大急ぎで蒸《ふか》してあった薩摩芋《さつまいも》、沢庵《たくわん》、握り飯を用意したが、二十分ほどかかってしまった。
工場へ持って行くとすでに大石、秋山、池田は事故現場に向かった後だった。美千代は
「斉藤君、事故現場は知っているの？」と聞いた処、斎藤は「いやあ、僕は知らないけど、池田さんの説明でだいたい解ります」と応えた。美千代は
「そう、それじゃ、これ大至急届けてくれる」
と食べ物と沸《わ》かした白湯《さゆ》を四合瓶三本に入れ、湯呑み八個と合わせて斉藤に渡した。

「ハイ、じゃあ奥さん行って来ますけど工場の方お願いします」

と言って一纏《ひとまと》めにした風呂敷包みをかかえて走った。

美千代は後ろ姿に向かって「気を付けてね」と大声で叫んだのであった。

一足先に工場を出た一行はそれぞれカンテラを持っていた。

そのカンテラに照らし出された秋山は五十代後半のやや細面《ほそおもて》で一重瞼《ひとえまぶた》。

一見強面《こわもて》であるが細部に配慮をする実直《じっちょく》な人柄である。

三人はもう現場に近づいていた。

現場の山根は土手に上り、カンテラの灯火《あかり》が三つ近づいて来るのを見て、

「豊島さん灯火が三つ近づいて来るよ。よかった、もう安心だ！」

と懸命に励ました。

間もなく大石ら三人が到着してカンテラの灯火で光男を照らした。

大石が声をかけようと光男の傍に来るより早く光男は、

「親方、とんでもない迷惑をかけてみんなの仕事を止めてしまい申し訳ありません」

と声を絞《しぼ》り出すようにして謝《あやま》った。

大石は真剣な眼差《まなざし》で光男を見ていたが、やがて〈ホッ！〉とした顔付になり、

「皆の話を聞いてビックリしたが、来て見て少し安心した。これなら大丈夫だ。命に別状

はないようだし、不幸中の幸いと言うべきだね。話の様子だと野沢先生も間もなく到着すると思う」

と励ました。

その時、土手の上で石井が「先生、こっちです。土手の下です」と言う案内の声が聞こえた。

五十代で温和な野沢医師は、黙って倒れている光男の傍に屈《かが》み込み、池田の持つカンテラの灯火を頼りに光男の身体を調べ出した。そして
「これは手足の骨折と打撲傷、それに腋《わき》の下に小枝が刺さって出血があるが傷は浅く大丈夫だ。止血の応急手当をしておく。骨折については添え木をしなくてはならない。大石さん、何か小さな板とサラシがほしいが何かありませんかね」

と言った。秋山と池田は同時に
「ハイ!　用意してあります」

と声を揃えた。野沢は
「そりゃあよかった。助かった。これがないと難しいからね」

と言って素早く応急手当を施した。

野沢医師の指示で、池田と石井は大八車の上に用意した当《あ》て布団《ぶとん》を座イスのように工夫し

て、そこに光男を座らせ、腕は首から吊ったのである。
総合病院に出発する準備が整った処へ、斉藤が
「食べ物と飲み物を持って来ました」
と走って来た。大石は
「よし！　食べられる人は少しでも食べてくれ」
と大八車の空いている処へ美千代の作った風呂敷包みを広げた。
そして野沢医師に
「先生、怪我人も食べていいですか？」と聞くと、
「そうだね、少しくらいならいいけど食べられますかね」
と応じたので、光男は
「ありがとうご座居ます、食べる物より飲み物を少しいただきます」と言って白湯を飲んだ。大石は
「光男君、握り飯や薩摩芋も食べられたら少しでも食べた方がいいんじゃないかな」
と言った。
「まあ、内臓に影響がないようだから大丈夫だが、強い外傷で急激な末梢血液循環《まっしょうけつえきじゅんかん》の不全状態に陥《おちい》ると食べ物は受け付けないと思うので、少し心理的な衝撃が治《おさ》まって食欲が出

て来てからでも遅くはないですよ」
と野沢は言ったので、大石は、
「あっ！　そうなんですか。光男君大丈夫か？」と言った。光男は
「すみません、いろいろと厄介をかけます。今は大丈夫です。ありがとうございます」
と恐縮するばかりであった。大石は
「それじゃあ、これから先生と私と石井君が大八車を引いて総合病院へ向かう。秋山さん、山根さんありがとう。池田さん、悪いけど工場で私の連絡を待っていて下さい。その訳は光男君の奥さんに、怪我の状態がはっきりしてから正確に知らせたいためだ。不正確な事を言うと聞いた方は不安が拡大する事が多いからだ。結果が解り次第、石井君に知らせを持って帰すからね」
と念を押したのであった。光男は
「池田さん、すんません。今日は末っ子の誕生日で、さっき親方からいただいたお祝いと、みんなにと言って頂戴したお菓子が自転車に積んであるんだ。遅くなってしまい、本当に申し訳ないけど俺《わし》の言葉と合わせてよろしく頼む」
と言って病院に運ばれていった。
それから二時間余り経《た》って十九歳の見習工である石井宗一《いしいそういち》が息をきらして工場に帰って来

た。そして

「『確実な事は二日後でないと解らないが、骨折が足に一ヶ所、手に一ヶ所で小さな刺し傷、すり傷が数ヶ所あるが、命にかかわる事は全く無し。でも、しばらくは入院するようになるので帰れないが心配しないで下さい』との親方からの伝言です」

と石井は池田に伝えた。池田は

「そうか解った。いやご苦労さんでした。それではこれから俺は豊島さんの家に行って奥さんに知らせて来る」

と言うと、心配で池田と一緒に大石からの報告を待っていた美千代は

「池田さん、静さんは突然の事でビックリするでしょうね。大丈夫かしらね。私は自転車に乗れないから、また後日《ごじつ》行くけどよろしく伝えてね」

と何回も念を押すように池田に頼んだのであった。池田は

「解りました。必ずその様《よう》に伝えます」

と言って、自転車に積んである行李《こうり》を手で確かめ豊島家に向かった。

一方、豊島家では、〝今日は早く帰って来ると言っていたのに、お父さんは夜なべなのかなあ〟と進は呟きながら、何となく胸騒ぎを覚えていた。

静も同じように〝どうしたのかしら〟と不安な気持ちでいた。そして時計を見ながら

「夕飯《ゆうはん》は八時まで待ちましょう。八時になっても帰ってこなければ先に頂きましょう」

と言うと、子供達は元気な声で「ハーイ」と応えた。

そして八時になったが、外はシーンとしずまり返って父光男が帰って来る気配がない。

「さあ、ではお父さんに悪いけどお先に夕食を始めましょう」と母静は言った。

食事が終わっても父光男は帰って来ない。

九時を過ぎ、半《なか》ばになっても外はシーンとしたままだ。

進は心配で何回も出たり入《はい》ったりしていた。十時少し前、表に自転車の止まる音がした。

みんな一斉に《あっ！　帰って来た！》と立ち上がり玄関を見た。

外で「今晩は」と低い男の声がする。

《あっ！　お父さんじゃあない！》一瞬緊張が走ったが、すぐに「ハイ！　何方《どなた》ですか？」

と進は応えた。

するとまだ心張《しんば》り棒《ぼう》をしていなかった引戸が〈ガラガラ〉とあき、池田が
「今晩は、夜遅くご免ね」と言って入って来た。

皆は声を揃えるようにして《今晩は》と応じたが、母は池田の表情を見て何か不吉な予感が的中した事を感じたのであった。

池田は明るいつくり声で、

「いや～奥さん、そしてみんな、突然変なのが来てビックリさせてしまったかなあー。ご免ね。実は豊島さんから頼まれたものがあるので今、自転車からおろすから一寸待ってね」

と池田は努《つと》めてゆっくりと荷台に積んである行李《こうり》をおろした。

そして上《あが》り框《かまち》の上に行李を置き、

「さて、静さんも皆も座って下さい」

と言った。

皆は突然の来客で玄関の処に集まり立っていたので、池田の言うまま座って池田を見た。

池田は
「こんなに遅くなった訳を話すから皆《みんな》、おじさんの話を落ち着いて聞いてね」

としずかな口調で語り始めたのであった。

「豊島さんが仕事を六時半頃終《お》えて帰る途中、工場から走って約十分くらいの処で、石にハンドルを取られて転倒してしまったんだ。幸い怪我は大した事はないが、一応大事を取って総合病院のお医者さんに、現在診てもらっている。そんな訳でお父さんは病院に泊まる事になってしまったんだ」

と言った。そして更に池田は、

「皆いいかい、これから話す事はお父さんの言葉だからよく聞いてよ。『お父さんは自転車で帰る途中一寸大きな石にのりあげて転んでしまった。チビッと怪我をしてしまったんだよ。怪我は大した事はないから皆、心配しないでくれ。大石親方と奥さんからいただいたものを池田さんにお願いして皆の処へ届けてもらった。大切に受け取ってくれ。それから志保、誕生日おめでとう。親方と美千代奥さんが志保のために、お祝いとしてリボンで飾られた何かを贈ってくれたよ。何が入っているのか楽しみだなあ。お父ちゃんの失敗で家に帰ることが出来なくてみんなご免よ！』と照れながら言っていたよ」

と言って、〈パッ！〉と直立不動の姿勢になり敬礼をして

「以上、お父さんからの伝言終わり！」と明るく戯《おど》けて見せたのであった。

進も、波江も、歌代も、文彦も、そして志保も母静も、池田の敬礼に対してニッコリと笑顔を見せて敬礼を返した。

池田は「オーみんな大したものだ」と顔をゆるめたのであった。

静は言い知れぬ不安を覚えながら、池田に

「ありがとうございました。親方や奥さんをはじめみなさんに、こんなに夜遅くまでご面倒をかけてしまい真《まこと》に申し訳ありません」

と詫び、病院の所在を聞いたのであった。池田は丁寧に教えてから子供達に向かって、

「さあーみんな今日は遅いからお父さんの事はお医者さんに任《まか》せ、心配しないでおやすみ

なさい」と言ってから、「静さん一寸いいですか」

と言って外へ連れ出し、

「いや子供さんに心配かけまいと考え、あんな風に言ったんだけど実の処は」

と、池田が発見した事と大石から言われた事など一部始終を話したのであった。静は
「そうだったんですか、とんでもなく皆様にお世話になってしまいました。取り分け池田さんに気付いてもらえなかったらどうなっていたか解りませんでした。貴方のお陰《かげ》で命拾《いのちびろ》いをしたのです。ありがとうございました。それに皆様方に大事な仕事を中止させてしまい、本当にお詫びの申しようもありません。どうかくれぐれも宜しくお伝え下さいますようお願い致します。今晩は志保の誕生日を記念して親方と奥さまの心のこもったお祝いを皆でいただきますので、お二人さまにはその旨も合わせてよろしくお伝え下さいまし」

と深々と頭を下げて言ったのであった。池田は
「解りました、必ず親方やみんなに伝えます。静さん心配しないでね。それではおやすみなさい」

と言って自転車を押し、ゆっくりと背を向けたのであった。

静は呆然としながら家の中に入った。

その時、進と波江は

「お母さん！　どうしたの！　大丈夫！」
と声をかけた。静はハッとして咄嗟《とっさ》に
「フウー、寒いから頭がボーッとしてしまったわ。大丈夫よ！　さあー遅くなったけどお父さんが怪我をしながら守ってくれた行李《こうり》を開けてみましょう。志保の誕生日のお祝い品と、みんなにと言って頂いたものよ。紙を破《やぶ》かないように、丁寧《ていねい》にソッと開《あ》けるんですよ。
それから紙はきれいにたたんで記念にしましょうね」
と言ったが、子供達は黙って不安そうにしている。母静は
「ホホホホ、そんなに心配しないで大丈夫よ！　お父さんは強い人なのよ。前にも材木干《ほ》し場《ば》から落ちて大騒ぎした事があったのよ。その時もお父さんたら平気な顔で『なんでもないよ！』と言って大笑いしたことがあったのよ。だから今度も大丈夫よ。だから安心してね」
と笑顔で話したので、子供達は母が初めて話す父の強さに安心して、
「そうなんだ、安心したわ。それじゃきれいにほどきましょう。ハイ！　これは志保ちゃんに贈《おく》ってくれたものだから志保ちゃんが開けなさいよ」
と波江はお姉さんぶった。志保はハーイと応じてリボンをほどき、箱の中を見て
「わあーお人形さんだ！　かわいい～！」

と小躍《こおど》りして喜んだ。波江も、歌代も
「わあ〜お菓子だ！　いっぱいある、おいしそうだなあ、お母さんこれ七等分に分けるの」
と嬉しそうに聞いた。母は
「そうしなさい、でもさっき夕食を食べたばかりだから食べるのは少しだけにしなさいよ」
と注意する言葉に、姉二人は「ハーイ」と応え
「これはお父さんの分、こちらはお母さんの分、そしてこれと、これは進兄ちゃんと文彦ちゃん、こっちの三つは私と歌代ちゃんと志保ちゃんの分よ」
と波江は笑顔で分けたのであった。そして子供達が「ワア、おいしい」と分けたお菓子を少しずつ、ポリポリと食べている時、母は進と波江に、
「明日《あした》あなた達二人が学校へ行っている間《あいだ》にお母さんは、歌代、文彦、志保の三人を連れて、お父さんの様子《ようす》を見に行ってくるからね。二人が帰るまでには私達も帰って来るつもりだけど、もしお母さん達の帰りが遅くなっても心配しないでね。それじゃそろそろ寝ましょうね」
と子供達を寝かし付けた。子供達が寝た後《あと》静は、思えばこんな事は結婚してから初めてのことだなあ、と光男を思い遣りなかなか眠ることが出来なかった。
夜が明けるのも待ちきれず、静は早くから朝食の支度をしたり、洗濯の用意をしたりしな

がら、一刻も早く病院に駆け付けたい衝動にかられていたのであった。
子供達もそんな母を気遣う気持ちと父の事を心配する気持ちが相俟ってであろうか、全員早く起床して来た。母静は
「アラ！　どうしたの？　ずい分早いわね。アラララ、志保までもう身支度して、大丈夫？」
と明るく皆に声をかけた。子供達は
「だってお父さんの事を思うと寝ていられないもん」と言った。歌代は
「お父さん一人で寂しかったんと思うわ。だから……」と言って涙ぐんだ。母は
「そうかあ、みんなお父さんの事を心配してあまり眠れなかったのかあ。でも今日は四人で行って来るから大丈夫よ！」
と子供達を励ましながら《ホロッ》としたのであった。
子供達と食事をすませ、片付けもそこそこに三人の子を連れて静は病院に向かった。
総合病院は静の想像していた規模よりはるかに大きく、静も子供達もビックリして、最初はまごまごと当惑したのであった。
池田に聞いていた病室を捜すのも、もどかしく思いながらやっと病室に辿《たど》り着いた。
入口の右側に小さな名札入れがあった。

一人部屋で〈豊島光男〉と記《しる》してあった。

静はそれを確認して〝トントン〟としずかにノックした。

中から男性の声で〝どうぞ〟と言う返事があったので一瞬《ドキッ！》として《あっ、何方《どなた》だろう？　この病室ではなかったのか？》ともう一度名前を確認して、そっと戸を引いた。室内では光男が包帯姿も痛々しく、仰向《あおむ》けになり、右足を宙に浮かすように固定され、左手も同じように固定され身動きが出来ない有り様《あさま》であった。

子供達は驚いて棒立ちになり父を凝視して、静の手や着物を〈ギュッ！〉と掴んでいた。

静が一瞬《ドキッ！》とした男性の声は大石親方の声であった。大石は光男の傍で
「あっ！　静さん、よう来た、子供達も一緒か、心配かけてしまったね、みんなもよう来た」

と言って呆然《ぼうぜん》としている子供達一人ひとりの姿を見て、

「みんな、お父さんは包帯だらけになって手足が宙に固定されているからビックリしたね、無理もない。だがもう大丈夫だよ、お医者さんに完全に治療して頂《いただ》いたからね。

君達のお父さんは強いからすぐ治るよ」

と言って三人の子供の頭をそっとなでたのであった。静は
「昨夜は親方さんをはじめ職人さん、そして池田さんやお弟子さん、更に奥さまに、とん

でもないご迷惑をお掛け致しまして真に申し訳ありませんでした。夜も更《ふ》けててしまったと思いますので、皆さんのお仕事に悪い影響を及ぼしたと存じます。本当に申し訳無く重ねてお詫び致します。その上、本日もこんなに早く主人のために来て下さり何とお礼を申したらいいか、そして昨日は志保の誕生日に高価なお人形を頂戴し、更に子供達や私まで、おいしいお菓子を頂いてしまいました。ありがとうございました。歌代、文彦、志保、親方さんに、皆でお詫《わ》びとお礼を申し上げましょう」
と三人の子供を並べて
「ごめいわくをおかけしてご免なさい。たくさんの贈り物ありがとうございました」
と母静が小さな声で音頭を取ったので、子供達ははっきりとかわいい声で深く礼を尽くしたのであった。志保は持って来た人形を大石に見せ、はにかんで
「おじさん、お人形ありがとうございました」
と言った。大石は
「どう致しまして、志保ちゃんお誕生日お目出とう。ご免ね、おじさんが志保ちゃんの処へ届ければ良かったのにね。歌代ちゃんも、文彦君もご免ね。静さん本当に申し訳なかった。すみません」
と深く頭を下げたので、静は意外な言葉に驚いた表情になり、一瞬言葉を失ってしまった。

だが次の刹那《せつな》、大石の謝罪を遮《さえぎ》るように

「とんでもない事です。何をおっしゃられますか、そんな風に言わないで下さいまし。日頃も、此の度の事も、何時《いつ》もいつも、親方や奥さまのご配慮は私共の心の奥まで届き、どれほど嬉しく、何程《どれほど》救われているか言葉に言い表す事が出来ません。どうか、そのようなお言葉はお許し下さい」

と涙声で応えた。大石は

「いや～静さん、そんな風に言われると恐縮するばかりです。

光男君は右足と左手の骨折が重傷となる主因だ。しかしこれは日日《ひにち》が経《た》てば必ず治《なお》るから安心だ。その他は倒れたはずみで左腋《わき》の下《した》に小枝が刺さった傷が一ヶ所、そして数ヶ所の打撲であった。先生の話では完治するまで約三ヶ月。この期間を重要期間として大事にしなければならないと言う診たてです。入院は二ヶ月はかからないくらいで済むかも知れないと言う事だ。後《あと》は松葉杖を使いながら通院するようになると言われた。この通院が大切な事だそうだ。約二ヶ月近くも寝たきり状態が続くと体力や筋力が著しく落ちて、歩行困難な状況にもなりかねないそうだ。体力や筋力を取り戻すために、欠く事が出来ない運動が通院ということになるそうだ。その運動こそが一生を左右することになるから、どんな事があっても努めて実行するようにと指摘された。そこで入院に関する事、通院に関する事、全ての用意は私が責任を持って、不自由のないようにします。金銭の事も一切心配しないで下さい。その他私の出来る事は何でもしますので任せて下さい」
と言った。そして大石は
「これは少ないが何かの役に立てて下さい」
と三拾円の入った封筒を差し出したのであった。母静はまたしてもビックリして
「とんでもございません。ご多忙の中、私共の不注意で三ヶ月余の間ご迷惑を掛ける事必至です。それなのに数々の温かいお言葉をいただき、その上更にこんな途方もないことをして頂き、それに甘んじたら罰《ばち》があたります。どうかこれ以上のご心配はなさらないで下さい」
と必死に頭を下げて懇願《こんがん》したのである。大石は
「静さん貴女《あなた》はどうしてそんなに水臭いことを言うのかね。いいですか、良く聞いて下さいよ。光男君は大石製作所になくてはならない重要な人なんですよ。それはこれから飛躍するために、全部門を総轄《そうかつ》する合理的な組織の長になって、大石製作所の牽引者になる人なんですよ。そんな大事な人に当たり前のことをしているだけなんですよ。だから遠慮してはいけません。第一そんな大げさなものではないんだから、まあー取っておきなさい」
と真顔で静を見たのであった。

母静は、困った顔で父光男の顔を見た。光男は
「親方、すみません、ありがとうご座居ます。静、遠慮なく頂いておきなさい」

と大石にコックリと頭を下げた。母は父に言われ
「それでは遠慮なく頂戴致します。ありがとうご座居ます」

と大石の差し出す手から押し頂くと、大石は
「そう、そうでなくてはいけない。静さん私はこれから高山のお客さんの処へ行って来ます。早く用事が終われば又ここへ来ますが、みんなでゆっくりしていてね」

と言って病室を出て行った。

子供達は大石が病室から出て行くとすぐに父光男の傍に近寄り、最初に声をかけたのは歌代であった。

「お父ちゃん、大丈夫？　足もおててもお顔も包帯だらけになって痛いでしょう。歌代が看病してあげるね」

とそっと顔をさわった。

「オー歌代ありがとう。でも、もう大丈夫だよ」とやさしく応えた。

これを見ていた文彦は紙袋を差し出して、

「これ、お父ちゃんの代わりに池田さんが持って来てくれたお菓子だよ。はい、これお父

ちゃんの分だよ、食べられる？」

と心配そうに顔をのぞき込み、円《つぶ》らな瞳で父を見ている。父は
「ウワーありがとう。でも今はまだ食べられないから三人で食べていいよ」

と言うと、文彦は悲しそうに下を向き
「僕は食べたよ、おいしかったよ、いつになったら食べられるの？……。じゃあそれまで、どこかにしまっておいたら」

と周《まわ》りを見回しながら言ったのである。母静は
「文彦、ここは病院だから食べる物をしまって置く処はないのよ。だからお父ちゃんの分は三人で仲良く分けていただきなさい」

と言うと、文彦はしばらく考えて、

「ウン、それじゃ分《わ》けようか」

と言って子供乍《なが》らも父を思い遣《や》り、しずかに食べていたのであった。

静は光男が子供と交《か》わす元気な声を聞き安心した。〃命にかかわる怪我ではない。時間との戦いだ〃と思い急に気が楽になったのであった。

志保も人形を見せ「お父ちゃん、このお人形の名前は〃さくらちゃん〃なの」

父は「ホ〜、さくらちゃんなのか。いい名前だなあ。その名前だれが付けたの」

と聞いたところ、「志保が付けたの」とはにかんで応えている。

母静は、そんな和《なご》やかな会話に〈ホッ！〉としていたが面会時間も過ぎたので
「今日はこれで帰ります。進も波江も帰る時間になるからね。この次は学校の休みに皆と一緒に来るわ。それから一応入院道具と下着や寝間着などを用意してきたけど、今の状態ではあまり役に立たないかも。でも、ここに入れて置くわ」

と言って周りにある小さな整理ダンスと一人用の洋服ダンスがあったので、その中に用意した物を入れ
「ねえあなた、絶対に無理しないでね。進も波江も心配していたわ」

父光男は「そうか解った。皆に心配かけてしまうなあ……。なあ～静、五人の子供を連れて来るのは大変な事だ。こんな大げさな姿を見ると進も波江もかえって心配する。だから来なくてもいい。必要な時は知らせる。いいか、お前こそ無理するなよ。こんな時、お前に何かあったらそれこそ大変だからな。それから親父やお袋にこの事を知らせないでくれ。心配をかけるからな」

と照れるように言った。

静はもう進も波江も手がかからないし、むしろ二人の子守りをしてくれるので助かると思っていたから一寸複雑な心境になったが、夫光男の言う事も理解出来るのと義父母の事も

合わせて「ハイ、解りました」と微笑みながら応《こた》えたのであった。

子供達はもっと父と話したいと思っていたが、母にうながされ、渋々《しぶしぶ》「お父ちゃん、一緒に帰れないの？　歩けないから？……」と歌代は涙をうかべて言った。

「そうなんだよ歌代、歩けるようになったら一緒にお家《うち》に帰ろう、だから今日は帰りなさい。お母さんの傍《そば》を離れたら駄目だぞ、皆で手をつないでな」

と光男は愛娘《まなむすめ》の言葉に胸が詰まったのであった。

翌日、大石が見舞いに来て「どうだ具合は？」と神妙《しんみょう》な面持《おももち》で言った。光男は
「ハイ、昨日《きのう》よりも痛さは減《へ》って来たような気がしますが、鈍痛がね……。親方、昨日《きのう》はすみません。いろいろありがとうございました。子供達も一生忘れる事はないと思います」

と礼を述べると、

「そうかあー、それは良かった。それにしても静さんは素晴らしい女性だ。あの人に育てられる子供達は将来有望な人材になると思うなあ。君は幸せ者だ。ところで痛さは時間との勝負だ。未だ骨が付くまで多少時間がかかると思う。その間《あいだ》気を紛《まぎ》らすためにと思って月刊誌を買って来たぞ。仰向《あおむけ》状態では読みにくいかも知れないが、工夫して読めないかなあ。まあ無理する事はない、読めたら暇潰《ひまつぶ》しになるかもな。それじゃまた来るからな」

と言ってあっさりと帰ったが、大石は毎日のように見舞いに来て、あれこれと気を配ってく

れたのであった。
そして父光男が多少身動きが出来るようになった三月中旬、大石は妻の美千代を連れて来た。
「今日は家内と一緒だ」と美千代を光男の傍に招いた。美千代はベッドの傍に来て
「光男さん、お見舞いが遅くなってご免なさい。もっと早く来たかったんだけど、主人がもう一寸待てって言うのよ。『身動きが出来ない状態の時は本当につらい、そんな時は気の毒だよ』なんて言うもんだから今日になってしまったのよ。もう動く事が出来るようになったのね。よかったわ」
と心配顔で言った。光男は
「ハイ、おかげさまで日増しに良くなって行くのが解るようになって来ました。いろいろとご心配をかけてすみません。特に親方には一方ならぬご配慮を頂いてお礼の申しようもない有り様です。奥さん今日は工場の休みの日、それなのにわざわざ自分のためにすみません。早く治って恩返しをしなくてはと焦《あせ》っています」
と目頭を熱くした。美千代は
「あら恩返しなんて変な事言わないで。そんな事を言ったら私達こそあなたに対して何の恩返しも出来ていないわ。光男さんは大石製作所のために一生懸命働いて来たから、一寸痛

いかも知れないけど、神様がゆっくり休養期間を下さったと思って身も心も休むことだわ」と優しく労《いたわ》った。すると大石も「そうだよ」と相槌《あいづち》を打ったのである。

光男は身を正しながら

「そんな恐れ多い言葉は勘弁《かんべん》して下さい。本当にこんなに良くしていただいてありがとうございます。しかもお忙しい中、自分のために貴重な時間を取らしてしまって申し訳ありません。どうかもう大丈夫ですから」

と言うと、大石は

「何を言っているんだ、確かに本来ならば忙しい時期だが、何か今年は変だ。そう思わないか?」

と初めは笑みを浮かべていたが、次第に真顔になり、

「なあ—光男君、君は早く治《なお》して早く仕事をしなくては、とそればかりを思っているようだが、今日からは今までの事は棚に上げてくれないか。痛い目にあっている最中に気の毒だが、今日から新たな仕事をしてほしいんだよ。怪我が治り通常の業務に戻ったら、その仕事に追われ、新たな意識改革をしようと思っても、それは極めて難しい事になってしまう。そこで、今の状態を利用するというと一寸変かも知れないが、これも考え方だ。神仏が与えてくれた絶好の機会と受け止める事だ。その仕事とは君に少し経営学の礎《きそ》を学んでもらいたいという事なんだよ。その事により今より一歩も二歩も前へ進む事が出来るようになると私は思っている。それ故に仕事を増やしてしまったんだよ。解ってくれるかな?」

と光男の心を探るように、ジーっと目を見ながら言った。

「えっ！　親方、冗談でしょう?　私みたいな者がそんな難しい事は如何なものか?　多分途中で挫折をするというのが落ちですよ。ハハハ」

と笑いながら言うと、傍で微笑みながらこの話を聞いていた美千代は、

「素晴らしい事と私も思うわ。光男さん、どんな仕事も最初は不安で出来る訳がないと思うものよ。だから基礎を学ぶのよ。その上でこれは出来ないなと思ったら、それはその仕事に縁が無いという事よ。何も学ばず遠くから敬遠するなんてことは、やはり新しい事を避けているという事なのよね。もしそうだとすれば、それは光男さんらしくない事と私は思う

わ。だから挑戦するのも一考かも」
としずかに言った。大石は
「そうだよ。私は君なら必ず出来ると思っている。なぜなら君に向いていると思うからだよ。先日静さんにも言ったが、大石製作所をもっと合理的な組織にして行くためにと話した通りだ。まあ聞いてくれ。現在に於ける日本の基礎的経済力は世界の先進国と比べると相当低い位置にあるそうだ。詳しい事は解らんが、その差はますます開き、このままだと世界から孤立してしまう恐れがあると言われている。そうなると資源の確保が出来なくなる。何とか経済力を高めようとしても、基礎的な力に劣る日本は、もがけばもがくほど悪循環《あくじゅんかん》に陥《おちい》ってしまうようだ。今、君とこんな話をしている最中でも、中国山東省の省都である済南《さいなん》では何か変な動きがあるようだ。これが拗《こじ》れると日中間は極端に悪くなる恐れが出て来るそうだ。もしそうなったら戦争だって本当にあるかも知れないと言われている。私は君も知っているように政治の事、ましてや世界経済の流れなどは全く疎《うと》い。だからと言って、まあーなるようになるさ！　と呑気な事を言っていたら、社会の流れにのれなくなって置いて行かれる。直近《ちょっきん》の日本は緊迫した状況下にあり、時代は急速に悪い方に向かっていると言われている。もし経済恐慌《きょうこう》になったら我々みたいな弱小な者は、〈アッ！〉と言う間に消えてしまう。そもそもうちの仕事は地元の工務店の下請けが主力だ。家を建てる人が多くなってくれないと浮かぶ瀬もなくなる訳だ。関東大震災から約六年が経って、東京には地下鉄が出来た。世の中は進んでいる。そして景気は落ち着いたかに見えるが、実感として先行き真っ暗で全く見えない。それればかりか日増しに悪くなる一方だ。なぜなのか？　私には良く解らないので成瀬工務所の成瀬棟梁に聞いてみた。棟梁は『いや～俺《わし》も日本の経済が今後どうなって行くのか、まして我々の仕事がどうなるのか全く解らない。日本の経済を左右するのは、日本だけの力だけでは所詮《しょせん》限りがある。しかし世界の先進国といわれる国も、資源の問題、国土の問題等の渦中にあり、日本はその中に於いて難しい立場にあるそうだ。もし間違うと世界を巻き込んだ大きな戦争という事になるかも知れないと言う人もいる。そうなると若い者は強制的に徴兵《ちょうへい》される恐れがある。国力のない日本は国民に対してどんな無理難題を強いてくるか解らない。消費に活気がないのは、その辺にあるのかも知れないなあ。折角育てた若い衆が強制的に引っ張られるのは辛《つら》いし気概《きがい》を無くすよ。大きな声では言えないが、そんな風に思っている人は多いと思うよ。だからその点をよくよく精査《せいさ》するというか、良く見て家を建てるとか、物を買うとかを考えているんじゃないかなあー。日本は資源がないので、資源を売る事は出来ない。従って何か、付加価値の高い物を製造して貿易をする。その貿易も資源が確保出来ないと物が作れないという事になる。つまり貿易が順調に行くためには資源がどうしても必要だ。従って資源の確保などの問題をどう解決させるかに国の運命がかかっている。俺《わし》に、こんな話を教えてくれる経済博士に機会があればもっと詳しく聞いとくよ』と棟梁は真剣な顔で話してくれた。まあ、そんな具合で工務店の仕事も先が見えない状態だそうだ。今、うちも受注がそれほどある訳じゃない。いつかこのままだと先詰《さきづま》ってしまう恐れがあると思うが、それが解らない。そういう意味で、君に現在の日本、将来の日本の展望などを見極《みきわ》める洞察力《どうさつりょく》を付ける勉強をこの絶好の機会に、いや、真剣にやらなくてもいい。退屈《たいくつ》な時にやればいい。きっと後悔する事はないと思う。実は君の了解を得なくて悪いと思ったが、これは私の見立てで買って来た本だ。筆記用具や辞書も用意した。無理のないところで読んでくれ。怪我が完治するまで、仕事や金の事は絶対に心配しないで本を読む事に集中してくれ。私達は、静さんやお子さんに不安を与えるような事はしない。だから君も静さんに今日の事を全て話してくれないか。そうすれば静さんも安心すると思う。自分の夫は病院にいても仕事をしている。しかも重要な仕事に打ち込んでいるという充実感が家族全体の力になるからだ。了解してくれたか！」

と大石は両手で光男の手を握ったのである。

光男は大石の思い遣りと配慮に思わず目がうるんだのであった。

「解りました。私みたいな者がどれほど出来るか？　自分ながら未知の分野ですからなんとも言いようがないけど努力します。ならば、と早速甘えた事を言ってしまいますが、新聞を読めたらいいですね」

大石が

「解った。美千代、売店へ行って病室まで届けてくれるかどうか聞いて来てくれないか」

と頼むと、「ハイ、一寸行って来ます」

と美千代は病室を出て、ほどなく帰り、

「光男さん、大都会と違って高山は毎日という訳にはいかないけど、新聞が来る時は必ず届けてくれるそうですよ」

とニコニコ顔で言った。大石は

「病院には個室で頼んである。だから周りに気を遣う事はないと思う。歩けるようになったら売店で必要な小物などは買えるから、不自由な事はもう少しの辛抱《しんぼう》だ」

などと三人で雑談をして一時間ほどを過ごした。

その後も夫妻の見舞いは続き、豊島家の家族は一生忘れる事が出来ない深い感謝の念や思い出が、心地好く残ったのであった。

それから父光男が退院するまで、大石が運んだ書籍は五十冊に及んだ。

父はそれをことごとく読破した。

入院するまでは新聞の経済欄などは、見出しだけを見て《フーン、ヘエー》ほどだったものが、肝要な点を追究するようになったのである。

大石の後押しが見事に功《こう》を奏《そう》し、政治、経済、文化などを繙《ひもと》く糸口を入院生活の中で会得していたのであった。

光男は退院してからも通院や歩行訓練などをキチンと実行し、約三ヶ月で出社したのであった。

痛い空白であったが、池田や見習工達が光男のやるべく雑役工の仕事を良く埋めてくれていた。

大石夫妻の励ましや、同僚達の温かい見舞い、心配かけまいと内緒にしていたが、異変に気付き見舞いに来てくれた両親、妻静が子供達と共に支えてくれた家族の絆は光男にとって、この上ない安心と生き甲斐、そして勇気をもたらしたのである。

以来光男は、一段と意欲的になり皆を驚かせたのであった。

そして光男は、家族全員の前で提案した仏壇作りも再開し、更に創意工夫を施《ほどこ》し、志保が五歳の時、ついに、豊島家に運び込まれたのであった。

位牌は三十柱が安置出来るように工夫をこらしてある。

尚且《なおか》つ仏壇作りの法則に充分配慮された設計である。

本尊《ほんぞん》の仏像も、光男の友人である仏師に手解《てほど》きを受け、一位《いちい》材で自ら一刀入魂の思いで彫

り上げたのは大日如来《だいにちにょらい》と両脇仏《りょうわきぶつ》である。
仏壇と仏具の材料は桧葉《ひば》材を使い、塗装は春慶漆《しゅんけいうるし》で彫刻は少なめで気高《けだか》さを重《おも》んじた見事な力作となった。父光男は母静に
「イヤー、長い年月がかかったがやっと仕上がったよ。位牌《いはい》は親父の処からそのうち移《うつ》したいが、今並べてあるのは仮位牌《かりいはい》だ。仏具《ぶつぐ》を一緒に飾ろう。これを荘厳《しょうごん》の仕方と言うんだ。」
静は嬉しそうに
「それではお清《きよ》めをしてからでないとね」

と桧材で作った桶《おけ》に豊島家の井戸水を入れ、そこに新しい手拭《てぬぐい》を入れ三回ほど濯《ゆす》いで力いっぱい硬《かた》く絞《しぼ》り、そしておもむろに真言を唱《とな》えながら丁寧に拭《ふ》き清《きよ》めたのである。光男は感激して集まって来ている子供達に合掌して見せた。

子供達も〈ハッ!〉として合掌し母の口真似《くちまね》を始めた。進も嬉しそうに

「お父ちゃん、仏壇の正しい名称は宝楼閣《ほうろうかく》と言うんでしょう。凄いね! おごそかな御殿《ごてん》の様《よう》だね。これがこれから永久に豊島家の宝楼閣になるんだね。ならば入佛式《にゅうぶつしき》と言うか、開眼法要《かいげんほうよう》はいつ頃するの?」と目を輝かせた。

「そうだなー、まずおじいちゃんとおばあちゃんに知らせて、その上でみんなの都合の良い日とお寺の都合を合わせなくてはならないなあー。まあ、お爺《じい》ちゃんに相談してから決めようか」

進は「解った、楽しみだね」とニコニコして皆を見た。

波江《なみえ》も歌代《かよ》も文彦《ふみひこ》も志保《しほ》も横一列に並んで興味深げに父の力作を見ていたが、進の声で大きく頷《うなず》き「うん! 楽しみだね」と明るい声で応じたのであった。

母は家族が一つになって、父の創作した仏壇を見ているのを心から悦《よろこ》んでいた。

そして改《あらた》めて父に

「本当にご苦労さまでした。こんなに立派に仕上がるなんて思ってもいなかったわ。これ

ならばどこの展示会に出品しても必ず特選が頂けるわね。フフフフ、何だかご先祖さま達も大喜びしている。そんな光景が想像出来るわね。ご本尊さま達もお寺にお祀りしてあるのと大きさは違うけど、全く同じように厳《おごそ》かさに満《み》ちて素晴《すば》らしいわ。本当にビックリしたわ。あなたは凄い！」

と大喜びで父を誉《ほ》め称《たた》えたのであった。

（五）

そうした豊島家の誠信《せいしん》な悦《よろこび》とは別に、世相は急速に悪化していった。

昭和五年には世界恐慌の嵐が吹き、都会の木工所では大不況で何も売れず、止むを得ず、塵取《ちりとり》などを作って、職人が自ら売りに歩いていた姿もあった。

同六年には満州事変と悪い状況は拡大の一途を辿ったのである。

そうした厳しい世相の中、志保《しほ》は小学校へ入学したのであった。

志保《しほ》はやさしい母静と物静かで心の広い父光男、更に清純な兄や姉達に恵まれ貧乏ながらも幸せな日々を送っていた。

身嗜《みだしな》みは、姉のお古《ふる》ではあるが、母の気配《きくば》りでいつも清潔《せいけつ》だった。

志保自身は大きな声を出さず、どちらかと言えば控《ひか》え目《め》な大人《おとな》しい子であった。

しかし担任が弾《ひ》くオルガンに合わせて唄う声は、小鳥のようにやさしく清らかで、大人《おとな》も子供にも心に潤《うるお》いをもたらしていた。

絵も字も上手で、のみ込みが早い頭の良い子だと先生達に誉められていた。

一方、昭和初期の日本は、各分野で先進国と言われる国に著しく遅れをとり、近隣諸国やアメリカ、イギリスなどとも協調出来ずにいた厳しい時代であった。

そのため政治は、国民の目線から遠く離れた処にあり、庶民の生活は明治、大正年代の暮らしとそう大差はなかった。

それでも都会では、地下鉄が出来たりして見た目には活況を得ていた。

しかし、地方との格差は著しく、言語に尽くせないものが多く矛盾《むじゅん》を生じていた。

そんな変動の中、高い山々に囲まれた高山盆地は陸の孤島の如くであった。

だが、四季の風情は素晴らしかった。

春は盆地のいたる処に色取《いろと》り取《ど》りの花が咲き、その花の香りに誘われて優美に舞う蝶や小鳥達。

そして新しい芽吹きの草木が奏《かな》でる初々《ういうい》しい誕生の音色《ねいろ》は、正に浄土の神仏からの贈り物かと思うほどである。

更に盆地だけに夏は暑いが、木陰《こかげ》に入ると高山の町独特の爽《さわ》やかさがあった。

子供達の山遊びは都会の人には想像も出来ない楽しさが豊富にある。

川では飛び込みや泳《およ》ぎの醍醐《だいご》味《み》を満喫出来る嬉しさもある。

秋の紅葉は日本屈指《くっし》で観光名所として全国に広く知られている。

冬の飛騨高山《ひだたかやま》は雪が深くスキーなどのスポーツも楽しめる。

家庭では都会にはない囲炉裏《いろり》がある。その囲炉裏を囲《かこ》み冬の料理が楽しめる。

高山盆地の子供達は一生忘れぬ思い出が心の奥深くに残る古里となるのである。

春夏秋冬、そんな素晴らしい環境に恵まれ、志保は少女期を過ごした。

友達も多く勉強の科目は理科、算術、国語が好きであった。

また習字も上手だった。

図画工作にも工夫があり、いつも教師の目を引き付けていたのであった。

三年生になった十月末頃、担任の山下教諭が
「豊島さん、すっかり葉が落ちたけど、この桜の木をあなたの好きなように描いてごらんなさい」

と図工の時間に指示された。

志保は真っすぐ教師の目を見ていたが、やがて呼吸を整えて「ハイ解りました」と言って、配《くば》られた画用紙を縦《たて》にして中央よりやや下に根回り部分、そして幹、枝の出ぐあいなど丁寧に写生した。

その上で満開直前の蕾《つぼみ》の一粒、ひとつぶを今にも開花するかのように、中に開いた花もいくつか描き、幹の筋目にうっすらとみどり色を配し、樹木の周《まわ》りをやわらかい春の光がまるで、ほとけの後光《ごこう》のように樹木が浮き立つように一桜木《いちさくらぎ》だけ見事に描き上げた。志保は「先生、出来ました。木の葉が散って可哀相だったから、春のきれいで元気な桜にしました」とはにかみながら言った。

山下先生の目は絵に釘付けになった。

「そう可哀相に思ったのー、葉がないと何だか淋《さみ》しい気持ちになってしまったのね。なるほど、その気持ちが良く伝わる素敵な絵だわ。それで周《まわ》りの土《つち》や空間、空まで明るく工夫したのね。豊島さん、この絵は生き生きして気持ちがいいわ。でもこの桜は今、来年に向かって新しい芽《め》を一生懸命になって木の中で育てているのよ。それが落葉樹の定めなのよ。それにしても、あなたは優しい子だ。木の気持ちになって描いたのね。素晴らしいわ、色の使い方も上品でいいわ。先生はとても嬉しい気持ちよ。ありがとう。もう少し経ったら山々の紅葉ね。次は紅葉の美しさと木の気持ち、そして自然の風景を描いてみましょうね。あなただったら、どのように描くのでしょうか。楽しみだわ」

と期待を込めて話した。

志保は六年生になった時、ソロバンの県大会で見事に優勝した。

習字の自由課題では小学生と思えぬ草書で空山の一篇を書き、特別賞を得たのであった。

中学生になってからも創意工夫力に優れ、数々の賞を受けたのであった。

理科では、水の浄化に関する事に興味を持ち、高山町に流れる川の水源を見たいと言って担任や父光男を困らせたのであった。

持って生まれた探究心と感性は、豊かな心を持つ両親の愛情と環境に育《はぐく》まれた結果なのかも知れないと、志保の担任をした各教諭は後《のち》にその感想を述べていた。

創意工夫によって生まれる成果は、志保の悦《よろこ》びであり遣《や》り甲斐《がい》に繋《つな》がったのであった。

しかし志保が小学校へ入学して中学校を卒業するまで、日本は満州事変や上海事変、加えて二・二六事件や日華事変、そしてノモンハン事件の大敗など大きな事変や事件を次々と起こした。

そうした事が、あの忌《い》まわしい太平洋戦争へつながった厳しい十年であり、日本を崩壊に導く魔の十年でもあった。

特に昭和十三年の国家総動員法の発令があってから、国民は戦々恐々《せんせんきょうきょう》として前途洋洋《ぜんとようよう》とした希望の一歩は完全に遮《さえぎ》られてしまったのである。

志保もその一人であった。

（六）

昭和十五年、日独伊三国軍事同盟が締結《ていけつ》されたその時から、三国は正に底なしの奈落《ならく》へと運命を共にしたのであった。

そしてついに一九四一年（昭和十六年）、〈ニイタカヤマノボレ〉の暗号を皮切りに、太平洋戦争に突入したのであった。

父光男と母静は貧乏のどん底に喘《あえ》ぎながらも五人の子を育てた。

さあーこれから二人の共有する目標に力を注いで行こうという矢先であった。

長兄の進はすでに召集され、次兄の文彦にもいつ召集令状がくるのではないか、と不安に駆られていた。

この時、長姉の波江は、昭和十一年一月に愛知県岡崎市に在る佐野研究所という会社に就職していた。

次姉歌代は、子供の頃から望みであった看護婦になるため、高山市の病院に看護婦見習として勤務していた。

志保は学校卒業と同時に国民徴用令【白紙召集】を受け、岐阜市にある軍需工場に入らざるを得なかったのである。

志保が岐阜に出発する前夜、姉の歌代《かよ》は当直で家に帰ることが出来なかったが、両親と兄の文彦の三人が送別会の食卓を飾ってくれた。

「いよいよだなあー、学校と違い実践で大変だが一生の仕事ではないから勉強のつもりでやってこいよ。女だけの仕事場だって友達が言ってたぞ。俺が一緒に行って手伝うことも出来ないしな」

と文彦は励ますように言った。

「ウン、そうする。だけど女だけの職場は大変みたい。中には意地悪な人がいて泣かされちゃうわよ！　と言う友達もいるわ」

と志保は明るく微笑んで文彦の励ましに応えた。

光男と静は末っ子の愛娘《まなむすめ》ゆえにその心配は並大抵なものではなかった。

「女性だけの仕事場である事に加え、規律がしっかりしているから、いい勉強になる。将来のためにその点は安心ですよ」

と担任は言っていたので少しは気休《きやす》めにはなるが、心の底には何とも言えないわだかまりがあった。

〝学校を卒業してすぐ軍需《ぐんじゅ》工場に強制的に召集され否応《いやおう》なしに厳しい体験をさせられてしまう。何と理不尽な事なのか〟と心の中では憤《いきどお》りを感じていた。

「下着や上着はここに入れておくね。お金は一つにまとめては駄目よ。いつ何があるか解らないからお金は分散しておくのよ」

と母静は細かく注意した。四人だけの送別会は遅くまで続き、0時過ぎに寝床に入ったが、四人共なかなか眠ることが出来なかった。翌日四人は高山駅で

「お金がなくなったらすぐに知らせるのよ。身体《からだ》の具合が悪くなったらすぐにお医者に診てもらいなさいよ」

と母は心配顔で諭《さと》すように注意してくれた。

「ハイ、解りました。文彦兄ちゃん召集《しょうしゅう》があっても無理しないでね。暫《しばら》く会えないかも知れないけど元気でね。お父さん、お母さんのことよろしくお願いね」

と、志保は別れの悲しさを察知されないように必死に明るく装《よそお》って文彦を見た。

文彦は志保の心を全《すべ》て読んでいたが、ニッコリと笑みを浮かべ微妙《びみょう》に素《そ》っ気無《けな》い風《ふり》をして

「解った、志保……。お前も元気でな……」

と志保の肩を押すようにして列車に乗せ父を促した。

その間《あいだ》、母は今にも溢《こぼ》れ落ちそうな涙目で志保を見詰めていた。

発車のベルが鳴りはじめ、駅員が〈岐阜行き普通列車間もなく発車致します〉と言う声に父光男は、

「それじゃあ行くか！　ハハハ、静、大丈夫だよ。ホラ！　門出に涙は不吉だよ、と言うじゃないかハハハハハ」

と涙ぐむ母の肩をポンとやさしく叩き、志保をそっと押すようにして車内に入った。

列車は〝ポー〟と汽笛を鳴らしてしずかにホームを離《はな》れて行く。静と文彦は手を振りながら追いかけるように走って来たが、やがて列車の後《うし》ろで姿は見えなくなってしまった。

志保は列車の中で、不安を打ち消すかのように、努《つと》めて楽しい事をさがし、父と話を交《かわ》して時間を過《す》ごした。

そんな時間を割《さ》くように〈列車は間もなく終点岐阜に到着致します。お忘れ物がないようもう一度身の回りの物をお確かめ下さい。次は終点岐阜、岐阜でございます〉と車掌が足早に告げて廻って来たので、志保は話を止めた。

列車は〝ポー、ポー〟と汽笛を二回ほど鳴らして次第にスピードを落とし、やがて駅舎に

入り滑り込むようにしずかに停まった。

岐阜駅から徒歩約五十分、軍需工場に近づくにつれ、志保は緊張が高まっていくのを感じ、口数が少なくなった。

光男は愛娘《まなむすめ》の様子を見て
〝ああーなんてかわいい子だろうか。こんな純真な子をこんな処へあずけて行くなんて本当に嫌だ！　出来ればここで踵《きびす》を返して静の元へ連れ帰りたい〟

と心の中で何回も思ったのであった。

しかし言葉は複雑に出て
「志保、大丈夫だよ。国が管理する工場だから変な人はいないよ。俺《わし》が責任者に会って良く頼むから安心しろよ。うん！　絶対大丈夫だからな」

と自分にも言い聞かせるように言った。

二人で人事の責任者、工場長、そして寮長に会い、礼を尽くした。そして
「志保、元気でな。困った事があったら手紙をくれよ。それじゃあこれでお父さんは高山に帰るからな」

「ハイ、いろいろありがとう。私は大丈夫よ、お父さんこそ身体《からだ》に気を付けてね。お母さんにも風邪をひかないよう気を付けるように、元気でね、と伝えて下さい」

「よし解った」と応じて、父は傍にいた寮長に「寮長さん、何しろ中学校を出たばかりで何もしらない子です。どうかよろしくご指導の程お願い申します」
と深々と頭を下げた。寮長は
「ハイ、みんなそうですよ。本当に大変な時代になって子供も親も必死ですよね」
と気の良さそうな寮長はやさしく父の言葉に応じたのであった。父は
「ありがとうご座居ます。それじゃあこれで失礼します。志保じゃあな」
と言って手を振って別れ、駅へ向かって行ったのであった。
志保は寮長、奥田とし五十五歳に促《うなが》され、部屋に入った。
部屋は十二帖で四人部屋であった。
押入が別に付いていたので広く感じる部屋だった。
同居する一番年上の白川《しらかわ》ふさ枝《え》二十歳は、ひと目で品行正しく頼りになる人であると思った。そして
「こんにちは、ようこそ」
とやさしく志保を迎えてくれた。志保はホッとして
「初めまして、私は高山から参りました豊島志保と申します。どうかよろしくお願いします」

と挨拶をした。

一時間程早く入寮した米倉照子《よねくらしょうこ》は、志保と同い年《おないどし》でコロコロと健康そうな可愛い人《こ》で笑顔で座っていた。

もう一人、郡上《ぐじょう》から来た平野《ひらの》くに十八歳は細面の美しい人であった。

志保は白川ふさ枝に交わしたように、二人にも自己紹介したのであった。

三人と交わした言葉や立居振舞《たちいふるまい》などから、いい人と巡り合う事が出来たと〈ホッ！〉としたのであった。

それから四人の寮生活は始まった。仕事の内容は軍服の縫製であった。

初めの十日間程は見習いであったが、その後は山と積まれた布地の裁断から縫製とクタクタになるほど追われた。

それでも四人は仲良く過ごしていた。

白川ふさ枝はある日の夜、声を潜《ひそ》めて
「ねえ〜、私達は毎日、毎日兵隊さんが着る軍服を作っているけれど、南方の前線で敵と戦っている兵隊さんに届いているのかしら。新聞やラジオの報道は日本軍の優勢を報じているけれど、信用出来るのかしら」

とひそひそ声で話した。白川ふさ枝は、毎日軍服の材料が日増しに不安定になっていることを心配していた。

それは、軍の発表やラジオ、新聞の報道から前線の有り様などに疑問を持ち始めていたからであった。疑問《ぎもん》の的《まと》は当たらずも遠からずで、昭和十八年半《なか》ば頃から各戦線で敗北《はいぼく》が続いていたのであった。

そしてついに昭和二十年になると、本土《ほんど》に空襲《くうしゅう》の波が押し寄せて来るようになった。

同年七月九日午後十一時頃、岐阜の夜空に恐れていたB29の大編隊が轟音《ごうおん》を響《ひび》かせて飛来《ひらい》した。白川は
「みんな、まだ起きている！　何だかへんよ！　サイレンの音も凄いわ。もしかしたら空襲かも知れない！」

と大声で叫んで皆を起こした。

志保をはじめ他の二人も飛び起きた。いつ何があってもすぐに行動を起こせる準備をしていたので、〈アッ！〉と言う間に逃げる支度が出来た。

その時、寮長の奥田は数人の人と
「敵機襲来だ！　ここは危ない！　身分証明と必要最小限の物を持って防空壕に入りなさい！」

と真っ暗な廊下を駆け回りながら大声で告げていた。

その刹那《せつな》、ヒュル、ヒュル、ヒュル！　キーン、キーンと空気を裂くような音がした瞬間、ズズーン！　ズズーン！　と地面が割れるような地響き。

間髪《かんぱつ》を入れず耳を劈《つんざ》くドーン！　バリバリ！　ガガーン！　ドーン！　ゴオー！　と連続して起きる爆発音。

竜巻のように猛烈《もうれつ》に渦巻《うずま》く炎と強烈《きょうれつ》な熱風《ねっぷう》に吹っ飛ぶ家々、怒号《どごう》と絶叫《ぜっきょう》、泣き叫び逃げ惑《まど》う人々。

無差別な絨毯爆撃《じゅうたんばくげき》は焼夷弾《しょういだん》の恐るべき攻撃だ。

一瞬にして阿鼻叫喚《あびきょうかん》の地獄に叩き落とされ、岐阜の夜空は真っ赤に燃えた。

志保達四人は、奥田が指示した防空壕の方に向かって一斉に寮の外へ飛び出した。

しかし防空壕へ行く道は猛火と凄まじい煙で先の見えない状態だった。

白川は
「ここは駄目！　こっちだ！」

と叫んで、工場の外へ出る通路を走った。

志保と米倉、平野も白川に続いた。

その間も爆弾は容赦なく、前後左右で破裂し、三人の僚友達は散り散りになってしまったのである。

平野と米倉の絶叫と思える悲鳴《ひめい》が、微《かす》かに聞こえたが、たちまちゴーという爆風に打ち消されてしまった。

志保は恐怖と焦《あせ》りで我を忘れ、必死になり全力で
「白川さん！　米倉さん！　平野さん！」

と力の限りを尽くして何回も何回も大声で呼び叫んだ。

しかしやはり爆発音やゴーバリバリという炎の音に打ち消されてしまった。

志保はそれでも叫んだが誰にもその声は届かなかった。

一人になってしまった志保は無我夢中で、どこをどうやって逃げたのか、間一髪のところで無事であった。

しかし髪は焦げ顔はほてり皮膚はヒリヒリと痛く、正に九死に一生を得るというギリギリの脱出だった。

だが恐怖のあまり膝《ひざ》がガクガクし、全身震えが止まらず声も出なかった。

命からがら逃げて来たのは大きな樹木に囲まれた神社の境内だった。

緊張状態の志保は、太い銀杏に身を隠すようにへばり付いて息を殺し空を見た。

飛行機の爆音も爆弾の破裂音も次第に遠のき、真っ赤に焦げた空が生き物のように動いているのが悪魔のように見えた。

時折、ボーン、ドカーンと、何かが破裂する音が聞こえてくる。

どのくらい息を殺していたのか、我を見失っていたのか、突然喉《のど》に焼け付くような痛みを覚えた。

志保はハッと我《われ》に返《かえ》った。

そして苦しさを覚え、〝水だ！　水が欲しい〟と思い廻りを見ると、幸い近くに手水所《ちょうずどころ》があったのでその水で嗽《うがい》をし、あまねく恐る恐るその水を飲んだ。

焼けつくようであった喉《のど》は、その水で痛みがとれたかに思ったが、今度は声が出ない事に気が付いたのである。

志保は不安に駆られ何回か嗽《うがい》をしたが、掠《かす》れた声が僅《わず》かに出るだけになってしまった。

大声を出したのと煙と熱風のため痛めてしまったのだ。

志保は時間の感覚も確かさを失っていた。

〝時間が定かでない、工場からどのくらいはなれているのかも定かでない〟

白川の「ここは駄目！」と言った声。

平野と米倉の絶叫と思えたあの声。

〝みんな無事だったろうか〟

なにもかも定かでなくなった一虚一実《いっきょいちじつ》の思いが、一挙に不安一辺倒になってしまったのであった。

そんな気持ちで銀杏《いちょう》に寄り掛かり身を硬くしていたが、それでも時間と共に緊張も解《ほぐ》れ、不安ながらもゆっくりと廻りを見た。

すると何か黒い物が動いている。

〈ハッ！〉として目を凝《こ》らすと何人かの人だった。

みんな息を殺しているのか、しずかだったので気が付かなかったのだ。

やがて空もかすかに白《しら》むようになって来ると、人達はガヤガヤと話《はな》し出《だ》した。

志保は人の声を聞き、やっと人心地《ひとごこち》が付いた気持ちになった。

しかし恐怖がよみがえって、また震えが止まらなくなってしまい暫《しばら》く立ち竦《すく》んでいた。

一方、高山の父は〝今夜は何だか寝苦しいなあ〟と寝返りをうちながら時計を見ると、真夜中の0時過ぎだった。

光男は何か不吉な胸騒ぎを覚え、真っ暗な外へ出た。

空は曇っているのか星も見えない。

高山盆地は山に囲まれているので遠くの空は見えないが、しかし何かいつもと違う夜空に感じた。

微《かす》かだが栃《とち》尾山《おやま》、仏《ほとけ》ヶ《が》尾山《おやま》の山裾《やますそ》から南の方を見ると、うっすらと空が赤く、しかも微《び》妙《みょう》に動いているようにも見える気がした。

光男は、〈ハッ！〉とした。

〝もしかしたら岐阜で何かあったのではないか？〟と無性に不安な気持ちに駆られたが、深夜のためどう仕様もない状態だった。

それでも光男は居ても立ってもいられない気持ちが激しくなっていた。いつの間にか傍に来ていた静も「何でしょうね。気味が悪い色ねえ」と言って南方の空を見て「志保は大丈夫かしら」と不安そうに呟《つぶや》いた。光男は
「ご免、起こしてしまったか。そうなんだ、何か変だ！　何事もなければ良いが、一寸警察に行って情報を聞いてくるよ」
と言って自転車に乗った。警察では光男や静の不安通り、当直の警察官がアタフタとしていた。光男は
「すみません、岐阜の方で何か？……」と言い出すと、当直は
「そうなんだ！　未だ詳しい情報が入ってこないが、昨夜二十三時頃岐阜駅周辺が空襲に遭《あ》ったそうだ。なんでもB29という爆撃機が一三五機で大量の爆弾を落とし、死者や怪我人、行方不明者はおそらく数千人になるようだ」
と興奮気味に話してくれた。光男は咄嗟に志保の勤務している軍需工場が頭に浮かんだ。志保を置いて別れた事も鮮明によみがえり、かつてない焦りを感じたのであった。
〝志保は大丈夫か、怪我をしていないか、早く行って無事な姿を見たい、困っていたら早く行って助けてやりたい〟と思い駅へ向かった。駅では駅員が
「詳しい事は解らないが、高山本線は岐阜の駅舎が空襲を受けているため、全線の安全確

保がならず全面不通になり、復旧の見通しはたっていない」

と言う事をしどろもどろに説明した。

光男はどうする事も出来ず途方にくれて静の元に帰り、対策を考える事にした。

その頃岐阜の志保は、〝あの激烈な空爆を受けた工場は、どうなっているのか？　四人で逃げたが、途中散り散りになった。皆《みんな》は無事に逃げる事が出来たのか？　寮長達は大丈夫だったのか？　今夜も空襲があるかも知れない〟と案じていたのであった。

志保は大勢の被災者と共に十日の夜も神社で世話になり、七月十一日の朝、工場に向かったのである。

あたり一面見渡す限り焼け野原となり、焼け落ちた建物の残骸から未《ま》だ煙が出ているのが各所に見られる。

道端には、火傷《やけど》を負った人が黒く焼け焦げた衣服を手に上半身は裸で憔悴《しょうすい》してうずくまっていたり、焼け落ちた自宅の前で呆然としている人も大勢いた。

軍需工場は完全に焼け落ちて、何の工場だったのか見る影もなくなっていた。

志保は初めて見る大惨事に暑さも忘れて身の凍る思いであった。

正門のあった処に次々と同僚が集まって来ていた。

白川も米倉も平野も煤《すす》にまみれて黒く汚れてはいるものの無事な姿で集合していた。

志保は思わず

「白川さん、米倉さん、平野さん、よかった！　よかった！」

と叫びながら三人のもとへ走った。三人も一斉に

「豊島さん！　無事だったのね、よかった！」

と四人で抱き合って泣いたのであった。その時、五十歳代と思われる細身の男性が黒ぶちの眼鏡《めがね》をはずし、それを白い布で拭《ふ》きながら

「私は上泉敏行《かみいずみとしゆき》です。此の度の事で工場長及び幹部の諸氏《しょし》が現在行方が解らない状態で全《すべ》ての事が収集出来ない。工場は見ての通り無惨な有り様で手の付けようもない。私はこうした中で軍本部から臨時指揮官として命令を受けて来た。今、ここに集合した皆は無事で何よりだった。行方が解らない人がどれくらいいるのか、全く見当も付かない。今後の事については、軍や警察及び消防等の当局が万全を期すと思うので、皆さんは遠近《えんきん》にかかわらず一旦家に帰って待機《たいき》するようにして下さい」

とやや事務的な口調で告げた。

志保は白川、米倉、平野の顔を見た。三人は一様に、〈ホッ！〉とした表情になったが次の瞬間、不安と悲しみ、そして解放感が入り交《ま》じり胸に迫った。

四人は複雑な心境になり涙に咽《むせ》んだ。

志保も三人もまだ声が思うように出ない。

握り合う手に力はこもるが瞬時の判断に戸惑っていた。その時、白川は
「ねえーみんな、これでは止《や》むを得《え》ないね。いつかまた会《あ》える事を楽しみにしてそれぞれ家に帰ろうよ。だけど三人共その点は大丈夫なの？」

と聞いた。志保は
「私は高山町に両親がいるのでそこへ帰るわ」

と言うと、平野も米倉も共に〈両親の元へ〉と言った。白川は
「それじゃあ、ここに居《い》てもどうする事も出来ないから私は行くね。みんな元気でね。さようなら」と手を振りながら岐阜駅の方を目指して歩き始めた。

三人は声を揃えて「一寸待って私達も」

とそれぞれ風呂敷包みを大事そうに抱えて白川を追ったのである。

駅に着くまで周辺は死臭がただよい、言葉に尽《つ》くせぬ地獄絵図のようであった。

四人は涙を堪《こら》え切れず、ただ泣きながら小走りで逃げるように駅へ向かった。

駅舎《えきしゃ》も被災を受けたが応急処置をして、駅の機能は辛うじて取り戻していた。

ごった返す駅の構内で四人は最後の別れを惜《お》しんだ。

それぞれが手を取り「ありがとう！　元気でね、さようなら」と何回も繰り返した。

志保は午後一時過ぎ満員の列車に無我夢中で乗った。

満員の乗客の顔は、自分の焦燥感のためか何となく厳しく見えた。

途方もなく長く感じられたが、高山駅に到着したのは午後六時頃でまだ明るかった。

高山駅からバスで約二十分、バスを降りて約五分で家に着けると思った途端《とたん》、こみ上げてくる感情を抑え切れず、涙が溢《あふ》れ前が見えなくなってしまった。

志保はバスの停留所に向かって走った。

突然後ろから「志保!」と父光男の声がした。〈ハッ!〉として振り返ると父がこちらに向かって駆けて来る。

「あっ! お父さん!」と言って夢中で父の懐《ふところ》に飛び込んだ。

「志保よく無事に帰って来た! よかった、よかった」と愛娘《まなむすめ》を抱き締めた。

志保は嬉しさのあまり震えていたのであった。

「さあ、帰ろう、お母さんも心配している。お前の無事な姿を見たらどんなに喜ぶことか」と言って志保の肩を抱《かか》えるようにしてバスに乗った。

途中、高山の細い道を縫《ぬ》うようにしてゆっくりと走るバスの車窓から見える家並《いえなみ》が、懐かしく心に安らぎを与えてくれた。

そのためか、少しずつ緊張感が解《ほぐ》れて行く事を実感して行く志保であった。

やがてバスは目的の停留所に着いた。

バスから降りた二人は並んで我が家に向かって歩いて行く。十分程で家が見える処に来ると、表で母静が大きく手を振っている。

そして母は「志保！　志保！　志保ちゃん！」と叫びながら走って来る。

志保は「お母さん！」と叫ぼうとしたが声が出ず夢中で母のもとへ走った。

二人は抱き合って暫く泣いた。そして母静はやさしい目で愛娘を見つめて、そっと言葉を選ぶようにして言った。

「本当に奇跡が起きたのね。そしてあなたは何事もなく私達の処に帰って来たのね。こんな凄いことをあなたはやってのけたのよ！　もう安心だわ。本当によかった。こんなに嬉しい事はないわ。さあー家に入りましょう。ウフフフ、なあに、あなたのお顔真っ黒よ。ホホホいつ帰って来てもいいようにお風呂を沸《わ》かしてあるからまずお風呂に入りなさい。下着も浴衣《ゆかた》も用意してあるからね。脱いだものはここに入れてね」

と盥《たらい》を置いた。志保は母の言う通りにしつつも、ガラガラ声で
「お母さん、洗濯は自分でやるからそのままにしておいてね」

と言った。母は
「ハイ、解りましたよ。でも熱湯を入れて置くからね」

と言った。志保は〈クスッ！〉と笑って思った。

母は多分人込の中で何日も着たまま過ごして来たから〝もしかして虱《しらみ》の卵を熱湯消毒するつもりだな〟でもそれは有り得《あえ》るな、とも思ったので

「すみません、でも後は自分でやるからね」と言うと母は「ハイハイ、それにしてもひどい声だね」

と応じた。二十歳《はたち》になっていた志保は、軍需工場で同僚や寮長の奥田に女性としての作法などを自然と学んでいた。

母の躾《しつけ》も身に付けていたので、ほぼ何でも分かっていた。

軍需工場にいる時は心から、〈ホッ！〉とする時はなかった。

でも今は違う、高山の自分の家に居る。しかも父母が傍に居るんだ。

約四年ぶりに帰って来て今、母が沸《わ》かしてくれた風呂に身も心も委《ゆだ》ねている。

ああ安《やす》らぐなあー。これが幸せと言うものなんだ。

でも、これでいいのか？　何か充実感が足《た》りない、不安感がある。

なぜなのか？　この時志保に生理が訪れていた。そのせいか？

しかし、その手当の仕方や作法については、母がしっかりと教示してくれていた。

軍需工場の奥田寮長は若い女《ひと》の意識や躾《しつけ》には特に厳格であった。

しかし慈悲心《じひしん》を育《はぐく》む事柄《ことがら》や、その上、凛《りん》とした女性の気高《けだか》さを身に付ける事も合わせて教えていた。

多くの女の中には、何のために女《おんな》はそうなるのかも知らない女性も居たからだ。

志保は大人になって未《ま》だ数年、本能と葛藤は未知の世界だ。

そんな身体《からだ》を癒《いや》しながら、

〝帰って来たんだなあー。四年前もこのお風呂に入って軍需工場へ行く覚悟をしたんだっけなあー〟と思っていた。

あの時は父も母も厳しい国の仕組みに従うしか方法はなく、無念の思いが家の中にこもっていた。

しかし今は違う。父は毎日駅へ行き、私の安否の解らぬまま、ひたすら帰りを待っていてくれた。

バス停に向かう私を見つけた父の気持ちを考えると、志保は嬉しくて思わず湯船の中に涙を落としてしまった。

父にかかえられるように家に帰った時、母は私を本当に愛《いとお》しんでくれていることが解《わか》った。

〝私はもう二十歳《はたち》にもなるというのに何だ！　幼い子供みたいに親を頼りにしている。本来ならば反対ではないか！　私が頼りにされるようにならなければいけないのではないか！　身体は一人前なのに親に対する考え方は小学生のままだ！　なんと情けない私なんだろう、志保のバカ〃と自分を叱咤《しった》するように責めた。

そんな事を思いながら風呂から上がると、父が作った脱衣籠の中に真新しい浴衣が入れてあった。

湯船の中でもっとしっかりしなければ！　と思っていたのに、母の気遣《きづか》いに思わず胸が熱くなり「お母さんありがとう」と声を出した。母は台所にいたので、志保が何か言ったなと思ったが、よく聞き取れず「えっ！　なに、どうしたの？」と言って脱衣場に来た。

志保は顔をクシャクシャにして「ウウン、何でもない一人言、ありがとう」と恥ずかしそうに言った。

そして浴衣に身を包み、父母の前でキチンと身を正し、ニッコリと「へーん、似合うかしら」と甘えるように戯《おど》けて見せた。

父母は「うん、よく似合うよ、まるで役者さんみたいだ！」と同時に応《こた》えたので、三人は大笑いしたのであった。

志保はおどけながら家の中を見て〃ああ一四年前と同じだ。やっと家に帰って来たんだ〃と大きな安心に包まれているような気もするが、一方でまだ緊張から脱する事が出来ず、気持ちに余裕がなかった。

母は、そんな娘の気持ちを読み取っていたのか

「志保～、余程怖かったんだね～。でも、もう大丈夫よ。ここはあなたの家よ、だから安心してね。さあ、身を清めた処でこっちへいらっしゃい。無事で帰ってこられたことを三人で感謝とお祝いをしましょう」

と父が作った仏壇の前に誘った。仏壇にはローソクが灯《とも》され香がたかれて、季節の花が供えられていた。

そしてこれから三人で食する一部が供えられていた。

志保は母の誘いに「ハイ！」と弾けるように仏前に来て、母の心尽《こころづ》くしにビックリしたのであった。

きれいに手入れが行き届いている事は神仏を信じている証《あかし》だと嬉しい気持ちになった。

加えて理不尽《りふじん》に歪《ゆが》む社会に対し、愚痴《ぐち》を否定《ひてい》して愚直《ぐちょく》とも思えるほど日々の成り行きに従い、その中に人々の幸《さち》を願う。

そして家族の無事を感謝する。

その心の本質が仏壇の中に満《み》ち満《み》ちている。志保の驚きはそこにあった。

父母は現実社会の厳しさを空理空論《くうりくうろん》ではなく実学的《じつがくてき》にその辛酸《しんさん》をなめて来た。

それなのに、なぜこれほどまでに清廉潔白《せいれんけっぱく》に子供達に接し育《そだ》てて来《こ》られたのか？

まして神仏に感謝こそすれ、助けを求めることなど只の一度もなかったのだ。

そこに二人の清慎さが見える。その素直さこそが酸《す》いも甘《あま》いも噛《か》み分《わ》けて得《え》た結果なのか？　だとすればそれは凄い事だと思ったのであった。

そして志保は合掌して、

「さすがお父さんの作ったお仏壇はきれいで立派だわ。あの白木だったご本尊さまは、何か色が変わり後光が差しているみたいだわ」

とうっとりとして見て言った。無事帰宅出来て、しかも大好きな両親と三人で合掌している。

志保は〝私はなんて幸せ者なんだ〟と思った。懐かしい遠い昔、もしかしたら、前世かも知れない、どこかで体験したような安堵感《あんどかん》、そんな気持ちになっていた。

一生忘れる事が出来ないことがついさっきまであったんだ。

阿鼻叫喚《あびきょうかん》の地獄に居たのに、たった半日足らずで浄土に居る幸せ感。

志保は夢ではないかと思わず頬《ほお》を抓《つね》った。母はその仕種を見て
「ウフフ、大丈夫よ。もう二度と怖い目に遭う事はないわ」

とやさしく言った。志保はまるで心の中を見透《みす》かすように言う母の言葉に、〈ハッ！〉とし

て顔を見た。

母はニッコリとして頷《うなず》いた。父も
「そうだよ。都会は敵機の狙《ねら》い撃《う》ちに遭っているようだ。高山も爆撃の予告ビラが撒かれた地域もあったが、まあ安全だと思う。なぜならこんな在郷《ざいごう》に爆弾を落としても何の意味もないからだ。だから安心だ。志保や、世の中が落ち着くまでここに居なさい。何処へも行くなよ」

としずかな口調で言った。母は
「さあ夕食にしましょう」と卓袱台《ちゃぶだい》に父光男と志保をさそった。

母の手料理がきれいに並んでいる。

「ワーおいしそうだ！」と志保は叫んだ。

そして食事をしながら、軍需工場で軍服を工業用ミシンで縫製した時から、空襲を受けて逃げた事など身振り手振りを交《まじ》えながら話したのであった。

光男も静も四年ぶりに帰って来た愛娘《まなむすめ》の話を全身で受け止めるように聞いた。

志保は二十歳《はたち》の大人《おとな》になった事も忘れて、夜の更《ふ》けるまで父母の懐で甘えたのであった。

翌日、志保は五時に目覚めた時、母はもう朝食《あさげ》の支度や洗濯の準備をしている。

志保は、やっぱり早いわ、子供達に対する世話がなくなっても変わらないんだなーと思いつつ「お母さんお早う、洗濯は私がやるわ」と言うと「あっ、志保、お早う。ずいぶん早いのね。もっとゆっくり休んでいたらいいのに」とやさしく言った。
志保は家の回りを見ながら「やっぱり高山はいいなあー、特に七月の朝は爽《さわ》やかで気持ちがいいなあー」と大きく手を伸ばして言ったのであった。
母静はそんな志保を見て
「本当に今朝《けさ》は爽やかね。ほら見て、元気な雀達がチョンチュンと何か話しながら遊んでいる。あんな姿を見ると昔を思い出してしまうわ。朝のすずしい時はめじろもきれいな声で高音《たかね》をきっているわ。戦争に行っている進や文彦、それに岡崎の波江はどうしているのか

ね。きっと何事もなく無事で過ごしていると思うけど……」

と空を見上げて呟《つぶや》いたのであった。

志保も常に二人の兄と二人の姉の事を思っていたが、連絡の取りようもないのでいつも心の中にしまっていた。

〝母もそうなんだなあー四六時中《しろくじちゅう》思っているんだな〟と改めて思ったのであった。

父母と三人で朝食《あさげ》を済ませると、父は
「なあー志保や、俺《わし》は出勤するが、お前は今までの苦労を癒《いや》すため余分《よぶん》な事を考えずにゆっくりしていろよ」

と言って大石製作所に向かった。母と二人で朝食の片付けや洗濯などをして一段落《ひとだんらく》していた時であった。

歌代《かよ》がこちらに向かって手をふりながら帰って来た。

「あっ！　志保じゃないの？　オー志保ちゃん無事だったのね！　よかった！」

と走り寄り、しっかりと抱きしめて言った。

「四年ぶりね。ずい分大人《おとな》っぽくなって誰だったか一寸解《ちょっとわか》らなかったわ」

と感無量の面持《おももち》で志保を見つめた。歌代は
「新聞やラジオで岐阜の空襲を知ったのよ。大変な惨事であることを報じていたので心配していたよ。でも幸い志保は何の怪我もなく無事でなによりだったわ」

と初めて大粒の涙を流し、また強く手を握った。志保は今にも零《こぼ》れ落《お》ちそうな涙目《なみだめ》で
「ありがとう、心配かけてご免ね。工場は跡形《あとかた》も無く全焼《ぜんしょう》してしまったわ。働いていた人達がどうなったのか全《すべ》てが解らない状況の中、私は一応自宅待機として臨時帰宅が出来たの。しかしいつまた召集されるか解らないのよ。歌代姉ちゃんの方はどう？　戦争であらゆる物資が不足していると言う話だけど、病院は大丈夫なの？」と聞くと、

「やっぱり駄目なのよ。電気や石油などの供給が著しく不足して来ているわね。一番の問題は職員不足なの、院長達幹部は十二病棟のうち四つの病棟を閉鎖《へいさ》しなくてはやっていけないとも言っているわ。更に困った事がまた出来たのよ。今日私が家に帰って来たのもそのための一辺よ。それは先日、七月九日志保ちゃん達が襲われたあの空襲で途方もなく大勢の人が犠牲になったでしょう。その重傷者の収容がままならず、市内の病院では廊下に寝かせている有り様なのよ。

大きい公的な施設などにも収容しているけど看護婦が不足しているもんだから、手の打ちようがないのよ。そんな訳で私も明日《あした》から十日間応援に行く事になったのよ。だからその事を知らせに来た訳なのよ。それにしても今日志保ちゃんに逢えなかったら多分、岐阜で必死になって捜しているかもね。会えてよかった。これで私も安心して岐阜の病院でお手伝いに

行けるわ」
と〈ホッ！〉としたように志保を見た。志保も
「私も今日午後はお姉ちゃんに会いに行くつもりだったのよ。よかったわ」
と歌代を見て微笑んだ。この二人の話しを聞いていた母は
「本当に不思議な事ってあるものね。もし二人がここで会えなかったら大変な事になって
いたね。これはやっぱり人智《じんち》の及ばぬ神仏のお引き合わせがあったとしか思えないわね」
と嬉しそうな素振りで二人の肩に手を置いた。すると歌代も志保も
「うん、本当にそうだね」とニッコリ悦《よろこ》び合った。母静は
「ねえ歌代、空襲直後の処へ行くなんて大変なことよね。しかも怪我人の治療のためなど
の応援なのね」
と不安この上ないといった表情で聞いた。歌代は
「そうなの。私達の寝泊りするとこは市立病院内にある女子寮だけど、そこがどんな仕組
みになっているかよね。それによっては十日間で済むかといった所《ところ》よね」
と応えた。母は
「そうか、あまり長い期間になると準備も本格的になると言う事なのね。それも大きな問
題になるわね。しかし苦しんでいる重傷の方々に頼りにされる重要な仕事、出来る事なら私

も手伝いたい気持ちよ。でも歌代ちゃんが行ってくれれば、例え十日間でも安心ね。頑張ってね」

といつになく真顔で歌代を励ましたのであった。

「ハイ、頑張ります。お母さん、私今晩泊まっていくわ。明日朝一番の岐阜行きのキップを買って来たの。だから一寸時間があるのよ」

と言った。志保は
「ほんと！　嬉しい！　じゃあ今晩は病院勤務の苦労話を聞く事が出来るわね。よかった」

と目をきらきら輝《かがや》かせて手を打って悦んだのであった。

歌代は明るく大らかな女性になっていた。仕事柄か？　或いは母の立居振舞《たちいふるまい》が身に付いたのか？　やさしい動作が安心感を与えてくれる。それでいて茶目っ気に富んでいるので尚更人に好かれる。

志保はそんな姉が大好きであった。

夕食《ゆうげ》の支度は三人で用意した。志保と歌代の笑い声が父母の不安をふき飛ばし、久し振りに豊島家を和ませて明るい団欒《だんらん》となった。

志保は波江、進、文彦のことを案じつつも、兄姉《きょうだい》の絆を改めて確認したようなあたたかい気持ちになっていたのであった。この時、父光男は

「なあー歌代に志保、戦争は極めて厳しい状況にあると思える。第一線で戦《たたか》っている兵隊、進も文彦もその中にいる。昼夜を問わず敵と接触し命をかけている人に対して申し訳のない事だが、今の戦況は日本にとってかなり不利な状態にあるというのが大方の見方だ。なぜならば、日本の都市や軍施設などに連日連夜の如くに空襲があるからだ。大きな声では言えないが、日本の今の力ではこの不利な窮境《きゅうきょう》を覆《くつがえ》す事は最早《もはや》出来ないと思えるが、それでも出来る限り協力する事は必要だ。人道的立場から歌代は明日《あした》から岐阜の市立病院へ応援に行くのは人として大切な事だ。俺《わし》らは淋しいが、身体《からだ》に気を付けて頑張ってこい。そして悔いを残さないようにする事が大事だ。今晩は、歌代の奮闘を祈る会として楽しく過ごそうな」

とやさしい目を皆に向けて言った。

「そうよ食後には冷たい瓜があるからね、楽しみにね」と父の言葉に乗って母静が言った。やがて食事が終わりデザートになった。

母はゆっくりと井戸に向かった。志保も続いて井戸に行った。

父と姉は「瓜か、いいね！」と言った。

調理台で瓜を切る音がした。志保は卓袱台《ちゃぶだい》に並べた。志保は

「キャーおいしい！　軍需工場では絶対に食べられない逸品だ。やっぱり高山の瓜は絶品

だわ。やさしかった寮長や僚友達に食べさせたいわ」
と言った。歌代はこの時
「本当においしいわね。同じ瓜なのに全国津々浦々産地によって味が異なるのね。どうしてなのか不思議な事よね。不思議と言えば院長先生も言ってたわ。ある時、二十五歳になる立派な体格をした青年が突然病院に来て『何だかどこも痛くないのに、身体《からだ》全体が怠《だる》いし、力も出ないのです。風邪でもないような気がします。なのに足がガクガクするんです。どうしたのか診て下さい』との事であった。早速内科の先生達は慎重に診察したが全くその原因が判明しない。その青年に関してのカルテを国立先端医療研究所に持参し、徹底的に調べてもらい必死に治療を施すも、日一日と悪化の一途を辿ってしまったんだ。その反対に、八十七歳の人が悪性腫瘍《あくせいしゅよう》に侵《おか》され余命一ヶ月と診断されていた。その人が、こともあろうに脳梗塞になってしまった。それなのに一年経《た》っても病状は進まず二年経っても生存している。彼《か》の二十五歳の青年は検査入院して約一ヶ月、一流の医師団が最善を尽くすも確かな病名も解らぬまま亡くなってしまった。院長先生は強い衝撃を受けてしばらくの間深く考え込んでしまったのよ。そして私達に言ったわ。『いやーこの世の生物の命は医療で解明出来ないものが多すぎる。ましてや人間の命の神秘さは不思議なものだ。此の度の青年の事は神仏の領域で人間の及ぶ処ではなかった。しかし人間は果てしない探求心を持っている。それを図式で言うならば、大きくゆるやかな螺旋《らせん》のように向上して、必ず難問も解き、更に上へ上へと向上していくものだ。君達の世代、そしてその又次の世代へと難問は継承されて行くんだよ。そしていつか必ずその難問を解《と》き明《あ》かし、次の難問に挑戦して行くのが人間の業《ごう》というものだと思う』と説いていたわ。このことは、私達第一線の現場にいる者にとっては本当によく納得出来る事柄よ。不思議な命の有り様を解明する事が出来る時代が来るなんて、今の私達には到底信じられない。それ程神秘的なものと今の私は思うのよ。だから私は、その人、その人の持つ命に対し誠心誠意、真《まこと》を尽《つ》くしていきたく思うのよ。それゆえに、完治して退院される人を見る時はとても嬉しく思うのよ」

と志保にやさしく話した。歌代の話を父母も志保も感慨無量《かんがいむりょう》な気持ちで聞いていたのであった。そして、父は

「全く院長先生の話は俺《わし》らにとってはある意味で、驚《おどろ》きの言葉だ。病院の先生は人体の事なら何でも知り尽くしていると思っていた。しかしそうでもないんだな。専門家の医師も人間という事で神仏の世界を想像する事もあるんだなあ。でも何代もかけて難問を解明する意欲と言うか研究心は流石《さすが》だなあ」

と深く心を動かされた。母も

「本当にそうだわ。歌代の考え方も立派だわ」

と感心頻《しき》りであった。志保も歌代の豊かな感性を受けて
「素晴らしい話だったわ。お姉ちゃん明日《あした》から大変だけど頑張ってね」
と励ました。歌代も
「うん大丈夫よ！　頑張って来るわ」と言った時、父は
「歌代、朝三時頃起きられるか？　四時になったら自転車で病院まで送って行くぞ。夏の早朝は爽やかで清々《せいせい》して最高だぞ。今晩はそのつもりでな」
と無上の悦《よろこ》びをあらわにして言った。
それから数日が過ぎた頃、志保は父に不安気《ふあんげ》に
「まだ軍需工場から何の連絡もないけど、どうなるのかしら。一度岐阜へ行って様子を見てこようかしら、どうしようか？」
と相談を持ちかけた。父は
「ウーン、実は俺《わし》もそれが心配だったので親方にそれとなく相談したんだ。親方はやっぱり俺《わし》と同じように唸《うな》っていたよ。それで親方は『どうなるのかなあー。軍需工場や軍施設が次々と空襲を受けている状況だから、転勤や応援にも行けない訳だ。こんな時はジタバタしても仕方がないと思うよ。だからしばらく黙って様子を見るしか方法はないと思うなあ』と言うんだよ。俺《わし》も同じように思っているから、もうしばらくこのまま待機しようではない

か」

と言った。志保は
「そうね。それじゃあ学校時代にやり残してある綜合美的造形の基本設計を勉強しながら待つ事にするわ」

と決心したのであった。日本の運命を変える恐ろしい日が来たのは昭和二十年八月六日であった。

それは広島に原子爆弾が投下され途方もない大勢の人が犠牲になった事である。ついで長崎にも落とされ甚大な被害を受けたのだ。悲惨な報道は高山にも届いた。豊島家の心配は極限に達したが、どうする事も出来ず偏《ひとえ》に途切れがちなラジオ等《など》の情報に頼《たよ》るしか方法はなかった。日本は壊滅的な苦境に突き落とされ、ついに八月十五日、無条件降伏をして戦争は終わったのであった。

空襲でなにもかも失った都会では、住む家もないばかりか、日々の糧《かて》を求める術《すべ》も失い、二日も三日も水だけで過ごす人が続出して言葉に表現出来ない地獄の日々を送っていたのであった。

高山も都会から来る物資が完全に止まり、勤《つと》め人《にん》達は農家から米や麦、或《あるい》は芋《いも》などの食料を分けてもらっていた。

都会に比べて高山は辛うじて食べる物の手当はできたが、全く先の見えない厳しい毎日が続いたのであった。ある日、母静は

「ねえ志保、一寸山《ちょっと》へ行って焚《た》き付《つ》けになるような枝を拾いに行かない？　もしかして木の実もあるかも知れないし」と誘った。

「ハイ、行く行く！　じゃあ背負子《しょいこ》が必要だね」

と背負子を担いで二人は近所にある国有林に入り、落ちている小枝を集めた。

「ねえ、進や文彦、波江はどうしたかね。無事だといいけどね」

と手を休め志保を見た。その母の目は不安が滲み出るように涙があふれていた。

志保は一瞬返事に詰まったが、ことさら明るい声で

「大丈夫よ！　無事にきまっているわよ！　だって何の連絡もないという事は無事の証《あかし》と言うじゃない。だから大丈夫よ！」

と母を励ますと同時に、自分にも喝《かつ》を与える気持ちで言ったのである。

そんな日々が暫く続いたある夕食《ゆうげ》の時、父は

「なあ志保、この不条理な戦争で何百万人にものぼる多くの人が亡くなって、何百万人か解《わか》らない怪我人《けがにん》がいる。行方が解らない人がどれだけいるか見当も付かない状態になっている。一生を台無しにされてしまった国民は全国津々浦々《つつうらうら》に及んでいる。それればかりか、遠い

昔から受け継がれてきた貴重な文化財も焼失してしまった。そして何よりも残念な事は、人の心に甚大な打撃を与えてしまった事だ。国民の心に取り返しの付かない重大な傷を負わせてしまった。しかも世界中の人を巻き込んだ恐ろしい蛮行を日本政府はやってしまった。この責任は当然政治家にある。これらの人は世界中から非難を受け、国際裁判によって裁かれ厳しい罰《ばつ》を受ける事になる。そしてその罪《つみ》の重さが極刑《きょっけい》に値《あたい》するものであっても死刑や終身刑で終わりだ。しかし国民は終わらないんだ。何もかも失い奈落の底へ突き落とされても、命のある限り這《は》い上《あ》がらなければならない。これは厳しく辛《つら》い事だぞ。考え方だが、ある意味政治家と同じように死刑の方がよっぽど楽だ、と言う人もいる。だがそんな酷《ひど》い仕打ちをされて来ても、日本人は皆立派に立ち上がり果敢に挑戦すると思う。それが大和魂《やまとだましい》というものだ。容易《ようい》に諦《あきら》める事のない不屈《ふくつ》の精神が、日本人の誇りとして受け継がれているからでもある。政治家も国益を考えての事と思うが、一つ間違うと今度のように戦争を引き起こしてしまう。お前も学校を卒業して、未来に対してさまざまな理想があったと思うが、全てを台《だい》無しにされてしまい、その上強制的に軍需工場へ引っ張られて酷《ひど》い目に遭ってしまった。しかし不幸中の幸いというか怪我一つ負う事はなかった。これは清純《せいじゅん》なお前を神仏が守ってくれたからだと俺《わし》は信じている。志保、話は長くなってしまうが聞いてくれ。刻《こっ》刻《こく》と時は未来に続くために今の一秒を刻《きざ》んでいる。無常という字の如く人の道も常に刻刻《こっこく》と動き変化している。四万四千《しまんしせん》もあるとされる職種の中で、今後長期に渡り人の役に立つものは何か？　もっと拡大して言えば、世の中に貢献出来るものは何かを模索することが肝要だ。自分が今置かれている立場から、しっかりと考えなくてはならないと俺《わし》らは思っている。これから日本の国民は総力をあげて立ち上がって行くだろう。そして新しい文化文明を構築する。それが日本人だ。刷新《さっしん》された物を取り入れながら日本全体は復興の一途を辿る。大石製作所もその一員だ。しかし大石製作所の場合、この戦争で若い職人が南方の最前線に送られ、その消息は不明なんだ。帰って来るかどうかさえ全く解らない。現在、大石製作所の総勢は六人だ。親方の人柄や職人の技術は高く評価されているので信用がある。そのためきっと忙しい時が必ず来ると思う。その時の対応を今から合理的に準備する必要があるんだよ。その意味で体制を整えなければならない大切な時《とき》なのだ。しかし高山は田舎《いなか》だ。若い人は皆都会に行きたがって残る人は少ないんだ。親方も見習工などの人選に心を配っている。そこでだ志保、お前の希望する仕事を探しながらでも良いし、決まるまででいい、今すぐという事でもないが、出来ればそれまで事務の仕事を手伝ってくれないかなあー」

と遠廻《とおまわ》しの末に話しを結んだのである。

志保は思ってもいない突然の話であったが、軍需工場の最終決定がない事も気になっていて何をすると決めていなかったので

「はい、解りました。私に出来ることならば」と軽《かる》く応《こた》えた。
その時、母静が嬉しそうに二人の傍《そば》に来て
「ほら、進と文彦から手紙が来たわ」と封筒を父光男に手渡した。父は封筒を開け
「オー！　進は近いうちに帰って来るぞ！　文彦は広島ではなく青森にいるそうだ。よかった、心配していたが元気のようだ。二人共詳しい事は帰ってから話すと書いてある」
と大喜びで告げた。
それから三日程過ぎた朝、志保は出勤前の父に八月末頃大石製作所に挨拶がてらに工場を見学したい旨を告げたのであった。父は
「わかった。親方の都合を聞いて訪問日時を決めよう。お前が来ることを知ったらみんな喜ぶぞ」
と嬉しそうにおどけて見せた。高山盆地の子供達は大人になると大半の人が都会に行ってしまう。その事についてはどこの親も心配と寂しさがあった。静もその一人であったが、子供の人生を束縛《そくばく》するような事は絶対にしてはならないと思っていた。
しかし志保が自ら〝大石製作所を選んでくれたらこんな安心なことはない〟と思っていたのも偽《いつわ》りのない心境であった。母は志保に
「あなたが大石さんに行ったら一番喜んで下《くだ》さるのは、親方さんと奥さまかも知れないわ

ね。池田さんも、秋山さんも山根《やまね》さんも、あなたの子供の頃を良く知っているからきっと歓迎してくれると思うわ」

と笑顔で、父に合いの手を入れたのであった。

父光男は志保に〝事務の仕事を手伝ってくれないかなあ〟と言った事に対して〝そうは言ったものの、親方に断《ことわ》られたらどうしようか〟と若干の心配があった。

その理由は、戦争に負けた日本は、究極の不況下にあったからだ。

大石は、このまま事業を存続させるかどうか？　それに後継者や、営業資金の問題等で悩んでいたのも、光男にとって心配の一つであったからだ。

だが良く考えてみると〝志保は今のところ大石製作所に勤めるとは言っていない。

親方に逢っていろいろお礼を述べたい。

そして、仕事場を見たい〟と言っているだけである。

従って万一断られても、志保の心に大きなショックはないだろう。しかし勤める事を前提としての見学ならば、やはり心に傷を負ってしまう。どうしたものか？　と思っていた。

その反面、志保に事務関係をまとめてもらえたら無駄が省ける。そればかりか今後の方針が図《はか》り易《やす》くなるが、親方はその辺の処はどう思っているのか？　と思案していたのである。

父光男は出社して早速、大石に志保のことを伝えた。大石は

「えっ！　志保ちゃんが私に逢いに来てくれるのか！　本当か！　それは嬉しいね。そりゃあ楽しみだな。志保ちゃんは幾《いく》つになったのかなあー、いい娘さんになったろうなー、美千代も喜ぶだろうなー」

と感無量の様子であった。父は大石の言葉を聞いて嬉しくなり、

「ハハハハ、志保は柄は大きくなっても、中身は本当に子供そのものです。実は先日親方は、『日本は今後、大きく変化する。大石製作所も、株式会社大石製作所と改名して、もっともっと合理的な運営をして行かなければ、時代の変化について行けなくなる』と言われましたが、その点について私も生意気ながら全く同じように考えていました。毎月の試算表を土台にして、日々合理的な運営が図れるようにするためにと志保に、事務を手伝ってくれるよう頼んだのです。しかし志保は、初めて社会に出てする仕事に戸惑い、自分の能力で出来るものなのか？　と思って少々怖《こわ》がっています。確かに私達貧乏人の子供ですから、学歴も能力もない子です。ですが子供の頃から向上心のある子です。そこで何とか事務を通じて役に立つ事はないものか、と思って考えた結果、机上も然《さ》る事《こと》ながら実地で勉強させる方法も早く物事を把握出来るかも知れないと思い、親方には申し訳ない事ですが、大石製作所の全容を見学させ、事務の発端を学ばせることが出来たらと、勝手に思っています。厳しい世相の中、敗戦直後でお先真っ暗な時にこんな変な話を持ち出してすみません。もちろん、今す

ぐの話ではないのです。少し先が見えるようになってからの判断でいいのですが、工場の見学をさせてもいいですかね？」
と光男は大石に包み隠さず話したのである。大石は光男の意外な申し出に、目を丸くしていたが
「遊びでなく志保ちゃんの青春期にかける仕事の件となれば、私も美千代も深く考えないとな。子供の頃から我が身内のように思っている子の事だからな。こんな田舎《いなか》の小さな木工所の事務員なんて可哀相だよ。でもなあー、しかし今の日本はどう仕様もない状態だ。従って、直ちにどこか有望な会社が岐阜にあるかと言えば、それは難しいと思う。だが、日本は急速に立ち直らなければならない。そうならないと一億の人が未曾有《みぞう》の困窮《こんきゅう》から脱する事が出来なくなり、長期の苦を受ける。そればかりか、飢《う》え死《じ》にする人が激増すると思われる。国民は厳しい今を堪《た》え忍《しの》び、二年から三年くらい先には何とか希望が見えて来ると思える。その時、志保ちゃんの適する会社が必ず顕《あらわ》れると私は思う。しかし今も言ったように直近《ちょっきん》では難しいなあー。う～ん」
と暫く考えていたが、やがて
「光男君、志保ちゃんに適する会社が見つかるまでという事になるが、それまでの繋《つな》ぎと言ったら失礼に当たるかも知れないが、うちで修業《しゅぎょう》をするという意味でやってみたらどう

かな。私はそういう事なら志保ちゃんの先を塞《ふさ》がずに済むから大賛成だ。どうだろうか？良かったら見学なんて言わないで、いっその事すぐ来てくれるといいのに」

と上機嫌《じょうきげん》になり即答したのであった。

光男は〝さすが大石親方だ。志保の先の先まで考えてくれている。ありがたい事だ。〟と思ったのであった。

帰宅して静と志保に大石の意向を伝えると、志保は安心して
「何だか胸がドキドキするけどお父さんと一緒だから、それに大石さんのご意向も深くて心強いわ」

と和らいだ表情になって言った。

敗戦直後の零細企業は生きるか死ぬかの瀬戸際にあった。しかし需要が増える事は明らかに解っていた。だが敗戦後の始末が整い、国民の生活が安定するのは、いつ頃か見当もつかない状況だ。

都会ではその日の糧《かて》を求めて、右往左往《うおうさおう》するばかりの喧騒たる日々が続く有り様であった。

高山駅から徒歩一時間の処にあった大石製作所の近辺は、幸い空襲に遭遇する事はなかったので穏《おだ》やかな風情が漂《ただよ》っていた。

それだけに家を新築する人は全くなかった。しかしそれでも地元の工務店では、小さな修繕や改築などを途切れ途切れながらも請け負い、何とか堪えていた。

そうした状況下であったので、大石製作所もまとまった仕事はなかった。

それでも大石も父光男も職人達も暗くなかった。その訳は必ず仕事は増えると確信していたからである。

志保は父から大石の話を聞いて二日程で訪問する事を決めた。

光男は自転車を押し、志保は、その側《そば》を歩き大石製作所に向かった。

大石は事務所の窓から二人の姿を見て、表に出て十五年ぶりに会う志保を歓迎した。

大石は眼鏡を掛け年齢は六十一歳、中肉中背であった。その風貌から志保は、〝十五年前もやさしく素敵な人だったけれど、益々聡知《そうち》な感じで、木工所の親方と言うより、哲学者に見えるなあ〟と思った。

そして懐かしい思いが心底より湧き、親戚《しんせき》の人に会ったような気持ちになったのである。

大石は柔《やわ》らかい声で

「やあー志保ちゃん、暫くぶりだね。十五年ぶりかなあ。いい娘《こ》になったなあ。さあこちらへどうぞ」

と応接間に案内した。

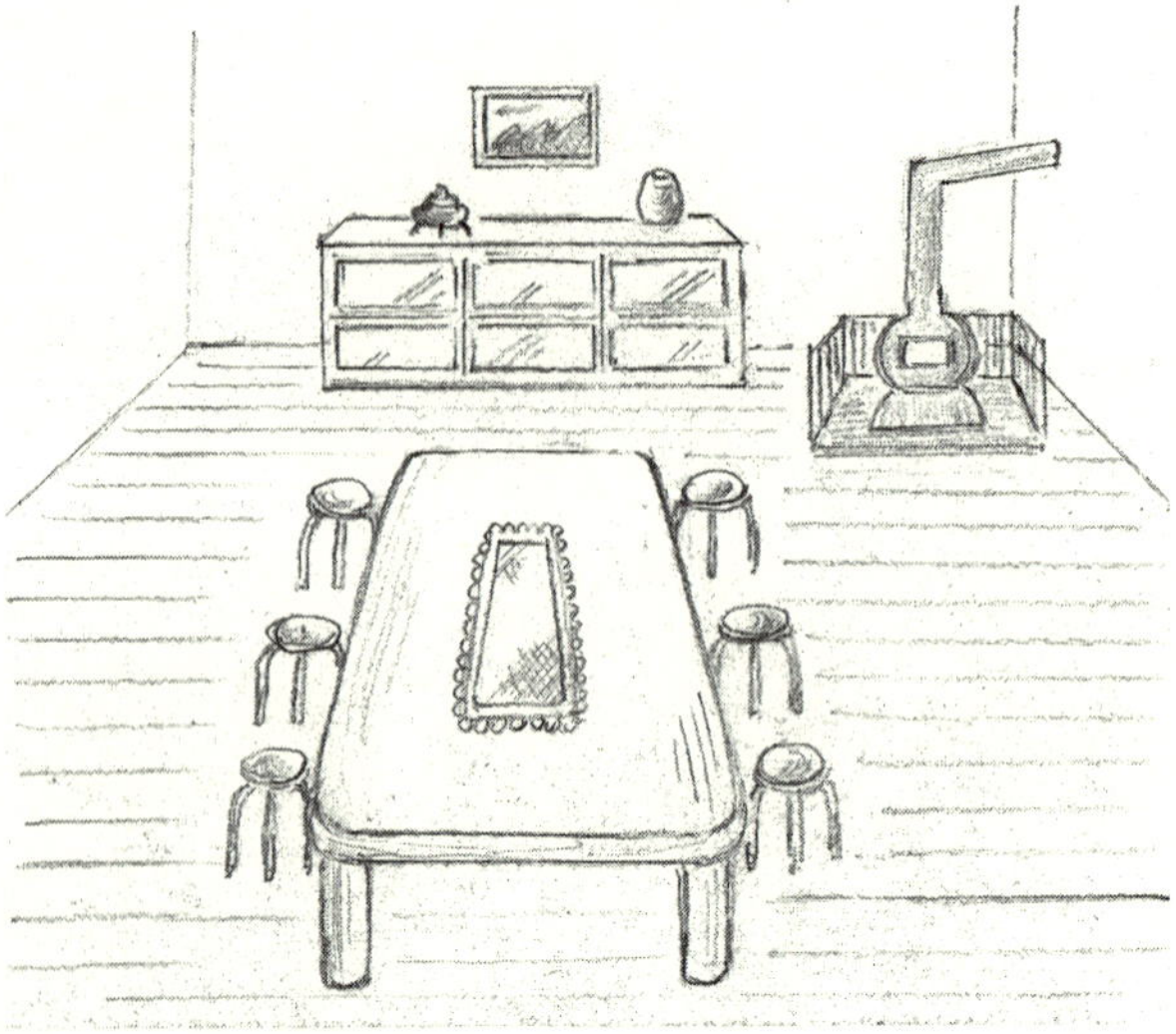

応接間といっても十二帖ほどの処に飾り棚と食堂テーブル、そして手造りの丸イスが六脚あるだけの粗末な部屋である。大石は
「まあーこんな処だけど、まず座って下さい。お茶でも入れましょう」
とあらかじめ用意してあった急須に湯を入れ、自ら茶を入れ志保に「さあどうぞ」とすすめた。志保はあわてて
「すみません、お茶まで入れていただいて。私が親方さんに入れさせていただくものを、要《よう》領《りょう》が解らなかったもので、申し訳ありません」
と謝《あや》まりながらニッコリと微笑んだ。
「いやいや、今日は拠《よんどころ》無《な》く家内がいなくて、何とも無骨《ぶこつ》でご免なさい。でも私にとっては最も大切なお客様ですから、誠意を込めてどんな事もしますよ。ハハハ」とおどけて見せ

た。

「ところで志保ちゃん、軍需工場では大変な目に遭《あ》ったね。本当にご苦労さまでした。あの空襲は七月九日、あの時の事など思い出したくもないだろうと思うが、しかし悔《くや》しいが忘れてはならない大惨事だ。君も当然あの時の詳細は知っているだろうと思うが、あの空襲で実に八一八名の人が亡くなって、重軽傷者は合わせて一〇五九人という大惨事だったんだよ。ご免ね。十五年ぶりに逢った君にいきなりあの恐怖の事を思い出させる話をしてしまったな。それにしても、あの大空爆の凄まじい中、君は良く無事に逃げることが出来た。この事は凄い事なんだよ。それは本当に運のいい人だという事なんだよ。命にかかわる厳しくも、得難い体験をした事は、今後どのような困難に遭遇しても打ち勝つ事が出来る。全く嫌《いや》でおぞましい事ではあるが、逆手《さかて》に取れば貴重な経験だ。きっとこれからの人生に役に立つ時があるよ」

とゆっくりとした口調で言った。

父に兄弟がいないので、大石の言葉は身近な伯父の励ましのように心にしみて、志保は安堵感を覚えたのであった。

大石の話は続いた。

「私は長男をこの戦争で亡くした。次男も消息不明なんだ。それに若い職人も召集《しょうしゅう》され音信がない。今は君のお父さんと秋山さん、山根さん、池田さん、そして私と家内の六人だ。まあ、運良く地域の工務店や一般のお客さんから仕事をいただき、細々ながら何とか生き延びている状態です。でもこれからは次第に仕事は増えてくると予測している。そのため今後は、増員をしていかないと時流に乗り遅れる。そんな折に志保ちゃんが来てくれたら職場に〈パッ！〉と花が咲く。若く溌剌《はつらつ》とした君は大石製作所のスターだ。代表する花になるんだ。そうなれば大石製作所は飛躍的に成長する。だから助けると思って是非来て下さい。それから志保ちゃん、今後うちは、株式会社大石製作所として会社組織にして行くつもりなんだよ。豊島さんには先頭に立って会社を牽引《けんいん》してもらいたく思っているんだ。私は君のお父さんの考え方を重視して行く。志保ちゃんには事務管理及びお父さんの秘書兼相棒として勤めてくれたら、私はこれ程心強い事はないと思っているんだ」

とダメ押しとも思える大石の言葉だった。志保は嬉しく思い

「ありがとうございます。私達は親方さんや奥さまに大変お世話になっているにも拘《かか》わらず、私は父の仕事の内容が解らずにいました。本日は、〝今頃〟と思われるかも知れませんが、父の仕事がどのようなものか見学させていただいてもよろしいでしょうか」

と丁寧に聞いた。大石は

「どうぞ、どうぞ。お父さんに案内してもらうといい」

と言って立ち上がり、仕事場の方に歩き出した。そして
「豊島さん、志保ちゃんにいろいろ教えて下さい」
と言った。父はニッコリとして頷き、
「では改めてお二人に挨拶しなさい」と作業場にいた秋山と山根に逢わせた。
「お早うございます。いつも父がお世話になりありがとうご座居ます。お二人共お元気そうで何よりです。今朝《けさ》は見学に来ました。お仕事の邪魔《じゃま》をしてすみません」
と言って敬愛を表すように礼をした。二人は
「オー志保ちゃん、いらっしゃい」
と声を揃えるように志保を迎えた。秋山は
「何年ぶりかなあ、ずい分長い間逢《あ》ってなかったなあ。それにしても女の子は変わるな、すっかり美人になって誰かと思ったよ」
と言うと、山根も
「全くだな、俺《わし》は女の子に恵《めぐ》まれなかったから、尚更ビックリだ」
と言って二人は志保を見つめていた。
志保は秋山の手元を見て
「秋山さんは何を作っているんですか?」

と興味津々《きょうみしんしん》な表情で声をかけた。秋山は
「これか？　これは下駄箱の引戸だよ。これは作るというより修理なんだよ。今は新調する人が少ないから何でもやるしかないよ」
と笑顔で、当《あ》て板《ばん》の上に板を並べて楽しそうに応えた。すると山根が
「俺のは何だと思う？　小さくて解《わか》らないだろうな。これはさあー、氏神《うじがみ》さまを祀《まつ》るお宮《みや》の部品なんだよ。こうした細《こまか》い部品が八十点以上もあるんだ。この部品が仕上がったら棟《むね》上《あ》げをするんだ。仕上がったら素晴らしくなるぞ」
とやはり楽しそうに説明した。志保はその部品を見て
「これは前後が少し細く、真ん中がふっくらとして、細長い太鼓《たいこ》みたい。これを作るのは大変ですね。一つ一つ作ったんですか。それにこの×印《ばつじるし》みたいな物はなんだろう？」
と手に持って首をかしげた。
「ハハハハ、これについては説はいろいろあるが、細長くて丸いのは、ほら、鰹《かつお》に似てないか。鰹の頭と尻尾を切ったら丁度こんな形になるだろう。だからこれを鰹《かつお》木《ぎ》と言うんだよ。これを神社本殿《ほんでん》などの棟《むな》木《ぎ》の上に、ある一定の間隔《かんかく》をおいて並べると、悪魔は恐れをなして近づく事が出来ない霊験《れいけん》灼《あらた》かなものとなるんだ。それにこっちの×印みたいなものは、千木《ちぎ》と言うんだ。これは破風《はふ》の先端が延びて交叉《こうさ》した二本の木を切り離したものだ。だ

が、この木は建物の要《かなめ》になる木でもあるので、その木を棟の上に美しく装飾して取り付けたものなんだ。それが置千木《おきちぎ》の由来になったんだよ。これも鰹木と同じように魔除《まよ》けとなり、祝詞《のりと》や祈年祭《きねんさい》など神《しん》事《じ》に欠《か》く事の出来ない厳《おごそ》かで霊験《れいけん》灼《あらた》かなお社《やしろ》の千木《ちぎ》として古来より尊《たっと》ばれて今も大切にされているもんなんだよ」

と山根は説明し一息入れるようにして、

「志保ちゃん、鰹木の作り方はなかなか面倒な事なんだが、良くその辺の処に気が付いたね。でもこれは一つ一つ心《たましい》を入れて丁寧に作るしか方法はないんだよ。もし面倒だと思って手間を省《はぶ》けば、心が入らない粗末な物になり、仕上がったお宮《みや》全体が言わば腑《ふ》抜《ぬ》けのようになり、灼《あらた》かさが無くなって、何の意味もなくなってしまう。だからいつも慎重に丁寧に、心《たましい》を込めて作っているんだよ」

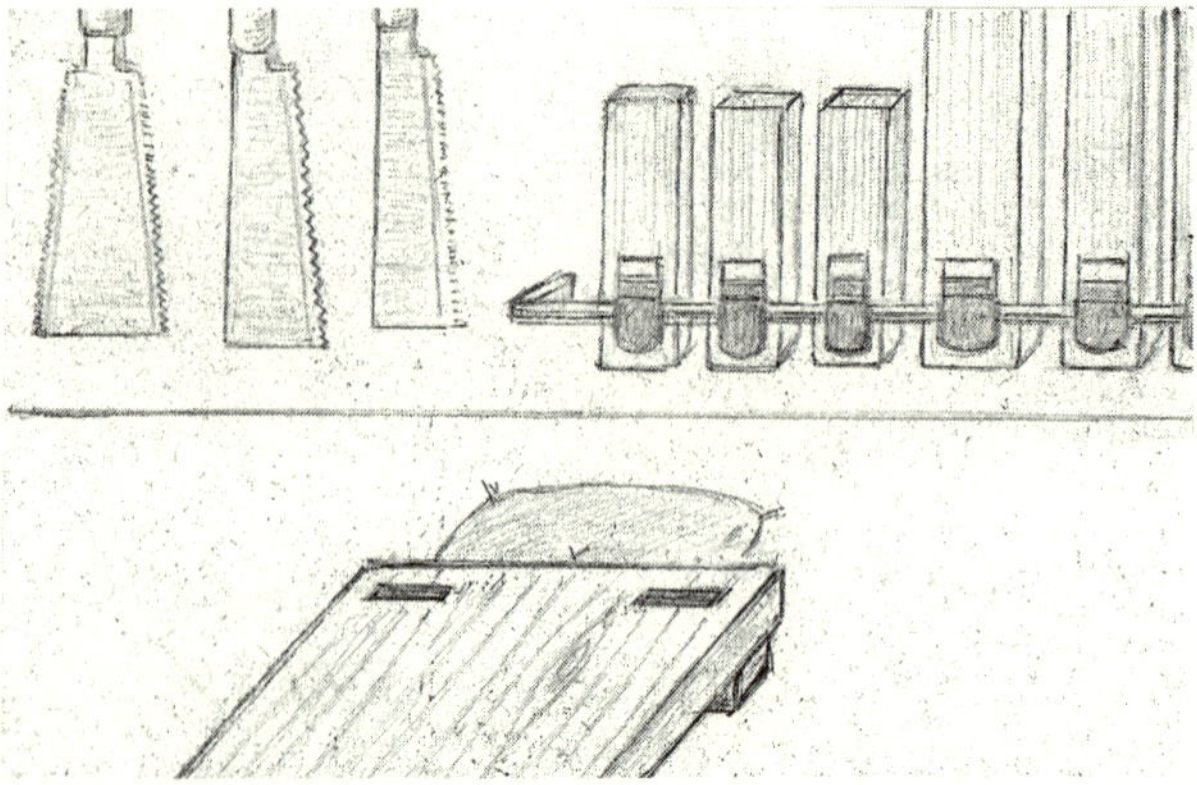

と諭《さと》すように説明してくれた。この時、父は
「本当に職人さんは凄いよ。ほら、秋山さんと山根さんの後《うし》ろを見てみな、壁に道具掛けが作ってあり、そこに、あらゆる道具が揃えてある。その多いことにビックリするね。俺《わし》も仏壇を作る時、その道具の使い方や手入れ方法を教わった。それに大切なのはこの当《あ》て板《ばん》だ。この板は寸分《すんぶん》の狂いもないように矩尺《かねじゃく》で、キチンと平らに仕上げてある。つまりこの台は、物を作る基盤なのだ。それに職人の心《たましい》が乗り移っているんだぞ。秋山さん、山根さん、すみませんでした」
と父は頭を下げた。そして
「さて次は、外の干し場で材の説明をしよう」
と父に促されて外へ出ると、外では池田が角材や板に加工された材を風通しが良くなるように、桟《さん》を入れ丹念に並べていた。父は
「この仕事は木工製品作りで一番大事な材料造りに

なる作業なんだ」
　と言って「池田さん、娘の志保です」と声をかけた。志保は
「すっかりご無沙汰《ぶさた》を致しております。いつも何かとお世話になりありがとうございます。池田さんはお元気そうで何よりです」
と懐かしさを込めて挨拶した。池田は
「やあ志保ちゃん、今朝《けさ》来るってお父さんから聞いていたよ。いやあーそれにしても女の子は変わるなあ、すっかり大人になってビックリだ。あの三歳の子供の頃は一生忘れる事が出来ないほどかわいかった。そして今は大人になってスターのようだ！」
と仕事の手を休めて、驚きの表情で志保を見つめた。志保は、もじもじとしながら
「恥ずかしいわ。振り返ってみると、私達兄姉《きょうだい》は子供の頃から池田さんにかわいがっていただいているわ。だからそんな風にほめられると何だか知らない人に言われている様な感じだわ」と下を向いた。
「あっ！　ご免、ご免。つい本音が出ちゃった、ハハハハ。そりゃそうと岐阜での事では心配が尽きなかったけど、戦争が終わった以上もうなんでもないんでしょう。これからは、もう戦争の事なんか考えないで、何か志保ちゃんの打ち込めることがあるといいね」
と励ますように明るく言った。父は

「ハハハ、池田さんありがとう。今日は志保に木工所の見学をしてもらって、これからの若い人がどんな考え方を持つのか意見が聞きたくて連れて来たんだ。何か池田さん言う事ないかね。あったらよろしく頼みますよ」

と池田を見た。池田は

「えっ！　そうなんだ。どんな感想を持つのか楽しみだな。志保ちゃん、いつ答えを教えてくれるの」

と照れるように言った。志保は大石親方をはじめ職人達の素朴な人柄に触れ、安心感を持ったのである。

大石に別れを告げ、一人で家路を帰る道すがら、二時間余りの見学で身にあまる程の歓迎を受けた事は、取りも直さず父光男の人柄がどれほど皆に好かれているかが解り、志保は心の底から嬉しく思ったのであった。

同時に父母の力の大きさを知ったのであった。そして父と岐阜の軍需工場へ行った時も、父は工場長や寮長奥田としに我が子の事をくれぐれもと頼んでくれた。

志保は思った〝中学校を卒業して、いきなり岐阜の軍需工場へ強制的に引《ひ》っ張《ぱ》られ、全く見ず知らずの女達《ひとたち》と寝食を共にしたわ。今、思えば凄いことよね。それに何百人にもなる工員の秩序、食、風呂、汚物、等々の管理システム、更に工場に於ける、材、製品、運搬、在庫、等々の管理システムは厳格を極めていたわ。大石さんと比べる訳には行かないけど、零細企業は何とも心許無《こころもとな》い所があるなあー。しかし、これが庶民生活の根元なのよね。軍需工場の経験を活かして、私が大石さんに何が出来るのかしら〟と走馬灯のように思い出しながら帰宅したのであった。

そして母に見学の全てを報告したのである。母静は娘の話に、大石をはじめ職人一同の思《おも》い遣《や》りを感じ、心に悦《えつ》を得《え》たのであった。

「そうよかったわね。それであなたはどう思ったの」

と初めて就職面接をして来た愛娘《まなむすめ》を優《やさ》しい眼差しで見た。志保は

「そうねえ、私のやれる事は限度があると思うわ。だからやっぱりお父さんの言う通り事務かも知れないね。何かを作るなんて事はとても奥が深くて見当も付かないわ。事務といっても何をどうすれば良いのかさっぱりだけど。大石親方は『今は暇だけどそう遠くないうちに必ず忙しくなる。それまで事務の仕事に対する心構えを身に付け、次に原価計算の仕方や仕入先の事、そしてお得意先を覚えるなど、今でなければ出来ない事がいっぱいある』と言っていたけど何にも知らない私みたいな者は、かえって迷惑になるような気もするわ。それに自分勝手な言い分でお父さんにも言いにくいけど、大石製作所は男の人が主力でしょう。だから女子用という処がないのよね。それを作ってほしいなんてとても言えないしね。

どうも私としてはそこが迷うところなのよね」

と困った風に言った。

「なるほどね。それはそうよね。ウフフフ、もしあなたがお父さんと一緒に仕事をすると決心したら、親方さんは大至急さまざまな処を改装してくれると思うわよ。一流の処に出入りしている人だから、先を見越した設計できっと素晴らしく居心地《いごこち》の良《い》い環境にしてくれると思うわ」

と言った。志保は思いがけない母の言葉に驚いて、

「えっ、そうかしら？　いくらお父さんの娘といっても女の子一人雇《やと》うのにそこまでしてくれるかしら。もし、してくれるなんてことになったら、大石さんの言う腰掛的な修業という訳にはいかなくなってしまうわ」

と真顔になった。

静はなぜこの様な事を言及したのか？

実は、志保が軍需工場で働いていた昨年の正月、大石宅に光男と二人で新年の挨拶に訪問した時の事であった。

大石は『このままでは日本はどうする事も出来なくなってしまう。戦争は物資がなければ勝てない。今、日本に銅や鉄の在庫が全くない。まして戦闘機を造るどころか、銃弾を作る

材料もないと言う有り様では手の打ちようもない。これでは残念ながら勝てない。もし日本が負けてアメリカ化された場合、あらゆる点で今までの日本のやり方では通用しなくなる。具体的にどうなるかは解らないが、多分日本は戦勝国の管理下におかれる。そして戦勝国の主張である民主主義社会になるだろうと思う。そうなれば企業の有り様も変わる。大石製作所もその準備をしなくてはならない時が必ず来ると思う。例えば今までの日本の場合、従業員の福祉や待遇は江戸時代とそう変わらないと言っても過言ではない。それが大幅に改善される時代が来る。会社組織が奨励され、その運営が社員によって合理化される。国全体が、そこまで変わるのには二十年、三十年とかかるかも知れないが、必ず新しい国家として生まれ変わると思う。大石製作所も良い工場環境を造り、従業員の安心安全を図らなければ優秀な従業員は集まらないし、育《そだ》たなくなってしまう。戦後処理次第だが、熟慮しなくてはならない重大事だと私は思う』と言っていたのである。

静はその事を思い出し、志保の事が一つの切っ掛けとなり、大石はきっと改革に踏み切ると思い、志保にそう言ったのであった。

父光男は午後四時半頃に帰って来た。こんな早く帰宅したのはかつてない事だったので、母は「アララ！　どうしましたか？」と聞くと、

「イヤー、材料の区分《くわけ》が一区切り付いて周《まわ》りを掃除していたら親方が『丁度いい折だ。志

保ちゃんは見学に来て、女子社員の居る場所がない事にビックリしたと思うよ。だから明日《あした》から私が考えていた設計で、事務所、食堂、会議室、男女別更衣室、男女別洗面所などの増改装を至急実行しよう。材料及び備品は手配したので順次届くと思うから、早速みんなで始めてくれないか。皆には私から言っておく。君は早く帰って志保君の心が変わらんうちにこの事を知らせてくれ』と言われたので帰って来たんだよ」

と二人に伝えたのである。

志保は、今しがた母の言った通りだと思った。そして母は凄いとも思った。

優しい言葉遣いに加え人に対する思い遣り、更に今回の予想など時の流れを受け入れる母の強さを垣間見る《かいまみる》思いがしたのであった。

そして、大石の洞察力、父光男の実行力、職人達の人柄と高い技術力、母静の思い遣りが一つの光の玉になって、自分を包んでくれているような気がした。

この瞬間、腰掛的《こしかけてき》な勤務ではなく本格的に父と共に働くことを決意したのである。

「お父さん、お母さん、私は大石さんの好意を無にする事は出来ないと思うわ。改装工事が終わったら大石製作所でお父さんと一緒に働きます」

とはにかみながら言った。

「そうか！　それはよかった。親方も奥さんも喜ぶぞ！　志保！　しっかり力を合《あ》わせてやろうな！」

と嬉しそうに静と志保の手をやさしく握った。母静も安堵の表情で

「志保、よかったね。大石さんならあなたの生まれた時から何もかも知っている人だから、私達もこれほど安心な事はないわ。歌代も安心することと思うわ。進も波江も文彦もみんな祝ってくれると思うわ。今日は歌代が帰って来る日よ。四人でお祝いをしましょうね」

と声をはずませたのであった。

（七）

豊島家にとっては嬉しい事が続いた。

志保が大石製作所に勤務すると決意してわずか一ヶ月目に、進が復員して来ると手紙で知らせて来たのだ。

豊島家は歓喜《かんき》の坩堝《るつぼ》と化《か》した。

父光男も母静も歌代も志保も、長男の復員を一日千秋の思いで待った。

その頃、広島安芸《あき》の八本松にほど近い処に小さな営《えい》があり、そこに進はいた。

進は辛《かろ》うじて残っていた小さな洋品店で下着を求め、軍服は熱湯で消毒を施し帰宅に備えていた。

一方、高山の父光男は、〝広島を一番列車に乗ったとして高山駅に到着するのは夕方五時頃かなあ？　五年近く会ってないからなあー、彼はもう三十になるんだなあー。軍隊で鍛《きた》えられてさぞかし立派になっただろうなあ〟と天井を見ながら独り言を言っていた。

歌代は病院勤務で帰れなかったので、母静と志保の二人は復員を祝う会に食する物をどうするか、少ない食材で華やかにするにはどうすれば良いか、そして進の好物をどのように調達するかに工夫をめぐらせていたのであった。

九月中旬の高山は朝から爽《さわ》やかに晴れていた。父光男は、午後四時頃には高山駅に着いてそわそわしていた。

十七時三十五分、列車はしずかに到着した。乗降客がなくなりかけた時、進はゆっくりとした歩調で改札口に近づいて来た。父光男は
「進、お帰り！　ご苦労だった」と声をかけた。

進は無言で直立不動の姿勢をとり、〈パッ！〉と敬礼をして
「只今帰りました」と父に対してしずかな口調で応えたのであった。

父光男は微笑み、やさしい声で
「無事でよかった、いろんな事を経験したようだな、まあ家に帰ってゆっくり話を聞かせてくれ」

と進の持っている荷物を一つ取り、バス停に向かった。進は黙って父の後に続いて歩いた。バスに乗ってもなぜか進は一言も話そうとしなかったのである。

光男は、あの原子爆弾によって引き起こされたさまざまな事を想定して進の心を探《さぐ》っていたが、その想いの差は計り知れないものがあったのである。

やがて家の近くのバス停に着き、そこから約一キロ二人は無言で歩き家に向かった。家の外で母静と志保の「お帰りなさい！」と優しい迎えを受けても、軽く頭を下げ「ただいま」と言ったきり話そうとしなかったのである。父母も志保も〝どうしたのかな？　あれ程家族思いで、しかも相手の心を気遣《きづか》う人が、暗い表情で何か思い詰めている様子が有りありと解る。これは只事じゃない〟と三人はその瞬間に思った。しかし母は、わなわなと震《ふる》え、溢《あふ》れる涙を拭こうともせず、進の腕をしっかりと抱き締めて
「進、お帰りなさい。本当に無事で良かった」

と暫《しば》し泣きくずれるように進を離さなかった。志保も傍で嬉し泣きに泣いた。

進は母に対し「すみません、心配かけました」と母の肩を強く抱きながら言った。母は

「長い間ご苦労さまでした。今日も朝早くから列車に乗ってきたのね。大変だったね。風呂も沸いて丁度いい湯加減《ゆかげん》になっているから、まず一風呂あびて来なさい。下着と普段着も用意してあるからね。それに着替えなさいよ。脱いだ物は盥《たらい》に入れて置いてね」

といつもの通りに優しく言った。

この時、進はやっと我に返ったような気持ちになったのであった。

風呂から上がって外で風を受けていると、志保が「お兄ちゃん」と声をかけた。

「おー志保か、お前も大人になったなあ、お母さんの手紙に書いてあったが岐阜では大変な目にあったんだってなあ」

と進はしずかな口調で言った。

「うん、でもお兄ちゃんから比べると問題外かも」

と応じると、進は〈キッ！〉となり志保を睨みつけるようにして
「志保、人の生死《しょうじ》に関《かか》わる事に大も小もない。全《すべ》て一大事な事柄なんだよ！」

と厳しい口調で言った。志保はビックリして
「あっ！　ご免なさい。私軽率《けいそつ》な事を言ってしまったのね。ご免なさい」

と愕《おどろ》いた表情で進を見た。進は
「オッ！　とご免よ、志保。お前に対して文句を言うつもりではなかったんだ。俺《おれ》が経験

した事が心に強く引っ掛かっているもんだから、ついお前の言葉に反応してしまったんだ。しかし良く聞いてくれ。恐ろしい事を思い出させて悪いが、忘れてはいけない事だから敢えて言うんだ。岐阜の空襲はB29が一三五機という大編隊で一挙に襲って来た。何の備えも出来ていない岐阜は一方的に、雨あられのように焼夷弾《しょういだん》を落とされ、〈あっ!〉と言う間に阿鼻地獄に突き落とされてしまった。そして何の罪もない人達が死んだり、負傷した人や行方不明者は数え切れない程甚大な被害を受けた。お前もあの時、命がけで逃げたんだよな。死ぬかも知れないと思ったかも知れない。そんな恐怖を直接的現実として体験しただろう。でもお前は助かったんだ! だが、その反面に夥《おびただ》しい人々が犠牲になったのも現実なんだ。焼死という惨《むご》さは見た人でないと解らない。しかもその遺体をどのようにして処理するのか? 人間としての尊厳を失わずに荼毘《だび》に付《ふ》し埋葬してくれるかだ。怪我に対しても同じだ。岐阜では八一八人もの人が一瞬のうちに亡くなった。この多数の人をどの様に扱《あつか》ったかにあるんだ。お前は見てないから、ある意味でまだ救われているんだよ。もしその現実を見ていたら、一生忘れぬ矛盾《むじゅん》に囚《とら》われてしまうと思う。俺は広島に行くまではそんな事を思ってもいなかった。しかし現実にあの原爆を目の前で見てその残酷《ざんこく》さを知った。それは、その悲惨《ひさん》な状況の中で真っ黒に焼け焦げた遺体に対して、鳶口《とびくち》を使い引っ張り出すなど、いかに止むを得ない緊急事態であっても、人間の尊厳《そんげん》を全く無視した同胞《どうほう》の行為に俺は今でも解決出来ない矛盾を覚えてしまったんだ。しかし人は時《とき》が経《た》つうちに、その時の事を忘れて行く。今お前が言った言葉がその証拠《しょうこ》だ。岐阜で経験した、あの時の恐怖や事の重大さを薄《うす》れさせて来たことになるぞ。もしそうだとしたら、亡くなった方々やその遺族に対してお前の心念《しんねん》が問《と》われるかも知れないぞ。そうした意味も含めて絶対に忘れてはならない重大な事なんだ。だからお前も俺も同じような経験をした者が、時代の証人として書き残し、後に続く人々に伝えて行かなければならない、と俺は思うがお前はどうか？」

と先程の厳しさはなくなり優しい口調で話した。

その時、いつの間にか父母も二人の傍に来て進の話をきいていたのであった。父は

「本当に進の言う通りだ。志保も未だ勤務するまで時間があるので、進の体験談をのちのちに伝えるためにしっかりと記録すると良いと思う。なあ～静、お前はどう思うか？」

と言った。母静は、

「ホホホ、なんでしょうね。五年ぶりに帰って来たばかりでまだ家の中にも入ってないのに仕方のない人達ね。その話はあとでゆっくりと聞かせてね。さあー家に入って進の復員祝いをしましょう」

と言った。志保はお茶を入れながら

「ねえーお兄ちゃんお腹すいたでしょう。今日は朝から久し振りに高山の商店街に行って

お兄ちゃんの好物を探したけど、物資が不足で買えなかったのよ。仕方なく有る物で料理を……ご免ね。でもお母さんと私の気持ちがこもっている逸品だと思ってね」と茶目《ちゃめ》っ気《け》を交《まじ》えて言った。

進は「ありがとう……」と言ったきり言葉を失っていた。

父はそれを見て頷《うなず》き、無言のまま進の傍に寄り、そっと肩に手を置いた。

進は下を向き「……」無言で合掌したのであった。

兄進は多くを語らなかったが嬉しそうであった。父光男も母静も、そして志保もしずかな復員祝いであったが、進の深い感情が伝わり、充実した時を過ごす事が出来たのであった。

翌日進はリュックサックの中から五冊の日記帳を出して志保に

「これは昨日《きのう》話した原爆にやられた時から、見た事や感じた事などを思い付くまま書いた物だ。悪いがこれを整理したいと思うので手伝ってくれないか」

と言った。志保は

「ハイ！　よろこんで」と応えた。進は真顔になり

「ではまずゆっくりと読むからな、おかしな処があったら指摘してくれよ。信じられないかも知れないが全て真実だからよく聞いてくれ。書きまとめるのは、何日もかけるしかないと思う」

と言って、広島に原爆が投下された日からの事を回顧録のようにしずかに読み始めたのであった。

「それは昭和二十年七月七日、七夕《たなばた》の日に広島の中心部より直線で約十キロぐらい東方の八本松にほど近い処に営《えい》を置く部隊に移動して、約一ヶ月程経った八月六日の朝八時過ぎであった。四国上空から広島市に向かって数機の大型機が飛んで来るのを俺《おれ》も兵隊達も気付いた。

安芸灘から広島湾に近づくにつれ、B29爆撃機だとわかった。高度は一万m位《ぐらい》ではないかと皆は騒いだ。B29は三機であったが、どういう訳か二機は急降下して引き返してしまった。一機はそのまま広島上空に向かって飛び続けた。日本軍の戦闘機が単機《たんき》で同爆撃機を二度射撃をしたが失敗した。後は高射砲に任《まか》せたかのように引き返してしまった。高射砲は敵機に向け激しく撃ったが砲弾は届かず、むなしく花火のように破裂していた。やがて敵機は広島市中央を流れる大田川の手前で落下傘を三つ落下させた。兵隊達は砲弾が命中し敵機の搭乗兵が落下傘で脱出したと思い『ウワーやったぞ！　やった！　やった！』と飛び上がって歓声をあげた。しかし敵機は何事もなかったかのように飛び続け、そして約一分後、黒く大きな物を、スーっと落とした。兵隊達は『あっ！　何だあれは⁉』と大声をあげて見ていた。そして、その黒い物が丘陵の陰に消える瞬間、目もくらむような強烈な光が広島市全体

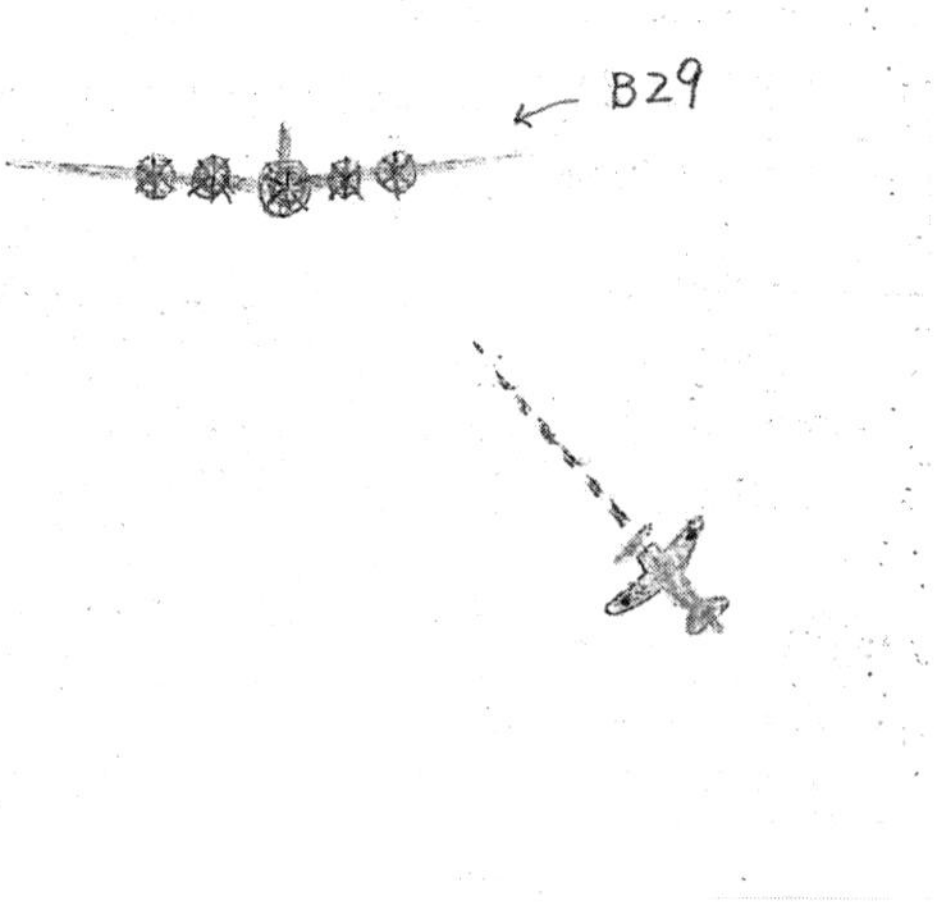

を襲った。その刹那《せつな》、俺《おれ》達の居る処まで〈ズズズーン〉という地鳴りと共に不気味な地震のような強い揺れが起きたのであった。天地が裂《さ》けんばかりの大爆発と烈風《れっぷう》が丘の向こうから木々を根こそぎ吹き飛ばすかの如《ごと》く、物凄い量の砂塵《さじん》が一直線に天を突《つ》く勢いで舞い上がった。その瞬間、大規模な丘越《おかごし》の波動風《はどうふう》が俺《おれ》達の部隊を巻き込んだ。度肝《どぎも》を抜かれた兵隊達は反射的に身を屈《かが》めたのであった。その時である。言葉では表現出来ない物が現れた。それは、渦巻《うずま》く紅蓮《ぐれん》の炎《ほのお》を巨大なキノコ雲が包み込み、ゴーっという音を伴い乍《なが》ら、悪魔のような姿を現し見る見るうちに広島の空を被《おお》ってしまった。一瞬の出来事であったため、その場にいた兵士達は息を呑み言葉を失ってしまったのである。軍本部から直ちに救援隊組織を編成するよう各部隊に命令があり、俺《おれ》もその一つの救

援隊に加わった。爆心地に向《む》かうにつれ、凄《すさ》まじい惨状に兵隊達は愕然《がくぜん》となり『ウワー！　何だ、これは！』と悲鳴をあげた。そして激しい怒りが込み上げて全員の体に震えを覚えていた。

まだ煙が出ている遺体、真っ黒に焼けただれ、まるで一本の棒《ぼう》のようになっている遺体。襤褸布《ぼろぬの》のように爛《ただ》れた皮《ひ》膚《ふ》や肉が破《やぶ》れ、ぶら下がったまま蹲《うずくま》る重傷者の人、人、人……。手の付けようもない阿鼻地獄絵図《あびじごくえず》そのままの恐ろしい光景だ。兵隊達は急遽、散乱している板や角材など使用出来る物は何でも使って、人を運べる担架を作った。しかし怪我人はどこへ運べばいいのか？　遺体はどうすればいいのか？

市内は全て焼野原《やけのはら》になっている。何万人にものぼる遺体に対する扱いについて火葬場等の施設がない。一人ひとりを埋葬する事などは全く無理という事で、大きな穴を掘りそこに合葬《がっそう》するという方法を採った。しかしその所作《しょさ》に俺《おれ》は目を覆《おお》った。いかに止むを得ない状況とはいえども、あまりにも、と思ったのであった。この事を命じられた者は自らの命が終わっても悔いを残すことと思う。兵隊達はその場を放棄《ほうき》して逃げ出す訳にもいかず、悔し涙も枯れ果て、ただひたすら黙々と遺体を片付けるしかなかった。俺《おれ》は重傷者の収容を命じられた。四人が一組になって瓦礫《がれき》の下敷きになっている人を捜し出し収容する重要作業である。見渡す限りを瞬時に崩壊させ、しかも全てを焼き尽くす脅威の破壊力に底知れぬ恐怖を兵隊達は感じたのであった。俺《おれ》は〝あ～これでは勝てる訳がないな〟とも思った。

焦燥感と怒り、そしてどこにもぶつける事の出来ない悔しさと諦《あきら》めにも似た感情が入り乱れ、全身の力を奪われてしまい暫《しば》し呆然としていた。その時突然肩にそっと手を置かれた。〈ハッ!〉として振り返ると、目を赤く充血させた戦友が『豊島、もう駄目だなあ!』とポツリと言ったんだよ。俺《おれ》は何も言えなかった。黙って頷き戦友の肩をつかんだ。友は汗でびっしょりだったが拭《ふ》こうともしないで立ち竦《すく》んでいた。俺《おれ》は思い直して任務に戻った。八月の暑さに加え、腐臭《ふしゅう》が強烈に身に染み込むのを感じた。血みどろになり皮膚《ひふ》は焼け爛《ただ》れ、髪の毛は大半焼き削《やそ》がれたようになった人が、空を掴《つか》むようにして、水、水と呻《うめ》くように求めていた。水筒の水を口にもっていく間も無く絶命した人の無念の形相《ぎょうそう》と絞《しぼ》り出す声は一生忘れる事が出来ないと思う」

と言いながら志保を見て
「話は変わるが、俺《おれ》が広島に駐屯《ちゅうとん》する七月に入れ替《か》わるように青森に移動した文彦が、こんな場面を経験することを免《まぬが》れたのがせめてもの救いだと密《ひそ》かに思ったんだよ」

と目を潤《うる》ませて話を続けた。

「重傷者の収容は夜になって困難を極《きわ》めた。それは照明が全く無いからだ。次の日は身も心も極限を感じた日だった。鼻を突く腐敗臭《ふはいしゅう》に加え、朝から耐えられない程の蒸《む》し暑さが体力の限界に拍車をかけるように思えた。しかし、息も絶え絶えの人が自分達を待ちわびている。それを思うと〝お前は何を甘えた事を考えているのか！　亡くなった人の悔しさ、無念さは計り知れないものだぞ！　それに今！　この暑さの中で、しかも瓦礫《がれき》の下で身動きもとれず、声を出すことも出来ない重傷の人の事を考えてみろ！　しっかりするんだ！〟と自分を叱咤《しった》して、遮二無二《しゃにむに》に頑張った。そして夜を迎えた。光を無《な》くした都会の夜は暗かった。焼野原《やけのはら》になったあちらこちらから、無念の怨《うら》みと思える青白《あおじろ》い燐《リン》の炎がひとだまのように異様な光景を醸《かも》し出していた。俺《おれ》は三日目になってようやく遺体を埋葬してある穴に合掌する事が出来た。男も女も子供も情け容赦なく無造作《むぞうさ》に積み重なり、その上に土が被《かぶ》せられている。この人達に何の罪があったのか⁉　無惨《むざん》だ！　日本はアメリカによって大虐殺《だいぎゃくさつ》を受けたのだ！　俺《おれ》の体験した原爆による残酷非道《ざんこくひどう》の話はこんなものじゃない。もっと、もっと言いたい事は山程ある。それでも人の話には限度がある。現実は何千何万倍にもなる悲惨なものだ。しかもその極悪な影響は何百年にも渡って続くのだ。だからしっかりと記録しておかなければならない。この怒りと悲しみ、拭《ぬぐ》っても掃《はら》っても無尽蔵《むじんぞう》の如くに湧《わ》く不条理を俺《おれ》は抑《おさ》え切れないんだ。戦友も言っていた。『俺達は一体何だったんだ。何百万もの若い人達が召集され、言語《げんご》に尽《つ》くせぬ苦しみを受け、あげくの果ては戦死であったり、餓死《がし》であったりして殺されてしまったのだ。更《さら》に更《さら》に、何の罪もない善良な国民の命が容赦なく奪われたり、一生を左右する怪我を負わされた。一体この無情で重大でしかも一方的な過《あやま》ちを誰がどのようにして償《つぐな》ってくれるのか』とみんな怒り心頭に発していたんだ。俺《おれ》も未《いま》だに気《き》概《がい》をなくしている状態だ。」

と進は長く辛い思いを書き記《しる》した日記帳を読み上げたのであった。志保は

「凄い経験だったのね。私は夜だったけどお兄ちゃんは朝方だったのね。しかも原子爆弾という誰も知らない恐ろしい爆弾の投下、そして破裂から、その被害に至る一部始終を見たのよね。それればかりか、被災された人々の救援活動をしたのね。凄い証人だと思うわ。どんな事があってもキチンと纏《まと》めましょう。必ず後世の役に立つと思うわ」

と言って、フーっと進と二人、遣り切れない溜息をついたのであった。

二人はそれぞれの経験を丁寧に記録を終えて、次の事を考え始めようとしていた矢先、進の中学生時代から親交のあった塩野敏文が豊島家を訪ねて来た。

塩野は警察官で進に柔道を教えてくれていた、いわば先生でもあった。

父母も波江、歌代、文彦も顔見知りの人でもあった。

警部になっていた塩野は、戦中の高山町そして戦争の終わった高山の世間話をして一時間程を過ごした。帰り際に、

「進君、実は君に考えてもらいたい事があって来たんだよ。高山の町はそれほどでもないが、都会では泥棒が急増して治安が凄く悪くなっているんだ。警察官を公募するにも、なかなか難《むつか》しい問題もあり苦労しているんだ。そこで復員して来たばかりの君には誠に申しにくい事なんだが、どうかな？　警察官になってもらえないか、と思い来たんだ。どうかなあー？　考えてもらえないか」

と言った。進は全く思ってもいない事だったので、ビックリして
「えっ！　何と？　私みたいな者でも警察官になれるのですか？　自分は今復員して来たばかりで無職です。ですので、もしなれるのでしたらなりたいですが、当然さまざまな条件があるんでしょうね」

と不安そうに応えると
「いや、たいした事はないよ。でも警察官だからそれなりの勉強は必要だ。その事は順次追って私が教えるよ。大丈夫、君なら出来る。そうか、なってくれるか、良かった」
と嬉しそうに何度もうなずいていた。そして
「オッ！　忘れるとこだった。実は出掛《でが》けに君の事を貴子に話したら何だか逢いたがっていたぞ。この話をしたら悦《よろこ》ぶかもな。ウフフフ、ウワハハハ良かった！　良かった」
と声を上げて笑いながら
「それじゃまた連絡する。そしたら署の方へ見学を兼ねて来てくれないか」
と言って帰ったのであった。
その夜は歌代も休みをもらって帰って来ていた。家族が五人揃って和気藹々《わきあいあい》の団欒《だんらん》の時、進が
「父さん、母さん、おぼえているかなあー、自分が中学生の頃、学校で柔道を教わったりした塩野さんが、今日の昼間来て、自分に『警察官になってくれないか？』と言われたんだ。その時、自分は〝なれればなりたいけど〟と応えたんだけど、どうですか？　何か意見があれば聞かせてもらいたいんだけど。歌代、志保、お前達もどう思うか感想を聞かせてくれないか」

と言った。家族は皆、感想というより安堵感を持ち進の話を聞いていた。

広島に投下された原爆で間一髪直撃を免れるも凄まじい体験をした進が、高山で警察官になる事が出来たら、どれほど安心かと思ったのである。父光男は

「素晴らしい話だと思う。俺《わし》らもお前がこの高山で警察官になって一緒に暮らせるとなればこんな安心な事はない。なあー静、歌代、志保」

と言って皆の顔を見た。歌代と母静は同時に声を出し

「そうよ！　凄い！」と言ってまた同時に口を押さえた。母は

「ウフフフ、オホホホ、歌代、歌代どうぞ」

と言って歌代に話を譲《ゆず》った。歌代はニッコリして

「本当にお兄ちゃんは凄い！　私は大賛成よ！　この頃病院でも時々夜間に不審な事があり、夜勤の人は気を付けているのよ。それは警察官が少ない事も原因だと思うわ。お兄ちゃんみたいな人がいると犯罪の抑止力《よくしりょく》になると思う。でも、あまり極悪《ごくあく》な人がいると心配だけど、問題はそこだけね」

と嬉しさの中にも複雑な表情を見せた。母は

「本当にそうね。でもここ何十年も、私がこの年になるまで、高山にはそんな悪い人はいなかったし、これからも土地の風土からいっても、人情味豊かなこの高山にそんな人は出て

こないと思う。進が堅実な公務員になってくれれば、こんな安心な事はないわ。でも、決めるのは進、あなたよ。私はあなたの考えを尊重《そんちょう》するわ」

とニコニコ顔で優しく言った。志保も全く同じ思いであった。進は
「そうかあ、それじゃあ自分は塩野さんの指導を受けてみる」

と言った。そしてその後、進は塩野から連絡を受け警察官になることを承諾したのであった。

それから一ヶ月が、〈あっ！〉と言う間に過ぎ、大石製作所の改築も仕上がって来た。父は志保に
「進も警察官になる事が決まった。工場の改築がもう少しで終わる。いよいよお前も事務員として出社する事になる訳だな。こんな喜ばしい事があっていいのか。何もかも順調に行き、何だか気が引ける思いだな」

と嬉しそうであった。

そして月が変わり、志保の初出社日になった。大石製作所は改築前とは大幅に変化していた。志保はビックリして立ちすくむ程だった。その時父が、

「みなさん、今朝《けさ》は会議室で朝礼を行いますので、集合して下さい」

とマイクを使い放送したのであった。秋山はニッコリして

「オー！　うちも大会社みたいになったなあ、何たってマイクで放送するんだからな、ウワハハハ」

と嬉しそうに燥《はしゃ》いで言った。山根も池田もニコニコして
「今はたった数人だけど大きくなった時の用意かな」

とやはり嬉しそうだ。

八坪、十六帖の会議室だが、桧材で作った六尺テーブルが二台あり、イスも十五本用意してある。壁には幅六尺の黒板が二枚かけてある。その前には演台が置かれていた。全て自社製品である。志保はあまりの変わり様に目をパチクリしながら会議室に入り、ここが末席と思う処に立っていた。

やがてみんなが入って来た。そこに近所の女性達が、

「今日は完成祝いの日でしょう、だからお手伝いに来たのよ」

とお茶を配っていた。池田は
「そうなんだよね、志保ちゃんの事と改装のお祝いという事なんだよね。祝い事なんて何十年ぶりかな」

とそわそわしながら言った。みんなが会議室に揃った時、大石夫妻が入って来て、

「お早うございます。今日はこの会議室の使い初めです。さあ、どうぞみなさん椅子に掛

けて下さい」

とすすめ、そして「志保ちゃんは一寸こちらへ来て下さい」と手招きをして別なイスを用意した。そして「ここに座っていてね」とやさしく言った。

大石の妻美千代は黒板に年月日と会議の項目を書き始めていた。大石は

「え～それでは朝礼を始めます。あの暗黒で悲惨な戦争を、日本は無条件降伏という屈辱《くつじょく》を受け戦争は終わりました。私は日本人として、ましてや長男を戦死させられ、次男は消息不明という事に追い込まれています。その口惜しさは言葉では言い尽くせません。しかし、だからこそ嘆《なげ》いてなんかいられないと思うのです。私はこの大石製作所の責任者として、その任を果たさなければ、この仕事に就いた甲斐がないという信念を持っています。そこで本日、昭和二十年十月一日を佳日《かじつ》として、大石製作所を改め《大石製作所株式会社》として法人組織にしたく思います。資本金及び株式の所有等に絡《から》み、僭越《せんえつ》乍《なが》ら当面《とうめん》私が初代代表取締役社長とし、妻美千代を専務取締役と定めさせて頂きたくお願い致します。そして次の人事に移ります。現在私が役所や建築会社を廻り、親交を深め何らかの仕事を頂けるように動いています。しかし他の重要な仕事、例えば仕事の受注及び製作管理並びに納品、そして集金、更に保証修理などに加え、材料の管理及び発注等々多岐《たき》に渡ってやってもらっている豊島さんに、このまま甘えていては彼の身体《からだ》がもたなくなってしまう。今は未だ仕事が少ない

状態で余裕があるかも知れないが、今後は注文が急増する。そうなってからだと遅いので、豊島さんの仕事の役割を今から定めて置かなければ、その時仕事が詰まって確実に動きが取れなくなってしまう。そこで池田さんに工場長になってもらい、全ての材料の管理、受注の管理、工場内外の管理を担当してもらいたいのです。当然、雑役《ざつえき》などの人数は補充しなければならないと思う。そうする事によって豊島さんの時間に余力が出来る。そこで営業部長兼統括部長になってもらい、全体の管理を担当するようにしてもらいたいんだ。どうかな？池田さん、豊島さん、何か意見や希望があったら言って下さい。秋山さん、山根さんもな何か意見があったらお願いします。人数の補充は雑役工が二人、職人見習工が二人、職人が二人、配達工が二人計八人として順次募集して行く計画です。ですが一年位《くらい》の準備が必要と思っている。その間《あいだ》の事と理解して下さい」

と一気に話したのであった。池田は

「私はここにお世話になって十五年になりますので、社長に言われた事は何とか出来ると思います」

と応えた。秋山は

「俺《わし》も山根さんも作る事はまあ何とか何でもこなせるけど、運営となると全く無知でだめだなあ〜。豊島さんはその点凄いよね。しかし、そうした役職になると豊島さんの性格からみて更に多忙を極《きわ》めるんじゃないかなあー」
と言った。大石は
「実は本人の前で言いにくいが、私もそう思って今までこうした計画を打ち明ける事に躊《ちゅう》躇《ちょ》していたんだ」
とニッコリして秋山と山根に目を向けて、更に
「でもその点ではもう安心だと思って、個人企業から会社組織への移行、工場の改革、改装、そして人員の補充計画などを思い切ってやることにしたんだ。それは強い味方が出来たからだ。その味方は志保ちゃんなんだ。実は彼女は世の中が安定し、志保ちゃんが一生をかけて働ける大手企業が見つかるまでなんだが、今日から当社に入社して、事務兼豊島統括部長の相棒として当社の〝要《かなめ》〟になってもらう事になったからなんですよ。事務員は後日もう一人、入社する事になっているから、志保ちゃんも、営業や管理業務の見習いなど、豊島さんの仕事を補佐する事が出来ると思うので、もう安心だ、大丈夫だ、と確信したからなんです。そういう訳で今後の運営方法は少し変わりますが、仕事の内容は従来どおりですのでよろしくお願い致します」
と大石の話は終わった。すると池田は
「志保ちゃんは今日から我々の仲間になってくれたのか、いいね！　いいね！　それなら

私は大歓迎です」
と大喜びで言った。すると秋山、山根も声を揃えて「俺《わし》らも大賛成だ！」と言った。
父光男は以前より、この話に近い事を大石から何度も言われていたが、この大戦で話が途切れていた。それでも大石の主旨《しゅし》は大旨《おおむね》理解していた。
しかし現実の大石の発表は、父の想定を越えていた。父は大石に深々と頭を下げ
「ありがとうご座居ます。私共ごときの者にこうまで温かい思いを寄せて頂きまして、お礼の言葉もありません。私は未《ま》だ、社長の教えを頂いている最中の者です。そして娘はこれから社会に出て皆さまのご指導をいただかなければ右も左も解らない子供です。この新人と私が一体となってもこの大役が務まるとは思えませんが、でも今まで以上、精一杯頑張りますのでよろしくお願い致します」
と丁寧に応えた。大石は
「ありがとう。では今後共よろしくお願いします。それじゃ志保ちゃん、自己紹介でみんなに挨拶して下さい」
と自らの前に志保を立たせたのであった。
志保は、モジモジと赤くなり
「素晴らしくきれいに増改築していただいた上に、こんなに歓迎をして頂き、気が引ける

思いです。無知、無力な私ですがどうか宜しくお願い致します」

と辛うじて挨拶をした。皆は拍手して

「こちらこそよろしく」と志保を受け入れたのであった。美千代は

「志保ちゃんが来てくれて、パッと花が咲いたような雰囲気になった。よかったわ。敗戦直後で不謹慎だ！ と言われてもいいわ。今日は会社設立記念と志保ちゃんの入社祝いよ。皆さんのおかげで最先端の改築も出来たし、こんな嬉しい事近頃にない事よ。内輪だけで、ささやかなお祝いをしたいと思って、昨日《きのう》からご近所の奥さま方にお願いしていたのよ。もうそろそろ食堂の方に仕度が出来る頃だと思うわ。さあーみなさん、話の続きは食堂で致しましょう」

と満面笑顔で誘った。

食堂は厨房を合わせると二十坪程の大きさである。天井は吹き抜けで、床《ゆか》も板張りになっている。壁はアイボリー一色で清潔さが漂《ただよ》っている素晴らしさだ。一間の廊下を隔てた処に青い絵と文字の男子用、ピンク色の絵と文字の女子用に分けた洗面所も工夫を凝らしてある。

志保はふっと、〝私を雇用する事を切っ掛けに、会社組織にした。そして大金をかけて増改築も完璧に仕上げて下さった。その上、父の待遇にも配慮をしてくれた。大石さんはあの

時父に『いい勤め先が決まるまで二年か三年くらいはかかるだろう。それまで修業のつもりで勤めてくれれば良い』と言ってくれた。私はその言葉に安心して事務見習いとして勤める事にしたのだ。なのに……。ああ〜もうこれで私の運命は決まったも同然だわ。自分から辞めるなんて言う事は絶対に出来ないわ〟と思ったのであった。

そしてマラソンランナーのようになり、どのような事にも〝じっくり〟と取り組み対応出来る自分をつくり上げることを決心したのであった。

それから一ヶ月後、志保より三歳上で一寸ふっくら気味で温和な感じの女性が事務員として入社して来た。

中野《なかの》幸子《ゆきこ》という人で、会社から徒歩十五分くらいの処に親と一緒に住む独身の人であった。志保は勤務して十日、二十日と日が経《た》つにつれ、勤務する事が楽しみになって来たのであった。

この時、ポツダム宣言を受諾《じゅだく》した日本はかつてない最低最悪の歳末を迎えた。

東京、大阪、名古屋など大都市は未だまだ喧騒《けんそう》たるものであった。

飛騨の高山も敗戦の後遺症は大きかった。

どこの商店も一般家庭も活気がなく暗い歳末であった。

大石製作所の仕事納めは二十八日であった。工場から火が消え皆は家に帰ってしまう。残されたのは大石夫妻だけである。もし戦争がなければ二人の子供や孫に囲まれて楽しい正月を迎えていただろうに。

志保は改めて大波瀾であった昭和二十年の一年を振り返ってみた。

長男進の事、長女波江の事、次男文彦の事、そして自分が岐阜で空襲におそわれ命からがら逃げた事など、あの恐ろしい光景が次々と脳裏《のうり》に浮かび思わず身震いした。

そして大石の言葉を思い出した。『だからこそ！　嘆いてなんかいられないんだ！』と言う言葉の重みを〈ズシン〉と感じていた。

その時「志保どうした」と言う父の声で〈ハッ〉と我に返った。

「えっ！　ウ～ンなんでもないの。ただ波江《なみえ》姉ちゃんや文彦《ふみひこ》兄ちゃんはどうしているのかなあと思っていたの」

と応えた。父は
「そうか、波江は豊川海軍工廠《とよかわかいぐんこうしょう》の空爆に絡《から》む事や軍事物資の件などでＧＨＱに拘束されている。命にかかわる事ではないようだが全くどうなっているのか解らない。手紙も出せない状態のようだ。だが波江は泣き言を言わない子だ。どんな困難にも耐えられる強い心を持っている子だ。だから歯を食いしばって頑張っているに違いない。それだけに俺《わし》は不憫《ふびん》で仕方がないんだ。何とか連絡を取りたく思っているが、どうしようもない思いで気が焦っている。文彦は一ヶ月ほど前に年末頃に帰ると手紙で知らせて来たから、多分明日あたりに帰ってくるんじゃないかと楽しみにしているんだ」
と言った。そして翌日の夕方、父の言ったとおり文彦は明るい表情で帰って来た。戦争の暗さは微塵《みじん》もない爽《さわ》やかな色の背広を着て
「ただいま帰りました。遅くなってすみません」
とあっけらかんとしていた。父母も志保も一瞬ポカンとしていたが、
「文彦兄ちゃんお帰りなさい。凄く元気そうでよかった！　それに明るくて素敵な洋服ね」
と久し振りに会う次兄に志保は思わず言った。文彦は
「ハハハ志保、ずい分大人っぽくなったな。お前も元気そうで何よりだ。これは山田の服なんだよ。借りて来たんだ。ハハハ」
と笑った。父母は進と全《まった》く異《こと》なる文彦の復員態度に〈ホッ！〉とすると同時に、兄弟といえどもその個性の違いに内心愕《おどろ》いたのであった。母は
「ホホホ、文彦お帰りなさい。長い間本当に大変だったね。まずお風呂に入って疲れを癒《いや》しなさい。下着は取り替えるように新しいのを用意してあるよ。普段着も脱衣篭に入れてあるからね」
といつものやさしい口調で言った。文彦は

「ありがとう。それじゃ先に入ります」

と言ってしずかに風呂場に入っていった。

母静と志保は、いつもの卓袱台《ちゃぶだい》には文彦の好きな物を中心に用意した。

三十分程して風呂から上がって来た文彦は、その料理を見て「うわー！　うまそうだな」

と言ったが手を出そうとしなかった。

そして父母と志保が卓袱台《ちゃぶだい》に着くと、文彦はキチンと座り直して
「長い間留守してすみませんでした」と頭を下げて話を続けた。

「お母さんから家の事や近況を手紙で知らせてくれた事は、僕にとって何より安心と勇気の根源《こんげん》になった。実は八月十八日には秋田に在所《ざいしょ》のある戦友山田政治《やまだまさはる》君と激戦である南方の戦線に行く事になっていたんだ。行けば必ず戦死すると思ったけど、お母さんの手紙のおかげで全く怖くなかった。それればかりか、〝よし！　やってやる！〟という気持ちが強かった。ですが残念ながらその前に日本は無条件降伏という惨《みじ》めな負け方で戦争は終わった。そのため僕らは自由になった。あの時もしお母さんから手紙がなかったら、家の事が心配です ぐ家に帰って来たと思う。でも手紙には『皆元気だから心配しなくてもいいよ』と書いてあったので、それならと思い、安心して山田の家に行き農家の勉強をしていたんだよ。そのおかげで、これからの人生道を見つける事が出来たんだ。その切っ掛けは、山田が組合の情

報で、千葉県印旛郡富里村に大規模な開拓地があることを知らせてくれた事が、僕の心に何か懐かしい刺激のような、悦びのような快感を呼び起こす気持ちになったんだ。元来農家であった血統が僕に何かを求めていたのかも知れない。そんな気持ちを更にゆり動かすように山田は『千葉という処は気候が温暖で、一年中作物を作る事が出来るそうだ。高山からはかなり遠くなるが、一度見学に行って見たらどうだ』と言ったんだ。でも僕は気持ちとは裏腹に即座に〝そうしよう〟と言う事が出来なかった。

『そうかー、しかし俺みたいな素人で何も知らない者が、開拓なんて大変な仕事は無理だよ。それにいくら救済といっても土地が無料じゃないだろう。だとすれば完全に俺には出来ない話だ。金を貯めると同時にもっと農業の勉強をしてから良い機会を待つよ』と応えたんだ。そしたら彼は『まあそれも一理あるよな。でもよう、何でもそうだと思うがやってみないと結論は出せないんじゃないか？　俺もお前もまだ二十二歳だ。体力で勝負ってこともあるぞ。第一百姓なんてものは、何年も修行してからするというより実践で覚える事だと俺は思うよ。必要なのは農産物に対する愛情と意欲、それに丈夫な身体だと思うよ。その点豊島、お前は誰にも負けないものを持っているから条件は揃っている訳だけど、まあ急ぐ事はない。しかし、手をこまねいていてもなあ、ともかく見学してその上で熟慮することだな。でもなあー、仮に見学に行って全てが気に入って〈よし！〉やってみようと思っても問題は金だよなあー。百姓で食っていこうとすれば最低二町歩は必要だ。俺もお前も兵隊でもらった金なんかでは手も足も出ないしなあ、う〜ん』と言って腕組みをして考え込んでいた時に、僕らの話を聞いていた山田のおじいちゃんで友蔵さんという人が『ウワハハハ』と笑いながら言ったんだ。『いやあー、若いもんの話は聞いていて気持ちがいいな。政治《まさはる》、その土地はいくらするんだ』と聞いたんだ。彼は『うっ！ それは知らない。そう言われてみればいくらくらいするのかなあ』と応えると、友蔵さんはまた『ウワハハハ』と大笑いして『全く若いもんはこれだからいいなあ。政治《まさはる》、二人で良く調べてみるとよかんべ。全てが揃って豊島君がやりたいと思うんだったら、これも何かの縁《えん》だ。俺《わし》がある時払いの催促なしで、必要な金全部を貸してやる。もちろん無利子だ。この事は豊島君、君の一生だけではない。代々承継させる事も出来る大事業になる。良く考えた上で、高山のご両親にも相談にのってもらい後悔しないようにする事だ。ただ、金の事は心配するなよ』と言ってくれたんだ。僕はその時、ビックリしてただお礼を言うしかなかったんだ。それで取りあえず報告がてら帰って来た訳です。今度一月五日に山田と東京駅で落ち合って千葉の富里村に行こうと約束してあるんだ」

と一気に語ったのである。

父も母も志保も、文彦の話にビックリして唖然とするばかりであったが、やがて父は

「そうか、この大戦は無理無体《むりむたい》で国民にとっては何一つ良い事がないと思っていたが、そうでもない事がお前にはあったなあ。それは素晴らしい友達が出来た事だ。その上、勇気付けてくれた友蔵さんの存在は大きいな。だから千葉へ行ってみようと思ったんだな。まあ何が起きるか解らんが、人智の及ばぬ未知の事、若い今しか出来ない大冒険だ。まあ二人でじっくりと見学して来ることが第一歩だな。ところで文彦や、農業の手伝いや勉強をして血が疼《うず》いたのか？」

と文彦の目を見て訊いた。文彦は

「うーん何というか、さっきも言ったけど豊島家は元来規模の大きい農家だったんだよね。それが、おじいちゃんの時代に不幸な出来事に遭《あ》って、全ての土地を失《うしな》ってしまった。そのため、農業が出来なくなった訳だよね。その事もあって僕が農家を再起する小さな一歩を造る事が出来たらと思っているんだ」父は

「フーンなるほどな。親父《おやじ》さんが聞いたら泣いて喜ぶだろうな。いや俺《わし》も嬉しいよ。それにしても千葉は遠いな。むろんお前の人生はお前のものだ。だから人に害を及ぼすようなことがない限り、俺《わし》らは口出しするつもりはないが、しかしあまり遠くだと心配な事が多くなる。だからせめて岐阜県内であれば安心なんだけどなあ〜」

と言った。母も

「ほんと、ほんとよ、お父さんの言う通りよ。波江は未《ま》だ帰ってこないからなんとも言えないけど、進は高山の警察官になり、あなたも知っている塩野貴子《しおのたかこ》さんと婚約もして、高山で暮らすことになっているのよ。だから文彦も出来ればそんな遠くに行かないでほしいの。今回の山田さんとの約束は、今後の勉強のためにも行って来るといいと思うわ。でも高山の土も最高なのよ。良く考えてね。さあー、お話ばっかりで箸《はし》が止まっているわよ。文彦、母さんと志保が心を込めて作った料理よ。さあ食べて、食べて！」
と勧めた。文彦は
「ありがとう。やっぱり母さんの料理は天下一品だ！　旨い」
と言って箸を進めた。父は文彦に
「それにしても山田君のおじいちゃんは、腹《はら》の座《すわ》った凄い人物だ。二町歩以上の土地を買い家を建て、しかも軌道にのるまでの一切の金といったら半端なものじゃないぞ。そんな大金をいくら孫の友達だからとはいえ、見ず知らずの若者に貸すなんてことは信じられない話だ。しかもある時払いの催促なし、その上無利子なんていう事になると尚更だ」
と目を丸くして文彦の顔を見た。
「そうだよね。信じられないよね。僕も信じられなかった。でも本当の話なんだよ。しかも山田はわざわざ千葉まで一緒に行って、さまざま調べてくれるなど面倒をかけてしまう事になる訳だ。山田の家にお世話になっている時も、家族全員でとても親切にしてもらったんだ。僕はなぜここまでしてくれるのかと聞いたんだ。すると彼は『この戦争で俺もお前も南方の最前線に行く事が決定していた。行けば必ず戦死するだろう。お前は飛騨の高山生まれ、俺は秋田生まれだ。生まれた処は別々だが死ぬ時は一緒だ。だからこれからは兄弟以上の友人として、仲良く出陣して暴れに行こうと誓った仲だ。それが出陣直前に敗戦という事で取止《とりや》めになって命は助かった。俺はこの事をじいちゃんに話したんだ。じいちゃんは《そうか、一億の中で選ばれた無二の人だ。大切に一生涯の友として付き合って行け》と助言してくれたんだ。俺もそう思っていたから、俺の出来る事は何でもする』と言ってくれた。僕もそう思っている」

と優しい目をして父の質問に応えたのであった。父は

「そうか、近頃にない凄い話だなあー。そんな友達はもう二度と出来ないかも知れないなあ。文彦お前は凄い強運の持ち主だ！　本当に良い友達だ。良かったなあ」

と頼もしそうに笑顔を見せて言った。

志保は、文彦の話と父母に対する態度を見て〝何と素晴らしい男だ。何と素敵な兄だ〟と思った。

「文彦兄ちゃん、私も十月一日よりお父さんと一緒に大石製作所に勤める事になったの

よ。初めは何も解らなかったけど、今はお父さんにいろいろ教えてもらいながら基礎勉強をしているところよ。文彦兄ちゃんも遠く秋田で農業の基礎を学んで来たのね。凄いと思うわ。私も千葉へ行って富里という処を見たい気がするけど、遊びじゃないんだよね。山田さんという人もきっと素敵な人なんでしょうね。二人で、どんな処をどうやって調べるのか興味あるのよね。何だかワクワクする話だわ」

と真顔で言った。文彦は
「いや話したとおり、俺には良く解らない事ばかりだ。だから秋田の本屋で〈農業に関する基礎知識〉とした専門書を買って読んだけど、難しい事が山積している。これは山田の言うとおり、当《あ》たって見なけりゃ解らないと思う。ともかく第一歩は千葉へ行ってからだと思っている。それにしてもお前はお父さんと一緒に仕事が出来るなんて最高だなあ。良かったなあ。俺もお前もこれからだ。頑張ろうな」

と志保を励ました。志保はニッコリとうなずき
「うん頑張る、文彦兄ちゃんもね」

「お〜それでは乾杯！　ハハハハ」とお茶で乾杯をしたのであった。

しかし、志保は父母と同じ思いで千葉行きを引き止めたい気持ちでいっぱいだった。

〝やめて！〟と言っても次の手がない。

これでは文彦を納得させられない。志保は何とか出来ないものかと考え、次の日、進に相談したが、進は

「う〜ん、そうだよなあー。俺も皆の気持ちと同じだ。そりゃ困ったな。農業か、文彦は良い処に目を付けたなあ。しかしなあ〜？　う〜ん確かに闇雲に一寸待てとは言えないなあ。よし！　塩野さんに相談してみる。なにしろ情報源の多い人だから、もしかしたら千葉と同じような条件の処が、この岐阜県下にあるかも知れないからな。明日にでも話してみる」

と言ってくれた。

志保はその言葉で〝ホッ〟と気持ちが楽になった。その一方で別の事を考えていた。それはあの軍需工場が空襲に遭い、命からがら逃げて神社に世話になった時の事だ。

あの折《おり》、やはり逃げて来た人達が一息ついて雑談をしているその中で『空襲というものがこんなに凄いものだとは想像も出来なかったよ。南方の最前線では毎日、空や海それに地上戦でこんな戦いをしているのかな。そうだとしたら生き残る事は大変な事だな。俺の知ってる高富町《たかとみまち》の大桑《おおくわ》にある日野さんなんか気の毒でよ、声もかけられないよ。代々農業をやって来て、息子《むすこ》は病気で死んでしまい、おまけに二人の孫《まご》は召集《しょうしゅう》され、そのまま南方で戦死という話でよ、後継《あとつ》ぎが全くいなくなり、年取った夫婦と死んだ息子の嫁がぎりぎりで続けて

いたが、つい先日嫁は実家に帰ってしまったんだよ。そんで仕方ないので二人は農業をやめる事にしたそうだ。でもよう、今こんな状態の世の中だ、農地なんか買う人なんている訳がない。だから日野さんは、もし続けてくれる人がいれば金なんか要らないよと言っているが、それでも誰も手を挙げる人はいないよ。でも今はよ、こんな話、日野さんだけじゃあないんだよ』と話しているのを聞いていた志保は、今その事を思い出していたのである。そして、あのお世話になった神社にお礼旁《れいかたがた》訪問して、もしあの話が今も本当にあったら、もっと詳しく聞きたいと思ったのであった。〃よし、行動あるのみだ！　しかしそんないいかげんな話を誰にも言う訳にはいかない。

どうするか大至急、文彦兄ちゃんを引き止めるための目処を付けたい。

五日には富里へ行ってしまう訳だから、なんとしても四日までに何か良い話を提案したい〃と呟《つぶや》き焦《あせ》った。

緊急に対策を講じなければならない事態である。そこで父母の前で

「私、岐阜でお世話になった神社にお参りを兼ねて宮司《ぐうじ》さんにお礼をしたいと思うので、三日の日に行って来ます」

と言った。母は

「えっ、そうなの、それはいい事ね。私も気になっていたことなのよ。三日の日はみんな

正月の挨拶などで出かけて誰もいないから、私も一緒に行っていいかしら」
と志保を見た。志保は
「えっ！　本当に、うわー私お母さんと列車に乗って出かけるなんて初めてよね。嬉しい」
と飛び上がって喜んだ。
そして三日の朝、一番列車に乗り、二人は向かい合わせの席で岐阜までの束の間の時間を得た。母は
「志保、なんであなたは急に岐阜の神社へ行く気になったのかしら？」
と訊いた。志保は側に誰もいなかったので
「うん、文彦兄ちゃんの事が気になって」と応えた。
「やっぱりね、それで何を思ったの？」
と問われたので、日野家の話をしたのであっ

た。母に
「そうなの、それで場合によっては、その日野さんのお宅まで行こうと思ったの？」
と聞かれたので、
「ええそうなの。どんな話なのか、なにしろあの避難中の時で雑多に紛れた話だから、もっと真意を確かめたいと思ったの。もしその話が本当だったら、その条件なども聞いて、その上でお父さんとお母さんに相談して、それから文彦兄ちゃんに話してもらえばと思ったのよ」と応えた。
母から「なぜそんな風に思ったの」と言われたので、志保は
「だってまず第一に、千葉は遠い。第二に山田さんのお爺ちゃんの好意を全面的に受けるという事は如何なものか、と私は思う。それでなくても、復員後約四ヶ月近くお世話になった、それだけでも大変な事だと思うわ。だからそれ以上の事は出来れば避けて皆で何とかしないとね。文彦兄ちゃんの沽券《こけん》に関わることにもなると思うのよ。山田友蔵《やまだともぞう》さんが政治《まさはる》さんに、文彦兄ちゃんの事を『一億の中から選ばれた無二の人だ、生涯の友として付き合って行け』と助言されたとの言葉は凄く重いと思うわ。こうした友人は、出来る事なら双方の間に優劣上下《ゆうれつじょうげ》のない対等《たいとう》が理想だと思うのよ。だからそういう意味で私に出来る事は何か？それを模索しようと思ったの」と応えた。

「なるほどね、さすが志保だね。実は私も全く同じ事を思っていたわ。多分お父さんも同じ様に思っていると思うわ。何千何万という大金は今の私達にはどうする事も出来ない事よ。だから無理して開拓《かいたく》の道を選ばなくても、もっと普通の道はないのか？　を文彦が千葉から帰って来たら、じっくりと相談しようと思っていたのよ」

と母は思案顔で言った。

列車の汽笛が後方に流れ、次々と車窓の風景が変わって行く。

しかし二人にはそんな風景を楽しむ余裕はなかった。駅に着く度に忙《せわ》しげな弁当売りの声が焦燥感《しょうそうかん》に火をつけた。早く神社に行き目的の日野さんの所在を知りたいと思うのが、全《すべ》てに優先していた。

列車は岐阜に到着した。駅はきれいに修復されていた。あの喧騒《けんそう》であった時と異《こと》なり、整然とした改札口を出て疎覚《うろおぼ》えの道を辿って、軍需工場を経《へ》て神社を目指した。

あの時、何十軒という家が猛火にさらされていて、右も左も解らない状態だった。そんな処を必死で逃げて行った道だ。しかし今は新築の家が建《た》ち並《なら》んでいる。

志保は岐阜の人達の逞《たくま》しさを感じながら、キョロキョロと回りを見ながら神社を目指し、ついに目的の神社に辿《たど》り着いた。

正月三日とあって境内は人でいっぱいだった。神殿《しんでん》は儀式の最中で、宮司は多忙を極めて

いたが、志保は儀式の切れ目に出来る僅かな時間に
「ご多忙の処すみません、私はあの空襲の時お世話になりました高山の豊島志保です。こちらは母でございます。その節はありがとうございました。本日はさぞご多忙であろうかと存じましたが、突然お伺《うかが》い致しまして申し訳ありません。実は宮司さま、あの時、大桑の日野さんの話がありましたが覚えておられますか?」
と聞くと、宮司は
「う〜ん、申し訳ない、何の事だったかね……? いや全く覚えていないが、日野さんなら今ご祈祷が終わった人達の中にいますよ……。オッ、ほらあのご夫妻です。日野さんにご用があるんですか? ならば直接話をすればよろしいでしょう。一寸待って下さい」
と言って七十歳半《なか》ばと思われる白髪の二人に声をかけてくれた。そして
「それでは私はご覧の通りですので失礼します」
と別室に入ろうとしたので、母静は持って来た土産を渡し、丁寧に礼を尽くしたのであった。
宮司が取り次いでくれた二人は日野夫妻と対面した。志保は
「初めまして、私はこういう者です」
と便箋《びんせん》にあらかじめ住所氏名を書いたものを渡し

「すみません、立ち話も何ですから、表《おもて》にうどん屋さんがありますので如何《いかが》ですか、そちらで一寸お話をさせていただけませんか？」
と言った。母静も笑顔で二人に対応してくれたが、日野は
「はい、何ですか？　バスの時間がありますのでお話する時間は限られますが」
と何やら落ち着かない様子だった。志保は
「そうですか、それならお宅様にお邪魔に上がってもよろしいですか？」
と言うと、二人は顔を見合わせ
「何の話でしょうか？　訳も解らず家に案内するなんてことは出来ません。またこの次にしてくれませんか」
と警戒気味に言った。母静は
「ご免なさい、実はこの子はあの空襲に遭遇し、命からがらこの神社に逃げて来たんです。その時、お名前は存じ上げませんが、お宅様の知り合いの人が『こんな理不尽は戦争のために、途方《とほう》もない数の犠牲者が全国津々浦々に及んでいる。俺の知り合いで大桑の日野さんも犠牲を被《こうむ》り継承者がいなくなってしまった。日野さんは酷《ひど》く落胆して全てを放棄するかの様になり、何もしなくなってしまった。そして日野さんに〈もう俺らは百姓は出来ない。誰か百姓をする人がいたら紹介してくれ〉と言われたが、このご時世では誰一人そんな

人はいない。でも、もしかしていたら紹介してくれないか』と言っていたのを思い出し、その事を相談したくこの神社を訪問したのです。そして日野さんの事をお聞きしたく思っていた処、偶然にもここでお逢いする事が出来たのでございます。この子は嬉しくて、つい事を急いで無礼を申し上げましたが、どうかご容赦下さいますようお願い致します」

と母は一気に話した。日野は
「へえー、そんな話になっているんですか、いやはやビックリ致しました。確かに息子も孫も亡くし、農家も継ぐ者はいなくなりました。しかしそこまで考えていませんよ。ハハハ、いや〜驚きました。まあ、そんな話はありませんのでご免なさいな」

と言ってバス停に向かってしまった。

二人は雑言《ざつげん》の中から闇雲《やみくも》に日野宅へ訪問しようと思っていたのが、神社の境内《けいだい》で話がついてしまったので幾分気落ちした。

「お母さん、妙に結論が出るのが早かったね。フフフ、笑い事じゃないか。フフフ、何だかお腹空《す》かない？　うどんでも食べない？」

と志保は母を誘った。

「そうね、久しぶりにうどんを食べましょう」と言って神社の境内を出た。

うどん屋は一軒あり、客が五組も入るといっぱいになってしまう小さな店であった。

店内には四組の客が居て、丁度一卓《いったく》が空《あ》いていた。二人はそこに座り、何を食べようかと話していると、先程、餞膠《にべ》も無く別れた日野夫妻が入って来た。そして二人に向かって
「いや～正月松の内はバスの時間が変わっていたのを知らなかった。一寸時間があるので、うどんでもと思って来ました」
と先程とは打って変わったように話した。志保は母のとなりに移動しながら
「そうなんですか、もし良かったらこちらへどうぞ」
と誘った。「そうですか、すみません」と相席になった。日野は
「先程は失礼しました。実は噂《うわさ》は事実なんですよ。お二人は神様のお引き合わせと思いますので正直にお話し致します」
と言って、田圃《たんぼ》と畑《はたけ》が合わせて三町歩あり、売っても良し、貸しても良し。または長期に渡る出来高払いでも良しに加え、農機具類を入れて置く倉庫、仕分棟《しわけとう》など三棟《さんむね》を有し、今まで農家として使用して来た全ての物をそのまま居抜《いぬ》きで使って良し、更に建坪五十坪の住居もある。使用料や家賃は全て無料、という話である。
二人はビックリして顔を見合わせた。母は
「何というお話でしょうか、ありがとう存じます。でも全《すべ》て甘《あま》んじていいものでしょうか？

家に帰り農業を志《こころざ》す次男文彦と家族一同で相談して、また改めてお伺《うかが》い致します。日野さんはこの十五日はご在宅でしょうか？」

と聞くと「はい、家に居ます」

「そうですか。それでは本人の都合も聞いてみなければと思いますが、十五日に私達家族で参ります」

と母静は言った。日野は
「そうですか、それは楽しみだ。待って居ます」

と初めて安堵の表情を見せたのであった。

四人は意気投合《いきとうごう》し、うどんを共に食して、志保と静は日野夫妻をバス停まで送り、バスに乗った二人に手を振って別れたのであった。高山に帰宅した母静と志保の二人はその夜、父と長男進、次男文彦の五人で話し合った。口火を切ったのは母静で
「文彦、良《よ》く聞いてね。私もお父さんも進も歌代も志保も、そしておそらく波江も、お前が千葉へ行くのは皆心配で、どちらかと言えば好《この》ましく思っていないと思う。その第一の理由は単に遠いからよ。もし何かあった時すぐに行けないからなの。第二の理由は、山田友蔵《やまだともぞう》さんのご好意に対する事よ。その一つはあまりにも大きな金額になってしまう事にあるわ。もしもの時、私達全員の力を持って対応出来る額ではない事よ。そのため安易《あんい》に受け入れ

てしまうと、とんでもないご迷惑をお掛けする事になってしまうからよ。文彦が知り合った政治《まさはる》君は、近頃に無い素晴らしい青年だと思うわ。それだけに生涯《しょうがい》を通《とお》して大切に、無二《むに》の友としての深さを更に不動のものにして行く事が大事だと思うわ。

そうした意味に於《お》いて、いつも優劣上下《ゆうれつじょうげ》のない立場を確立させて、その上で生業《なりわい》から生ずるあらゆる事に対して、友として語らい、学び、苦しみ、泣き、笑い、楽しみながら生《しょう》涯《がい》変わらぬ友情を育《はぐく》んで行くようになってもらいたいと思うのよ。そこで何とか、お前が志《こころざ》す仕事のお手伝いが出来ないものかと思い、今日志保と二人で岐阜へ行って来たのよ。目的は岐阜の空襲の折、お世話になった神社に詣《もう》でて、あの時のお礼を申し上げる事と、もう一つ大事な事は高富町大桑の日野さんという人の話なの。この人は田畑合わせて三町歩の農地、そして仕分倉庫など三棟、更に五十坪くらいのお住まいを二棟もお持ちの方なの。ところがこの戦争で三人いた承継者の全てを失ってしまったのよ。そこで日野さんは若い人に、今まで培《つちか》って来た農地全《すべ》てを売っても良し、貸しても良し、また売る場合にしても即金ではなく、長期に渡り絶対無理のない出来高払いでも良し、更に道具や各種の種類《たねるい》、肥料などを納めて置く倉庫、そして収穫《しゅうかく》した農作物を仕分する建物も全て揃っている。それに住居もあるので、身体《からだ》一つですぐ従事することが出来るという事で、水面下《すいめんか》で農業を志《こころざ》す人を探していたのよ。私と志保はそんな日野さんにお逢いする事が出来たのよ。そして今言ったような話を聞いてきたの。七十歳半《なか》ばを過ぎ人生の妙心《みょうしん》を得たと思われる日野さんと奥さまの話に嘘《うそ》はないと思ったので、後日農業を志《し》する本人と私達家族と相談して、必ず十五日にお伺い致します、と約束して来たのよ。文彦、一寸勝手なことをして来て悪いと思うけど、借金をしないで済むし、千葉よりもはるかに近いし、日野さんの希望も叶うし、私達も安心だし。文彦や、そんな条件も岐阜にあるという事も頭に入れて、明日千葉の開拓地を見て来てね」

とやさしく話したのであった。文彦は

「へえ〜何ともおどろいた話だね。僕も先日千葉の話をした時、お父さんもお母さんも遠いという意見があったので、その事も含め慎重に山田と見学して来るつもりでいる。しかし今の話も凄いね。この事も山田に相談してみる。それにしても急遽《きゅうきょ》の話、今日でよかった。お母さん、志保ありがとう。十五日に日野さん宅を訪問するというのは大石さんの休みに合わせた訳だね。いいね、楽しみだね」

と言ったので家族会議はあっさり終わり、後は楽しい団欒になった。父は

「志保といい文彦といい、何か信じられない強運の持ち主だな。進、お前もそう思わんか。今日の話なんかも全く知らない人が急にそんな話をして、その上条件も信じられない事ばかりだ。こんな事はかつて聞いた事がないぞ。まあ十五日に行けばはっきりすることだけ

ど、俺《わし》にはどうしても信じる事が出来ない。ウ〜ン」

とうなり、腕組みをして考え込んでしまったのである。

そして文彦は翌夕には東京で山田と落ち合い、次の日千葉へ向かった。

文彦は山田に、家族の思いや岐阜大桑の日野の話をしたのであった。山田は
「ほー、いい話だな。お前は運がいいな、そんな話はめったにあるものではないと思うぞ。だったらさー、今日は富里に集中し、明後日《あさって》岐阜に行き現地を見るか、どうだ！ 何か楽しみが一つ増えてよかったたな」

と大喜びであった。

山田が文彦の話を真剣に聞き、そして心から悦《よろこ》んでくれていることが解り、〝俺は本当に恵《めぐ》まれている。こんな友達が出来た事は最高の幸せだ。絶対にこの山田を裏切るようなことはしないぞ〟と改めて文彦は自分に誓ったのであった。

富里に着いた二人は、

「オー、利便性には問題があるが、なんと平坦な処なんだろうか。山なんて見渡しても何一つ見えないな、でも風は強いなあ」

と文彦は言った。山田も
「いやー全くだな。砂埃《すなぼこ》りがすごいよ。俺達の処と違うのは山がないからかな。それに

よ、もっと木が生い茂っている処かと思っていたが意外と少ないな。土はまあまあだ、少し工夫すれば良い土になるぞ。やり方によっては何でも作れるぞ。それによう、秋田と違って暖かいよなあ、雪もないしよう」

と楽しそうだ。

「でもよう豊島、出来上がっている農地と違い、農地として仕上げるのは簡単ではないぞ。大きな樹木は少ないが、小さな杉や雑木の根を掘り出さねばならない。それに肝心な住居や倉庫とか作業場などを建てないとなあ。これは作物を収穫《しゅうかく》するまで二年以上を要するな。開拓事務所に行って、地元の大工さんや仕事を手伝ってくれる人がいるかどうか相談してみようよ」

と山田は真顔で言った。

文彦も山田と同じ思いであった。周囲を見渡すと、同じ年くらいの青年が彼方此方《あちこち》に居て何やら調べている様子だ。どうやら二人と同じ思いを持って見学に来ているんだと感じた文彦は、沸々《ふつふつ》と気持ちが高揚したのであった。

二人は事務所に行き、約二時間に渡り親切丁寧な話を聞き、富里を後にした。

そして成田山に初詣でをした。二人共その大混雑におどろいたのであった。

「ヒャーたまげたもんだ！　こんなに大勢の人はいったい何処から来るんだろう。凄いもんだなあ」
と山田は声を上げた。文彦は
「昭和二十一年、敗戦直後の正月だ。困難を極め先の読めない世相を反映しているんだろうな。世の中が落ち着くまでこんな事が続くんだろうな」
と言いながら雑踏にまぎれ込んでいた。山田も
「ハハハ、全くそうかも知れないなあ」とふたりは人込《ひとご》みを満喫《まんきつ》していたのであった。
成田山参拝を終え、東京の旅館に着いた二人は一息ついて食事の時、山田は
「いい経験だったな。富里はもうすでに開墾《かいこん》して作物を収獲《しゅうかく》している人もいるようだな。となりの八街や近隣の四街道という処もこれから開拓を計画しているそうだが、まだもう少し先のようだから富里一本で行くしかない。しかし岐阜の話は別格な感じがする。何と言っても、すぐに、それこそ明日《あした》からでも種蒔《たねま》きが出来るという事だよ。これは大きいよ。未《ま》だお前は日野さんに対して確たる返事をしていない訳だから、直接日野さん宅に行く訳にはいかないので、大桑の近辺を見学してみよう。そうすれば、おおよその事が解るよ。富里と大桑、どちらにするかはお前次第だから、ゆっくり考えてから結論を出そうよ。ともかく俺は明日は岐阜へ行って、あさっては高山本線で富山へ行き、そこで北陸、越後、羽越本線で秋田に行く、まあ日本海沿岸を楽しみながら帰るよ。岐阜からだと、この方が便利なんだよ」

ともう岐阜の視察を楽しみにしているようであった。文彦は
「そうか、そりゃそうだな。そんじゃよ、俺んちに寄ってくれよ。何も出来ないと思うが、家族にお前を紹介したいしな。三時間くらいの寄り道で、午後二時くらいの列車に乗れるよ。その列車で富山に行き、そこで一泊しようじゃないか。そして次の朝一番で帰ると、ゆっくりと日本海沿岸が楽しめるよ。な、いいだろう、俺んちへ寄ってくれよ」
と言うと、山田は
「とんでもないよ、そのつもりで来た訳じゃないから駄目だよ。第一ご家族の方は突然変なのが現れるとビックリしてしまうぞ。お邪魔に上がるのは次の機会にするよ」と辞退した。文彦は真顔になって
「そんな事を言うなよ、俺んちはお前のとこと違って貧乏のどん底にいる。だから寄ってもらっても何も出来ない。しかし身勝手な言い分だけど、父母はどんなに悦ぶ事か。な、そうしてくれ、頼む」
と山田の手を取った。山田は
「豊島、お前にしては珍しく言うな。じゃあしようがない、ご無礼になると思うが寄らしてもらうか。大丈夫か？　迷惑になると思うよ」
と渋々《しぶしぶ》誘いを受けたのであった。

翌日、東京から東海道本線に乗りなんとか夕刻岐阜駅に着いた。

運良く駅付近の旅館で二泊の予約も出来たので、二人は安心してゆっくりと休んだのであった。

翌朝、番頭に高富町《たかとみまち》までの道順を聞くと、約四里（十六キロ）と言う事であった。

二人は歩く事にした。駅前通りを抜け、長良川《ながらがわ》を渡り、鳥羽川沿《とばがわぞ》いに大桑付近まで散策するように一日かけて細かく見学し、予約してある旅館に帰った。山田は

「いい処だな。鳥羽川があるから田んぼは素晴らしいな。畑も大黒山の麓《ふもと》だけにこれまたいいね。後はお前が日野さんに逢って、さまざまな詳細を見聞《けんぶん》して判断すればいいんじゃないかな、と俺は思うよ」

と言った。文彦は山田の言うように全ては日野に逢ってからと腹に決めたのであった。

そして翌朝、高山本線一番列車で二人は豊島家に向かったのである。

午前中に二人は豊島家最寄りのバス停に着いた。

二人はゆっくりと歩いて豊島家に向かった。何の知らせも受けていない豊島一族は、あい変わらず、母静が外の掃除をしたりしていた。父はマキ割りをして、志保はそれを片付けたりしていた。

母は遠くから二人の青年がこちらに向かって来るのを見て

「あなた、志保、あれは文彦じゃないの？」
と言うと、志保と父光男は同時に「あっ！　そうだ」と声をあげた。
近づくに連れ二人の爽やかさが周囲を明るくしているような気がした。父母は、たがいに
〝いや〜文彦は立派な青年になったな〟とつくづく思ったのである。
文彦は手を挙げながら
「秋田の山田君も一緒だ！」と言った。
家族はともかく山田と初対面だ。父母はビックリして立ち竦んでいた。山田は
「今日《こんにち》は、初めまして、秋田の山田政治《まさはる》と申します」と深く頭を下げたのである。父母は
「ようこそ、ようこそ、よくぞこんな荒屋《あばらや》にお越し下さりありがとう存じます。まあ〜こちらへどうぞ、どうぞ」
と大慌《おおあわ》てでいつもの居間に上がってもらい、母静は両手をついて、
「復員後から約四ヶ月、とんでもないご厄介をお掛けし、またこの度《たび》は正月早々遠く千葉までご同行をいただいた上に、岐阜の方まで来ていただきご指導を賜《たまわ》った由、本当に大変なご迷惑を掛けてしまい、重ね重ねお詫びとお礼を申し上げます。ありがとうございました」
と平身低頭して謝意を示したのであった。

山田は、母静の言葉にビックリして、それを遮《さえぎ》るようにして、
「あっ！ す、すみません、いやあー困った。あの～もしかしたら何か勘違いをなされているのかも？ お世話になったのは私の方なのです。ちょ！ ちょ！ 一寸待って下さい。どうかお手を上げて下さい」
と焦って両手をついて深々と頭を下げたのである。
こうして山田は豊島家一族と劇的な初対面をしたのであった。
母と志保は高山の名物を作り山田をもてなし、文彦は午後の列車で山田を富山まで送り、その夜も一泊し翌日別れて高山へ帰って来たのであった。
一月十日早朝、朝食《あさげ》の仕度を手伝っていた志保を外へ連れ出した文彦は
「あのさあー、今日父さんは何時頃帰って来るのかなあ」
と言った。志保は
「えっ、何で？………」、文彦は
「いや、早く帰って来たら一寸話があるからさ」と応えた。志保は
「フーン、まだ大石さんもそれほど仕事が多い訳じゃないから、多分午後は暇《ひま》だと思う。だから文彦兄ちゃんの方から一寸大事な話があるからと言えば、希望の時間に合わせて帰って来てくれると思うわよ」

と言うと、文彦は「そうか、ありがとう」と言って家の中に入っていった。
食事が終わり、父がゆっくりと出勤の準備をしている時、文彦は
「父さん、今日二時頃一寸帰れるかなあ」と聞くと、父は
「オッ！　何だどうした」と笑顔で文彦を見た。文彦は真顔で
「実は父さんと母さんに逢ってもらいたい人がいるもんで」と言うと、父は
「そうかいいよ、それじゃあ二時には帰って来るよ」と言った。文彦は
「悪いね、何《なん》せ相手は女性なもんで夜という訳にはいかないんだ。それじゃ僕はこれから出かけるけど、その時間には二人で帰ってくる」
と言って出掛けて行った。父は
「なあ静、文彦は何を考えているのかな。どうも女の人を紹介したいようだが、まさか、結婚相手かなあ。そんな人の事、お前聞いた事あるのか？」
と言った。母は
「いいえー、私も初めて、でも多分そうでしょうね。ホホホホ何だか楽しみねフフフ、どんな人でしょうホホホ」
と嬉しそうに言ったのである。
志保は一瞬胸が〝ドキッ！〟としたが、やはり母と同じような気持ちになったのである。

午後二時少し前、文彦は愛くるしい女性を連れて帰って来た。

この女性《ひと》は父も母も良く知っている人であった。彼女の名は渡辺芳子と言い、文彦の幼《おさな》馴染《なじみ》で中学校の同級生でもあった。

親にも参観日などで会っていた。父親は漆器《しっき》や民芸品を製作卸、小売をしている会社に勤めている人だ。

母親は真面目で優しく思い遣りのある人柄で、地域の信望を集めている人である。

子供は六人で芳子は三女であった。母静は

「あら！　芳ちゃんじゃあないの、美しい娘さんになって、どなたかと思ったわ。まあ～良く来てくれました。さあこちらへどうぞ」

と炬燵《こたつ》に導いた。芳子は

「ご無沙汰しています。みなさまお元気そうで何よりです。ありがとうございます。それでは」

と炬燵《こたつ》に入った。

父も約束どおり二時には帰って来ていた。文彦は

「改めて渡辺芳子さんを紹介します。実は今後自分の家業として農業を営む事を決意しました。そこで芳子さんに目標を一つにした一生涯のパートナーになってくれないかと僕の思

う処を打ち明けました。芳子さんはこれを快諾してくれたのです。ですので千葉か岐阜のどちらかを決定した時、結婚をしたく思うのです。そうした思いで芳子さんのご両親に結婚のお許しをいただきたくお願いに上がり、これを認めていただきました。今度は父さんと母さんの了承を得たく、芳子さんを連れて来たのです」

と切り出した。父母はビックリした様子で互いに顔を見合わせ

「いやー文彦、お前には驚きの連続だな。復員後、家にも帰らず秋田の山田さんの処で四ヶ月近くもお世話になり、とんでもない話を取り付け千葉へ行って来た。これで俺《わし》は度肝《どぎも》をぬかれた。そしたら次は、母さんと志保が大桑の話だ。これも山田君と視察をして来た。どれをとっても俺《わし》にはビックリする大きな話だ。そして、今回の話は今までの集大成だ。格段に違う話だ。いやあ〜文彦、お前は凄いな。芳子さんの事は幼い頃から良く知っている人だし、ご両親も素晴らしい人だ。そのご両親に認められたなんてこんな嬉しい事はない。俺《わし》らは大賛成だ」

と目をパチクリして応えた。

貧乏のどん底であった豊島家に生まれ育《そだ》ちながら、文彦は強運を身に付け、今未来に向け出発する時、何と素晴らしい伴侶に恵まれた事か。なんと悦《よろこ》ばしいことかと父母は安堵感《あんどかん》を持ったのであった。そして十五日、文彦は、渡辺芳子と父光男、母静、それに志保の五人

で岐阜の日野家を訪問した。志保は
「先般は突然な事で大変失礼致しました。本日は私の父と兄を連れて来ました。先日の話になりますがよろしくお願い致します。こちらが父です」
と光男を紹介した。父は
「ハッ、豊島光男と申します。先般の話を聞きました。何とも不作法極まる話で真《まこと》に失礼致しました。改《あらた》めて深くお詫び申し上げます。そして此の度、寛大なお心を頂きまして、再びこうしてご面接を賜りありがとうございます。本日は農家を志望する次男文彦本人も同行致しました。何卒よろしくご指導《しどう》、ご鞭撻《べんたつ》をお願い致します」
と丁重《ていちょう》に挨拶した。日野はしずかに相をゆるめて優しく
「いや〜いや、ご丁寧におそれ入ります。そうですか、この方が農業を志《こころざ》す文彦さんですか、そしてこちらが奥さんですか」
と芳子を見て言った。芳子は真っ赤になり
「ハッ、あの〜」と下を向いたままモジモジとした。父は
「すみません、申し遅れましたが、この人は文彦の許嫁《いいなずけ》の芳子《よしこ》と申します。此の度の話が決まったら正式に結婚して二人で挑戦するために、ご挨拶と顔見せに上がりました」
と説明した。日野は

「あっ！　そうなんですか。すみません、てっきり奥さんかと思ってしまい失礼致しました。いや～それにしても若いという事はいいもんですな～ハハハハ。いや芳子さん、ご免なさいね、私達はもうご覧の通りの年寄り、あなた方みたいな若い人に、この岐阜の素晴らしい土壌《どじょう》を利用してもらえれば、この年まで培って来た冥利に尽きるというものです。それでは早速ですが、田と畑を見てもらい、それからゆっくり寛《くつろ》ぎながら相談しましょう」

と言って歩き出した。

そして日野は五百坪程の屋敷の東側から東南に続く地形の良い畑と、水源を鳥羽川にした広い田圃《たんぼ》の双方を細微《さいび》にわたり丁寧に案内した。

文彦と芳子はメモを取り真剣な表情で案内を受けていた。

この時、光男は父利美夫と母チカの事を思い出していた。

元来豊島家は二十町歩以上の農地を有した家柄であった。

しかし利美夫が大掛かりな投機詐欺に巻き込まれ、一瞬のうちに全財産を失《うしな》った悔《くや》しい思い出が複雑に甦《よみがえ》っていたのであった。

日野は、文彦と芳子に全てを掛けているかのように、隣地との境界《きょうかい》や土質の事など熱心に説明し、二時間余りに及ぶ案内は終わった。そして共に見学した一同に心のこもった持《も》て成《な》しをしてくれたのであった。

文彦と芳子は日野夫妻に対し最大の謝意を示した。
父母と志保も二人と同じように礼を尽くして高山への帰路についたのであった。
それから半月後、文彦は父母の前で
「いろいろ考えた結果、僕らは岐阜を選ぶことにしました。これから日野さんにその事を告げに行きます。そしてその足で千葉に行って、開拓事務所の人に事情を説明してくる。それから秋田に行き、山田と友蔵爺《ともぞうじい》ちゃんにお礼を申し上げて来ます」
と言って、半月程高山を留守にした。
そして秋田で文彦は礼を尽くし一息ついていた時、山田政治《やまだまさはる》は
「そうか、そんなに丁寧に案内してくれたのか、俺は日野さんに逢《あ》っていないけど凄く実直《じっちょく》な人なんだろうな。何代もかけて仕上げて来た畑や田んぼは日野さんの誇りなんだろうな。だから愛を込め万感の思いでお前達を案内したんだろうな。富里の人達も親切だったなあー、開拓地は正に誰に気兼《きがね》もなく自分が初代で作り上げて行く、大変な事だが気概の持てる一生の仕事だよなあ。その反面人さまが何代もかけて仕上げた土地は楽だが、何か重責を感ずる。これは俺なんかも同じだ。もし俺が山田家の後を継がなかったらどうなると思う？　そうなると代々の人達はむろんの事、祖父母や父母の一生は何だったんだ、という事になってしまう。これは正直難しい問題だよな。もし俺だったら開拓という事は大変だけど、気が

楽な方を選んだかも知れないなあ。でも、お前の素晴らしいとこは自分本位ではない処だよなあ。よくよく日野さんの心情を察し、尚且《か》つお前の思いを考えて出した結論だと俺は信じる。ある意味荒地を耕《たがや》すよりも難しい面もあるが、尚一段格上の物にする楽しみもある。凄い事だと俺は称賛《しょうさん》する、お目出とう。それに何だと！　お前は俺に先立って結婚するだと！　この野郎なんと羨《うらや》ましい男なんだ！　フフフ先を越されて悔しいけど心から祝いたい。合わせてお目出とうウワハハハ」

と、山田は文彦の手を両手でがっちり強く握って悦《よろこ》んでくれたのであった。

話を聞いていた友蔵も

「文彦君、君は何という強運の持ち主だろうか。君が側《そば》に居るだけでこの場が明るくなる。多分、日野さんという人もそうだと思う。お気の毒にお孫さんを戦争で亡くされたと言っていたが、しかし君と深い深い人智の及ばぬ縁が出来て、おそらく孫が帰って来たと、奥さんと一緒に感激していると思うぞ。本当にいい結論を出したと俺《わし》も称賛する。だから誰にも気を遣うことはない。堂々と立派にやって行けば良い。ところでこれは少ないがお祝いの気持ちだ、受け取って下さい」

と五万円の入った紙包みをくれたのである。

「とんでもない事です！」

と三尺程飛び下がるようにして両手をつき、文彦は
「そもそも軍隊で山田君と友達になる事が出来、復員後も当家で四ヶ月近くお世話になった事は、他に類のないことと承知して大変恐縮をしています。その上千葉への話が連動し岐阜の話と結び付きました事は、全て山田君の話から出た進展です。自分の人生道を導いて下さった事に繋《つな》がる一大事ばかり。このご恩だけでも自分の力では返せるかどうかと思っています。ですので、これ以上甘える訳にはいきませんので、すみません、勘弁して下さい。ありがとうございます」
と平伏《ひれふ》すように頭を下げた。政治《まさはる》は
「なにを言っているんだ。せめてもの気持ちだよ！　今お前は第二の人生を出発する大事な時だぞ！　世の中全《すべ》てが金ではないが、あって邪魔になる物ではない。便利な時もある。それを爺ちゃんは百も承知でくれた祝い金だ。受け取ってくれ」
と真顔で言った。文彦は
「でもよ……これはさ……」
と言葉を失ってしまった。友蔵は
「ハハハ政治《まさはる》も一人前の事を言うようになったな。フフフこれも文彦君のおかげだ。俺《わし》は爺としてこんな嬉しい事はない。そういった意味でお礼を言いたいのは俺《わし》らの方だ。文彦君

ありがとう」
と頭を下げたのであった。文彦はビックリして
「何と、そんな事、いや～もったいないお言葉で恐縮するばかりです。う～ん、ではお言葉に甘えて頂戴致します。しかしいいのかなあ」
と戸惑っていると、政治《まさはる》が
「なあ豊島、これからの日本は物凄い勢いで発展して行くかも知れない。農業もそれに伴《ともな》いかなり機械化されると思う。遅れないように頑張ろうぜ！」
と言った。文彦も
「うん！　頑張ろう」と二人は堅い握手をした。そして文彦は
「なあ山田、俺は岐阜で何とか形を付けたら、また来るからな。今度は二人で来るよ」
と再会を約束して日本海沿岸を走る列車で高山に帰って来た。そして母静と志保に対して
「日野さんに住宅の事から全てお願いして来た。三町五反歩を芳子さんと二人では無理。そこで芳子さんの弟、清定《きよさだ》君が一緒にやってくれると言うので、三人でやってみようと思うんだけど」
と言った。母は
「そうなの、それは良かったね。では全てを長期出来高払いという事なのね。それで清定

さんが一緒に手伝ってくれるとなれば心強くていいね」
と安心したかのように言った。文彦は
「母さん、僕と芳子さんは出来れば三月に結婚したく思っているのでよろしくお願いします。結婚式は大桑の住居で人前式で行いたいと思っています。身内だけの質素《しっそ》なものにしたいからです。故に山田には知らせてあるが招待はしない。その代わり新婚旅行は山田の家の近くにある湯沢温泉にするつもりです。その理由は山田と友蔵さんに芳子さんを紹介したいと思っているからです」
と言うと、母は
「なる程ね、それならきっと友蔵さんは悦《よろこ》んでくれると思うわ」
と嬉しそうに言ったのであった。
その後、文彦と芳子は結婚し一年数ヶ月。農業の方も順調に過ごして、清定もすっかり日野家に打ち解けていたが、梅雨の終わり頃、岐阜の山県郡《やまがたぐん》は異常気象に襲われた。連日雷と突風を伴う降り止まぬ集中豪雨で荒れ狂った鳥羽川が氾濫寸前であったため、大桑の消防団が川縁《かわべり》に集合して警戒をしていた。日野は
「今年は何だか変だな、雨も風も凄いな。これでは堤防が決壊する恐れがある。一寸様子を見て来る」

と言って鳥羽川に向かった。川には田んぼの持ち主達が心配で見廻りに来ていた。日野は
「やあご苦労さん、しょうのない天気だな、どうだ川の様子は」

と言って土手の上で荒れ狂っている濁流を見ている時、ゴーっという音と共に突風が日野の体を襲った。フラッと足を取られて日野は濁流の中に引き摺り込まれてしまった。

消防団員の一人がその瞬間を目撃し『あっ！　日野さん‼』と大声で叫んだ。

消防団員として警戒に来ていた文彦にもその声は聞こえた。〈ハッ！〉として渦巻く川面を見た瞬間、総毛立《そうけだ》った。

日野が浮き沈みしながら濁流に飲み込まれるように流されているからだ。

叩きつける豪雨と風、荒々しく逆巻《さかま》く濁流の音、怒号《どごう》の如《ごと》くに叫ぶ人の声が入り乱れ、大変な騒ぎになったが誰一人救出に飛び込める状態ではなかった。

それでも文彦は、消防団員の仲間に
「川下《かわしも》に竹竿《たけざお》とロープを持って走ってくれ‼」

と大声で叫ぶと、自らは荒れ狂う濁流に飛び込んだ。文彦は必死の思いで全力をかけて泳いだ。その思いが届いたのか、やっと日野の襟首《えりくび》を掴《つか》むことが出来た。日野の後《うしろ》に回り
「力をぬいて！　必ず助けるから頑張って！」

と叫び背中から抱え、荒れ狂う急流を利用する様に斜《なな》めの対岸に向かって必死に泳いだ。

岸では十数人の団員がロープを投げたがうまく届かず、二人を引き寄せる事が出来なかった。しかし文彦は

「日野さん！　あと六尺くらいだ！　頑張って!!」

と叫び岸へ近づいた。その時《わあ！　危ない！　丸太が物凄い勢いで流れて来たぞ！　竿で押し返せ！　豊島さん気を付けろ!!》と叫ぶ団員がいたが、文彦にはその声は届かなかった。引き上げようとする団員達の手が日野を掴《つか》んだ。《それ！》と引き上げると同時に文彦の手が日野から離れた。

その刹那《せつな》、物凄い速さで突入して来た丸太が文彦を襲った。〈ゴツン〉という鈍い音が頭部《とうぶ》より聞こえ、文彦は沈んでいった。

団員達は《あっ!!》と絶叫したが手も足も出

せなかった。

助けられた日野も団員達も固唾《かたず》を呑んで、沈んでいった場所を見守っていたが、しかし、それっきり文彦は浮かび上がる事はなかった。日野は崩れるようにその場に座り込んでしまったのである。

そして独《ひと》り言《ごと》を何度も呟《つぶや》くように繰り返した。〝ああー何という事をしてしまったのか、ああー俺《わし》は何の役にも立たないのに、なんでこの現場に来てしまったのか、この馬鹿野郎。もし文彦君がこのまま死んでしまったら、俺《わし》はどう責任が取れるのか。神仏《しんぶつ》よ、どうか文彦君を助けて下さい。俺《わし》の命と引き替えにして下さい〟と合掌を繰り返して、ガタガタと震えていた。

警察が来て、消防団の責任者と日野が聞き取り調査を受けたが、文彦が発見されていないので咎《とが》はなかった。

しかし日野は〝何の足《た》しにもならないこの老《お》いぼれがノコノコ出掛けた結果、高山から大《おお》桑《くわ》に移《うつ》り、豊島家の分家として独立した掛け替えのない大黒柱に対して、このような事態を引き起こした。俺《わし》は何のために今まで生きて来たのか〟と深い自責の念に駆られたのであった。

知らせを受けた芳子《よしこ》と弟の清定《きよさだ》が顔色を失い駆け付けた。

しかし、文彦の安否が解《わか》らず手の打ちようもなかった。清定は
「姉さん、この濁流の中に吸い込まれても、川は小さいのできっと、きっと自力《じりき》で這い上がって来るよ！　だから諦《あきら》めてはだめだよ！　気をしっかり持って、帰って来るのを待とう！」

と励ましていた。芳子はただ真っ青になって、ガタガタと震えてるばかりで、一言も発する事が出来なかった。

文彦が発見されたのは翌日の午前九時四十分で、はるか下流の川底《かわぞこ》であった。

芳子は部落の消防団が用意したイスに座り、毛布をかけ一睡も出来ずただ震えていた。

しかし緊張のためか気持ちは集中し、目は血走っていた。

そんな芳子に警察は真実を知らせ、遺体確認を迫る事を躊躇《ちゅうちょ》して、止むを得ずこっそりと清定《きよさだ》に確認を促《うなが》した。清定は悪夢を見ているような気持ちで成り行きに耐えていた。

芳子は文彦の子を宿して六ヶ月の身重の体であった。

それ故に清定《きよさだ》の心配は尋常ではなかったのである。だが事態は厳しい局面に至った事を悟り、腹を据《す》えざるを得なかった。

複雑な心境で高山の両親に事の事情を電報で知らせたのであった。

渡辺家は豊島家に電報の内容を知らせた。

両家の両親は大きな衝撃を受け、急遽《きゅうきょ》岐阜高富町大桑の文彦宅に向かう事になった。

父光男は母静に
「何がなんだかさっぱり解《げ》せないが、要《よう》は文彦が川に落ちて行方不明という事なのか？

あるいはもう死亡したという事なのか？　どうなんだろうか？」

と言った。母静は
「何を言われるの！　死亡だなんてとんでもない！　縁起の悪い事を言わないで下さい！

でも本当にどうしたのかしら？　私は何だか胸騒ぎがしてしようがないのよ」

と深刻な表情で言った。

家族は皆沈み込んでいる。志保も渡辺家からの連絡であるため信じるしかないと思ったが、努《つと》めて明るい言葉で
「文彦兄ちゃんは何かにつけて運の強い人だから、何の事もなく元気に岐阜駅まで迎えに来ているわよ」

と軽口を言ってみたが、皆は不安を隠せないでいた。

両家は一緒に岐阜に行く事になった。岐阜に着いた時は午後になっていた。

清定《きよさだ》が両家を迎えた時、皆の前で「う…う…」と声を詰まらせてしまった。

皆は清定の様子を見て〈これは只事《ただごと》ではない〉と思い

「清定さん！　どうしたのですか。電報の内容が理解出来ず、ずっと不安な気持ちでしたが、なにがあったのですか？」

と志保は清定に詰め寄るように云った。父光男も
「何か大変なことが起こったようだけど、話は家で聞きましょう」と言って皆でバスに乗った。

清定はバスの中でも悲痛な表情で必死に涙をこらえていた。

雨雲が低く垂れこめ視界が悪いなか、バスは256号線、鳥羽川を左に見ながらゆっくりと大桑に向かった。雨は小康状態を保っていたが濁流は衰えていなかった。

長兄の進は、消防車や警察車輌を見て不吉な予感を抱き全《すべ》てを悟《さと》ったのである。

若い女性の車掌も何かを感じたのか声が沈んでいた。

大桑《おおくわ》のバス停が近づいて来た。前を見るとバス停の前で雨に打たれ、ビショ濡《ぬ》れになって、しかも地面に頭を付け平伏《ひれふ》している一組の老夫婦がいることに気が付いた。

バスが停車すると、その二人は更に地面に額《ひたい》を擦《す》り付《つ》けて
「申し訳ありません……。全てこの老い耄《おぼ》れがやったことなのです」

と夫の方が掠れた声をふり絞るように何回も繰り返している。妻の方は
「申し訳ありません」

と消え入るような泣き声で詫びを繰り返している。父光男は「あっ！　日野さん！　どうしたのか！」と叫んで走りより、日野夫妻の手を取り抱き起こそうとした。母静も「まあ！　何てことを！」と叫んで日野の妻カナを抱き締めた。日野夫妻は「申し訳ありません、すみません、ご免なさい」と言って泣き崩れるばかりであった。

静は〝あー、長い間この雨に打たれて地面に座っていた。しかも八十歳に届く老夫妻、七月とはいえ、身体が冷え切っている〟と思い「歌代！　このお二人を診て！　進、志保、お二人を家まで至急！」と指示した。歌代は「清定さん、日野さんのお風呂を沸かしてもらえませんか、お願いします」と真剣な表情で頼んだ。清定《きよさだ》は「ハイ！　解りました」と言って走ったのである。

渡辺家と豊島家は力を合わせ、二人を日野宅へ運び、後《あと》は清定《きよさだ》に頼み、急いで文彦宅に行った。芳子はすでに清定から全てを知らされていたが、何の確証もないので不信の気持ちで一人居間で呆然と座っていた。

渡辺夫妻と子供達は、そんな芳子を見て一瞬立ち竦《すく》んだ。芳子の母、房枝《ふさえ》は
「芳子《よしこ》、芳子《よしこ》」とやさしく声をかけた。

芳子は二家族《ふたかぞく》が来ているのを見て〈ハッ！〉として我に返った。

「あっ！　お母さん、あっ！　お父さん、みんな」

と言って堰《せき》を切ったように泣き崩れた。

渡辺夫妻は無言で芳子を抱き締めた。暫《しばら》くして清定が来て、

「やっと風呂が沸き、日野さん達は風呂に入りました」

と複雑な表情で伝えた。その時、父光男は
「清定君、我々は詳しい事情が全く解らない。説明を頼む」

と言った。清定は
「はい、すみません。私も気が動転していて詳しく電報に打つ事が出来ませんでした。実は……」

と言って涙ながら事の成り行きを説明したのであった。

全員、絶句して初めて文彦の死を知ったのであった。

そこに警察官が訪れた。志保が対応し、母と進にその事を知らせた。進が警察官と話して

いたが、やがて警察官に対して

「すみません、もう一度一同に話してもらえますか」と言って皆を集めた。警察官は

「実はご遺体発見地までの経路等の検証に手間取り、ご遺体確認のお知らせが遅れました」

と言って芳子の姿が見えない事を確かめてから、声を潜《ひそ》めて

「ご遺体の損傷が酷く、身重《みおも》の奥さんに対してどうするか、に時間を要しました。そのため今になってしまいました。つきましてはご遺体確認はあまり大勢でも困りますので、小人数でお願い致します。決まったら車で送迎します」

と言う事であった。父光男は「解《わか》りました。すぐに決めます」と言って皆を見た。

実はその時、芳子は警察官の見えない処で聞き耳を立てていたのであった。

そして今まで泣いていた芳子は、毅然《きぜん》として「私が行きます」と言った。

同時に警察官の言葉は両家の望みを完全に断ち切る惨《むご》いものであった。

母静と姉歌代、そして志保も、全てを切られ激しい衝撃を受け、その場に立って居られない状態になってしまった。

三人は抱き合って泣いた。そして芳子の傍《そば》に行き、芳子を抱き寄せて泣いたのであった。

そして歌代は

「清定さん、日野さんの憔悴《しょうすい》が激しいと思いますが、どうですか?」

と聞くと、清定は
「私もそう思います、ですので、私と母は残ります。母さんいいね」
と清定の母房枝を見た。
「はい、そうしましょう」と房枝は応じた。すると傍にいた進は
「確かに大勢では困る場合もあるので、芳子さんと渡辺さん、それに父さん母さんの四人ではどうかな？」
と提案した処、志保と歌代は「私も行く」と声を揃えるようにして言った。すると進は警察官に
「どうですか？　乗れますか？」と聞いた。警察官は
「ハイ、大丈夫、ではあなたも含め七人でよろしいですか？」
と言ったので、父光男は「ハイ」と応えた。
急《せ》かされる様に警察のバスに乗って遺体安置場に向かった。安置場に横たわる遺体の損傷は警察官の言った通り酷《ひど》い状態だった。担当官に促《うなが》され、七名は文彦の傍に寄った。
母静、歌代、志保はあまりの酷さに両手で顔を被って泣いた。芳子は文彦の胸に突っ伏して泣きじゃくった。日野夫妻は自宅の仏壇の前で懺悔《ざんげ》し涙にくれていたのであった。
そしてどうする事も出来ない悲惨な時を経て、一年が過ぎた。

大桑の豊島家には父光男と母静、それに志保の三人、そして芳子の両親が文彦の一周忌のために訪れていた。

この時芳子は、生後八ヶ月になる幼子を抱いていた。

文彦にそっくりな可愛い男の子だ。

日野夫妻も元気を取り戻し、芳子と清定に全身全霊を掛けて応援していたのであった。

豊島家も、芳子の要望があれば全てが叶うように協力した。

渡辺家は一族で芳子を擁護《ようご》したので、文彦は安心して浄土に帰ることが出来たのである。

芳子は豊島家の父母と志保に
「この一年はとんでもなく長かった。でも過ごしてしまうと〈アッ！〉と言う間のような気もします。本当に、地獄のような日々でした。だけど、あの人は芳彦を私に遺《のこ》してくれました。そのおかげで地獄から一転、夢と希望に満ちた日々を迎える事が出来ました」

と笑顔で話した。

志保は、芳子が万感の思いを込めて購入した仏壇の前で、芳子の明るい声を聞き〈ホッ！〉とすると同時に、あの事故以来いつも心を痛めている事が志保の肩に大きく伸《の》し掛《か》かって来た。〝あの時、遠く千葉へ行かれてしまうと心配だ、何とかして近くで農業に従事してもらえる方法はないものか？ と考えた末《すえ》に、この大桑《おおくわ》の話を思い出し、日野さんに逢いその結

果、文彦一家がこの地に誕生した。だが、わずか二年足らずで文彦兄ちゃんは悲惨な出来事で亡くなってしまった。

ああ〜私が自分勝手な狭い考えで文彦兄ちゃんの人生を奪い、芳子さん達を奈落《ならく》の底に突き落としてしまった。何という事をしてしまったのか、文彦兄ちゃんご免なさい。私の罪は途方もなく大きい。とても許してもらえるようなものではない。だから私は自分の一生をかけて償《つぐな》うからね。だから、だからとりあえず大きな心で見ていてね〟と文彦に心の対話で詫びたのであった。文彦は浄土の世界で志保の言葉を聞いていた。

そして『志保、何《なに》かお前は勘違《かんちが》いをしているぞ。俺は全くそんな風に思っていないぞ、そればかりかお前に感謝をしているぐらいだ。だから絶対そんな負担を持つんじゃないぞ。大丈夫！　芳子は強い女だ、俺もここから守って行くから安心して自分の人生をつくれよ』と言った。志保は合掌している間、そんな夢うつつな気持ちの中で文彦の声を聞いたような気がしたのであった。

志保は合掌しながら止《と》めどなく流れる涙を拭《ふ》こうともせず仏前に座っていたのである。

その時芳子は

「志保ちゃん、ありがとう。あなたのおかげで、こんな素晴らしい大桑の地で生活が出来るようになったのよ。もしあの時、あなたがこの地を見つけてくれなかったら、私と文彦さんは二人で遠い千葉へ行っていたかも知れないわ。そしたら私の父母はどんなに心配したか？　また私達はおそらく未《ま》だ開拓の真っ最中で、どうなっていたか解らないわ。でもあなたのおかげで清定《きよさだ》も生《い》き甲斐《がい》遣《や》り甲斐《がい》を見つけたわ。私も、もう大丈夫よ。これから芳彦と二人で清定の力を借りながら素晴らしい人生を構築するわ」

と志保を励ましたのである。傍でこの二人の話を聞いていた志保の両親は

「芳子さんありがとう、あなたのその言葉は私達に光明を与えてくれた、ありがとう」

と頭を下げて芳子に礼を述べたのであった。しかし、やはり父母も文彦の人生に対して深い思いがあった。

〝あの子は何をやっても自分の思った以上の事が付いて回《まわ》る強い運勢を持っていた。で

も、それなのに最期は何と惨《むご》い死に方になってしまったのか？　これが文彦の人生修行なのか？　それともこんな死に方になる悪因を持っていたのか？　それでこうした悪果になったのか？　文彦は子供の頃から親の知る限りを振り返っても、善《よ》い事《こと》を沢山《たくさん》して来たように思う。人を困らせる様な悪い事は全くないと思うのになぜなのか？　それとも文彦が命を掛けた善因《ぜんいん》が子孫《しそん》に良い影響を及ぼす事になってくれるのか？〃と二人はそう思って、その矛盾に対する答えを見失っていたのであった。

しかし翌年の春、彼岸に文彦の墓に行った時、よちよち歩きの芳彦《よしひこ》を日野夫妻が我が孫のように大切にしている事や、清定が地域の人々に慕《した》われている事などを見て、文彦は自らの命と引《ひ》き換《か》えに、地域社会に対する貢献と、豊島文彦一族の未来を創造したと、皆の話や活動から顕著に見て取れたのであった。母静は

「文彦は凄いね！　大した男だわ、この家は立派に栄《さか》えるね。やっぱり文彦は運勢の強い子だったね」

と父光男を見た。父は

「全くだな、いや〜今になって文彦の問いがやっと解ったような気がするよ」

と顔を緩《ゆる》め目を真っ赤にして頷《うなず》いたのであった。

（八）

しかし、志保は文彦との死別に未《ま》だ区切りをつけることが出来ず、心に深い憂《うれ》いを持ちながら大石製作所の勤務についていた。

この時、志保は大石製作所に入社して二年程が過ぎていた。

この頃、創業以来の取引先である道具商、長沼商店の主《あるじ》、長沼常雄《ながぬまつねお》六十八歳が頻繁に大石社長に面会を求めるようになって来た。

職人達は『何だかこの頃、長沼さんは社長に逢いに来るのが多くなったな。道具を買う予定もないのに何の用があるのかな』と不思議に思っていた。

大石は創業の時、長沼から必要設備用品を購入したが、当時は資金がギリギリの状態で支払いに窮《きゅう》していた。

長沼は〈石の上にも三年〉の例《たと》えを引用して、二千円ほどの設備用品代金を全く無催促《むさいそく》で一年余《よ》に渡り貸してくれた人である。

大石にとっては、苦しい時に一言も請求しなかった長沼に恩義を感じていたのであった。

その長沼が大口得意先の倒産で、多額の損害を受けてしまったのであった。その影響で資金繰りがつかなくなり、高利貸しに手を出してしまった。その借入れた金額が十五万円に及ぶ大金であった。

しかも返済が滞《とどこお》っているため矢の催促で、毎日ヤクザ風の若者が数人で押しかけ、怒鳴り散らして行く有り様に追い込まれていた。

その事が長期に及び、従業員達は怖くなり辞《や》めていく者も出て来た。

長沼は万策尽きて大石に助けを求めて来たのであった。

土地、建物の一番抵当《いちばんていとう》は長富《ながとみ》銀行であったが、得意先の倒産による損害金が、五十万円であったため、融資限度を超えているという理由で、銀行は一切の話し合いにのってくれないのである。

長沼は仕方なく二番抵当として、高利貸しをしている黒須繁《くろすしげる》に融資を頼んだのであった。このような内容の相談を持ち込まれた大石は困り果て、知人の弁護士、醍醐保元《だいごやすもと》にこの件を依頼したのであった。弁護士は大石に

「この様な事柄は最早手後《ておく》れで立て直す事は大変だ。自力では無理が多い、冷たいようだが関わらない方が良い。それ故に大石さん、長沼さんに金を貸したり、保証人になるなどは絶対にしないようにして下さい。そんな事をすると必ず自分の首を絞める事になりますから

ね」

と重ねて注意をした。また個別に長沼が相談に来たときも、同弁護士は長沼に対して「これ以上は難《むずか》しい、今のうちに破産宣告《はさんせんこく》を申請し、裁判所から正式に破産宣告を受けて、再出発をした方が得策だ」

と助言したが、長沼は渋ったのであった。

理由は『自分が悪い訳じゃないんだ。得意先の倒産による損害でこのような破目《はめ》になってしまったのだ。一生を掛けてここまでやって来たものを、人に騙《だま》されて潰《つぶ》れたなんて言われたくない。だから何とかしたいんだ』と言う一念である。大石は銀行の支店長と話し合いを持った。支店長は
「銀行は守秘義務《しゅひぎむ》があるため、長沼さんの件については多くを語れません。しかし大石さんと長沼さんの間柄は特別なことと承知していますので、差し支えのない程度になりますが、」

と言っておもむろに語り出したのである。

「長沼さんの件は当行としても大変苦慮している処です。何とかして差し上げたいと思い本部に何回も相談しているのですが、限度を超えているのでこれ以上は無理と鮸膠《にべ》も無い返答です。そんな訳で支店としては打つ手がない状態なのです。しかし、もし大石さんが土地

と建物を担保にして、何方《どなた》か別に有力な資産家の保証があれば何とかなるかも知れません。いやあ〜これは私個人の見解ですのではっきりとは言えませんがね」と言った。

「ほー、それはどう言う事でしょうか？　長沼さんに融資してある全《すべ》てと高利貸しから借りた総額を言っているんですか？」と大石は聞いた。

「ええ、単純な私の考え方ですが、まあ〜そんな処です」

と支店長の宮之内は応《こた》えた。大石は
「では、長沼さんが高利貸しから借りた分を私に融資するという事に繋がりますか？」

と確認を求めるように質問すると、

「う〜ん、真正面から言ってしまうと、そうなんですが、これはご存知の通り迂回融資という事になり大変難しい事になりますね。大石さんの会社で運転資金とか何か、名目を考えて下されば……」

と曖昧《あいまい》な事を宮之内は言ったのである。

長富《ながとみ》銀行高山支店の応接間は十二帖ほどで、壁面に高さが三尺、幅が六尺ほどの低い飾り棚兼用書棚が一台と、肘が木製でストライプの生地を張った応接五点セットが一組、コーナーには花台のような台が一台置いてある。

窓はなく出入口の扉が二ヶ所でその他は全て壁である。

その壁に無名の十号くらいの絵と社訓が飾ってあった。

大石は支店長の話を聞き終わると、応接間をぐるりと見て、

「いや〜ご多忙中お時間を取らせて申し訳ありませんでした。いろいろと参考になりました。ありがとうございました」

と礼を述べて帰社したのであった。

工場に帰って来た大石は食堂で自ら茶を入れゆっくりと呑みながら〝そうだよな〜早く高利貸しから解放《かいほう》されたいだろうなあ〜、自分の持ち金や会社の金、そして妻の金をかき集めると、何とか五万円になる。その五万円と銀行から十万円を借りて、長沼が高利貸しから借りた分を用意してやろう〟と考えたのである。

その日の夕食の時、妻美千代に相談した。美千代は
「本当に長沼さんとは長いお付き合いよね。私達の出発の時お世話になったその恩返しが出来るなら、全力を挙げて応援したいと思うけど大金だわね。百坪ぐらいの土地付き住宅が楽に買える金額ね。でもあなたがそうしてやろうと思うのであれば、そうしてあげたら」

とあっさり言った。大石は
「やっぱりお前もあの時のことを良く覚えているんだなあ、じゃあそうするぞ」

と言うと、美千代は笑顔で「うん」と頷《うなず》いたのであった。

翌日、大石は弁護士に逢い自分の考えを示した。
五十三歳になる弁護士醍醐《だいご》は、スラッとした容姿で太縁眼鏡《ふとぶちめがね》を掛けていた。
精悍な顔付きをくもらせて
「いやー社長、私は何回も申し上げましたが、倒産必至《とうさんひっし》の会社にいくら梃入《てこい》れしても無駄ですよ。有り余った金を持ちその金を使うならまだしも、銀行から借りてまでなんて私には考えられません。私は反対です。しかしなぜそこまでするのですか?」
と食い下がるようにして言う弁護士に大石は止むなく創業時の事を話したのであった。
「へぇ〜、そんな事が過去にあったんですか、なるほどね。それなら一回整理して再び立ち上がる時に力になる方が効果的だと思いますよ」
と言うので、大石は
「先生、彼はもう六十八歳になるんですよ。今助けないと再起は難しいと私は思うんです。だから例え無駄金になっても私は力を貸してあげたいのです」
と真顔で醍醐の顔を見た。弁護士は
「そうですか、そこまで思われているのなら仕方がない。しかし、黒須に返済する時、返済に対する法的な諸条件の事をその場で確実にしなくてはなりません。何しろ相手は名うての悪《わる》ですから、一番抵当の抹消《まっしょうとう》等を完全無欠に履行《りこう》する事がなによりも大切な事です。

従ってそれらの約束事や書類の受け取りは返済前に取り付けるか、最悪でも金の支払いと同時に全ての書類を返してもらう。更に必要書類に署名捺印をしてもらわなければなりません。ひとつでも欠けるとそれを種《たね》に何をするか解りませんので確実な実行日を定めましょう」

と言った。大石はその足で長沼宅に寄り

「長沼さん、今弁護士さんの処へ行って来た。そして法的な事をいろいろと聞いて来た。とにかく高利貸しの分を何としても返済することが第一だね。銀行の方は条件変更等を申し込めば何とか次の道が見えて来ると思うけど、それでいいですか？　長沼さんがそれでいいと言う事であれば、私は今から銀行へ行って、黒須から借りた分の融資を申し込んで来る。どうですか?」

と言うと、長沼は両手をついて

「何とも申し訳ありません。よろしくお願い致します」と深々と平伏した。

二週間程で融資の決済を受けたので、黒須との段取りをつけ、弁護士は必要書類を持って大石、長沼、弁護士の三人が黒須の事務所を訪問した。

返済時に金と全ての書類を同時に交換するための打ち合わせである。

黒須は六尺近い身長で、金縁眼鏡《きんぶちめがね》を掛け黒尽《くろず》くめの服装をしていた。

十坪ほどの事務所の中央に大きな長イスが一台と肘掛イス一台、肘なしイス二台が置かれていた。その肘掛イスにどっしり座り、煙草を吸いながら弁護士醍醐の話を聞き

「解った。金を返してくれたら、引き替えに借用証書は渡すが、その他の面倒くさい事は、俺の知らない事だ」

と言って抹消に対する判は押す必要はないと言い張った。

弁護士はそれを不服として言い争いになって交渉は決裂したのであった。

黒須は、その日から催促の度合いを猛烈に強めた。そのため長沼の近所の人が見るに見かねて警察に通報する事が多くなった。

弁護士の醍醐は再三交渉を持ちかけたが、ことごとく相手にされなかったので、長沼に一切の支払いを止めさせ、その支払金を法務局に供託金として寄託したのであった。

その上で返済強要差し止め訴訟を起こす旨《むね》を黒須に通知したところ、黒須は岐阜の県会議員を立会人に置く事を条件に話し合いに応じると行って来た。

醍醐はこれを承諾し返済日を決めたのである。そしてその当日、醍醐が書類と現金を見せた刹那、黒須は金を奪うように取り上げた。そして、金銭貸借契約証書を長沼に向かって放り出し

「確かに金は受け取った！　立会人の先生も確認してくれた。そっちの立会人も書類を返

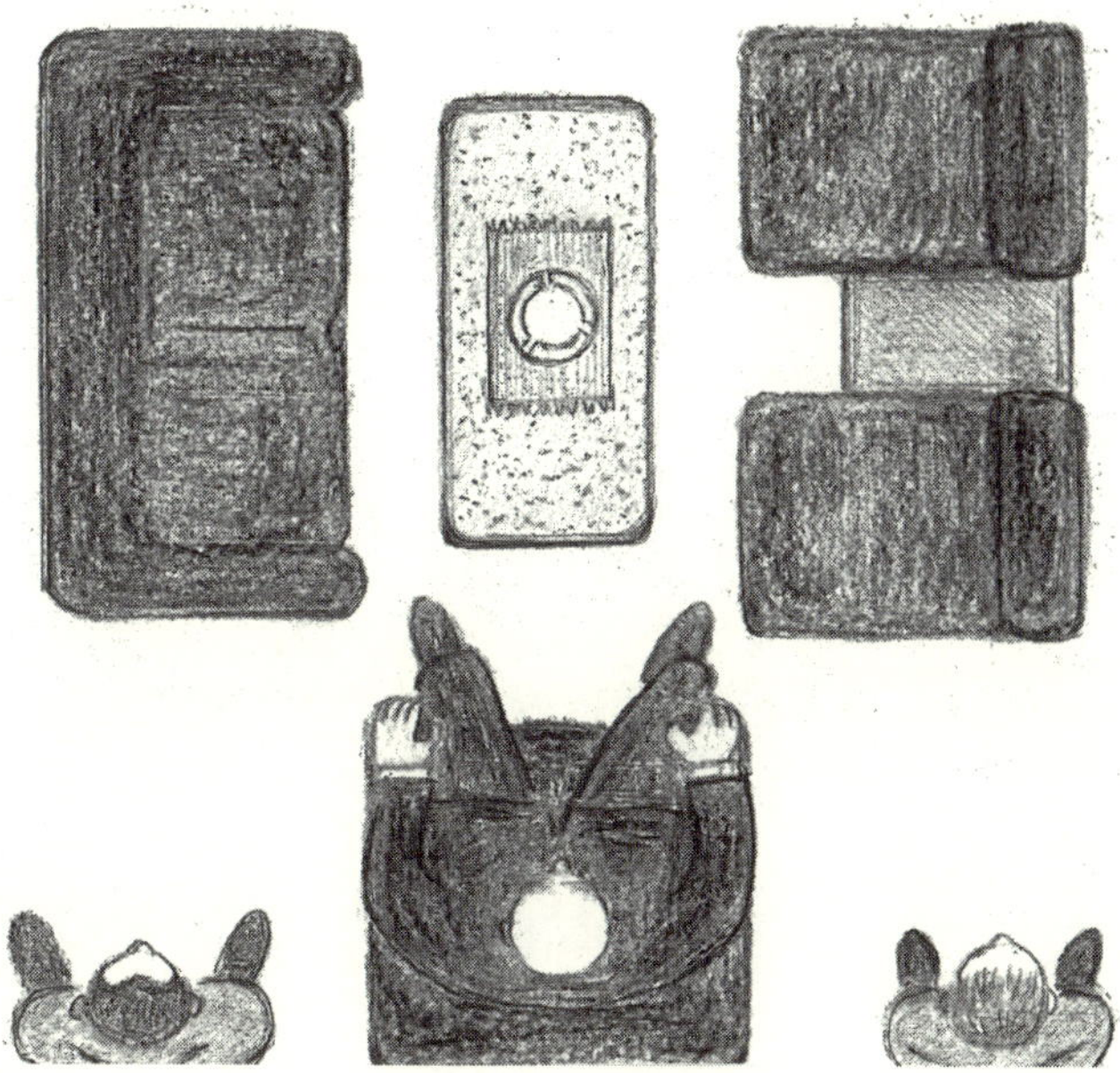

した事を確認したな！　それでこの件は終わりだ！」
と大声で言った。その傲慢《ごうまん》な態度にあきれると共に屈辱《くつじょく》を感じた醍醐は
「何を言っているのか！　金を奪うとは何事だ！　全ての書類に署名捺印をして双方納得の上、金と引換《ひきかえ》の約束だ！　今の言動は約束違反だ！　直ちに金をこちらに返して下さい。さもなくば黒須さん、あなたは私から金を強奪した事になるんだぞ！　さあ！　こちらに金を返して下さい」
と強く抗議した。黒須は目を剥《む》いて

「なにい！　何を寝惚《ねぼ》けた事をいってやがんだ、この馬鹿野郎!!　金銭貸借契約証書を渡せば全て終わりなんだよ！　弁護士のくせにそんな事も解らないのか！　このボケ！　ぐだぐだ阿呆《トロイ》こと言ってると血を見るぞ！　用は終わったんだ！　さっさと帰れ!!」

と怒鳴った。醍醐《だいご》は
「とんでもない人だ！　これは恫喝《どうかつ》だ！　我々はこのような暴挙に屈《くっ》しない。法律に基づいて徹底的に争う」

と言った。その時まで歯をグッとくいしばって我慢をしていた長沼は黒須に向かって
「酷《ひど》いじゃないか！　私はあんた方の言うままに利息も払って来た。

それなのにあんたは約束を守らないとは何事だ！」

と詰め寄った。黒須の両側には二人の男が護衛役として立っていた。

その二人は見るからに破落戸《ごろつき》と思える不敵な面構《つらがま》えの者であった。

鬼のような一人がいきなり長沼の頭髪を鷲掴みにして
「この野郎！　社長に対して頭が高いんだよ!!」

と喚《わめ》き思いっ切り引っ張った。

長沼は痛さのあまり、引っ張っている手を振り払《はら》おうとしたところ、鬼のような子分にその手が当たった。その子分は

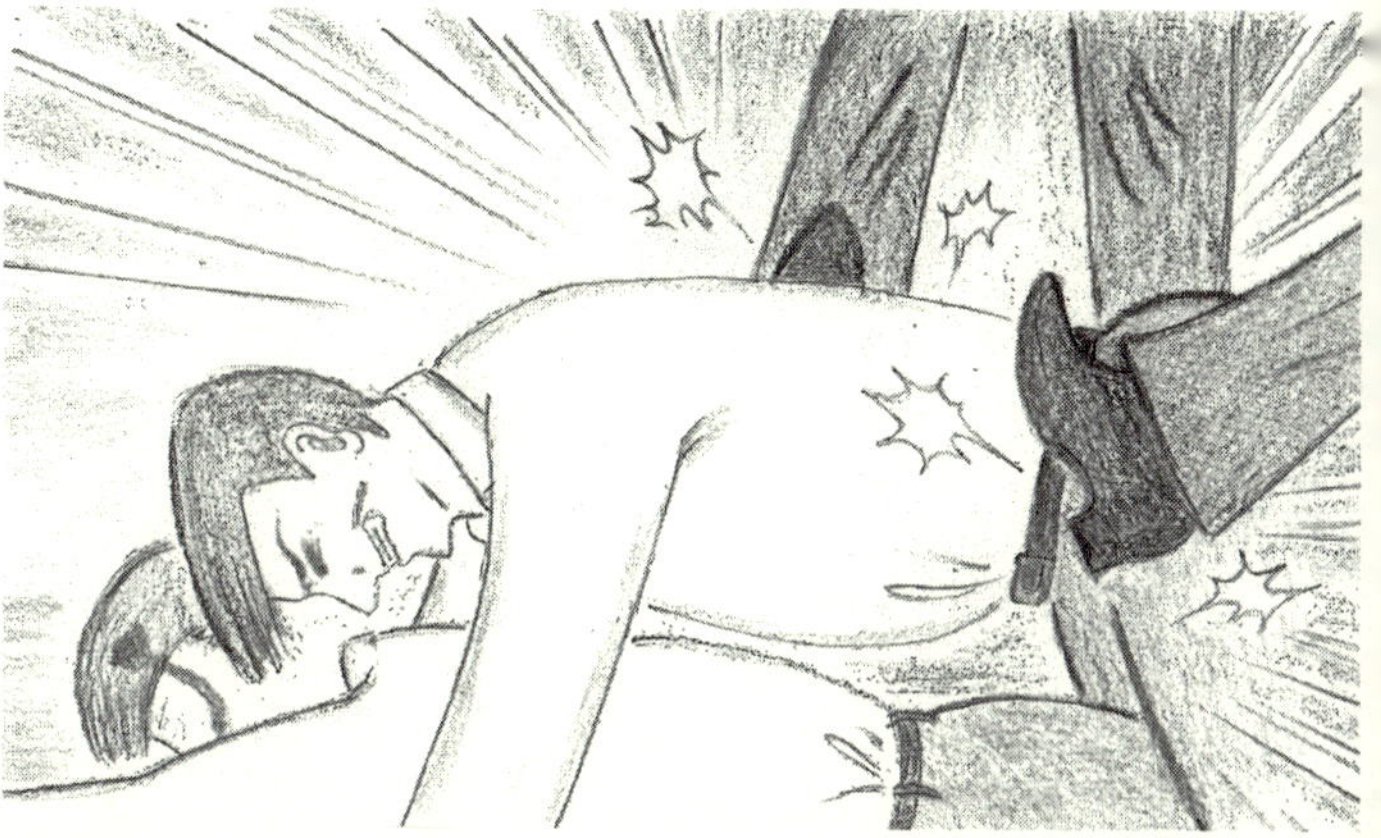

「あっ！　痛《いた》！　痛たたた！」
とその場にうずくまり大袈裟に喚き出したのである。それを見ていたもう一人の男が
「なにしやがるんだ！　暴力をふるうのか、ならば降りかかる火《ひ》の粉《こ》ははらうしかない！　このボケ！」
と言って長沼を殴《なぐ》った。七十歳に手の届く老体はたまらずもんどりうって倒れた。
倒れた処を鬼となった男は思いっ切り蹴《け》った。大石は思わず長沼の上に覆《おお》いかぶさるようにして庇《かば》ったが、二人の男は尚《なお》も蹴《け》り、大石も脇腹を数回蹴られたのであった。黒須は
「もういい！」と言って二人を止め、自らは大石の顔を踏付《ふみつ》けて
「だから言ったろう、とっとと帰らないと血を見るぞって！」

と言って弁護士の醍醐を睨みつけた。

長沼は白毛《しらが》まじりの頭髪をごっそり抜き取られ毛穴から血がしたたっている。

その時、誰が警察に知らせたのかは不明だったが、警察が来た時には長沼の意識はなかった。そのため直ちに病院に運ばれた。

暴行の限りを尽くした三人はその場で逮捕された。しかし三人は正当防衛を主張《しゅちょう》していたが連行されていったのである。

長沼は内臓破裂《ないぞうはれつ》に加え、脳出血を起こし危篤状態《きとくじょうたい》になっていた。

直ちに緊急手術が施されたが、三日後に死亡したのであった。

家族の者達は、さんざん暴言をあびせられたその上に殺されてしまい、その無念は計り知れぬものがあり、誰一人涙を見せなかったのである。

大石も肋骨《ろっこつ》を折り重傷を負ったが、何とか三週間程で退院する事が出来た。

醍醐《だいご》はこの事件に対し弁護士として徹底的に行動したのであった。長沼の死後、長男である要一に長沼商店を引き継がせ、あらゆる借金も一掃させたのであった。

そして黒須達には二度と悪徳金融に手を出せないように手を尽くしたのである。

長沼要一をはじめ一族は、大石と醍醐に言葉では言い尽くせぬ程感謝と誠意を見せた。

しかし大石は、黒須やその手下や仲間、そして立会人であった県議の傍若無人《ぼうじゃくぶじん》の輩達《やからたち》が、長沼のような真面目な者を食い物にしていることに大きな憤りと矛盾を感じて、なかなか気が治《おさ》まらなかったのであった。
その事が切っかけになり、大石は次第に元気を失っていったのである。
それから一年、昭和二十三年初秋、大石は床に臥《ふ》してしまった。志保は、あの大戦でも、またどんな苦境に追い込まれても弱音を吐く事のなかった人物が日増しに元気を失っていくのを見て、不吉なものを感じていたのであった。志保は
「お父さん、近頃どうも社長さんの様子がおかしいと思うのよ。奥さんも心配そうだし、一度野沢先生に往診に来てもらったらどうかしら」
と不安気《ふあんげ》な表情で父の顔をのぞき込むように言った。
「うんそうだな、早い方がいいな。今から奥さんに相談してみる」
と言って、隣接地にある大石宅に行き、父光男は
「奥さん、社長は今なにをしています?」と聞くと、大石の妻美千代は
「ええっと、さっきまで裏庭にいたけど、今は奥の部屋で休んでいるようよ。何か特別な用なの? 見てこようか?」と応えたので、父は
「いや、別に急用ではないんですが、この頃社長一寸元気がないんでどうしたのかなあと思って」

と言うと、美千代は間髪を容《い》れず
「そうなのよ、私もそう思って病院へ行って検査を受けてくれるよう何度も勧めたんだけど、でもその度に『大丈夫だよ、すぐ治るさ』と言って嫌がるのよ。光男さんあなたからも検査をするように言ってくれないかしら」
と言ったので、早速大石の部屋に行き説得すると、大石は
「いやあー、別に痛い処がある訳じゃないしなあー。どこが悪いのかさっぱり解らんよ。まあ、そのうち何か症状が出てからでもいいか、と思っていたんだよ。総合病院に検査入院なんてことをすると大袈裟《おおげさ》になるしな。でも野沢先生の往診なら、まあいいかなあー」
と言った。玄関先では志保が心配で美千代と話をしていた。
そこへ父光男が大石の部屋から出て来た。そして
「奥さん、おー志保も来ていたのか、丁度よかった。今社長は、野沢先生の往診なら受けても良いと言ってくれたので、志保、野沢先生にお願いして来てくれ。奥さんいいですか?」
美千代は
「もちろんよ！　よかったわ。志保ちゃん悪いけどお願いします」
と言って志保と父光男を交互に見た。志保は
「はい、解りました。それでは行って来ます」

と野沢医院に自転車で行き、事の次第を説明したのであった。野沢は
「解りました。それでは午後の往診で大石さんに回ります」
と言って何やら考えていた。
午後二時頃、野沢医師は大石宅を訪《おとず》れて大石の診察に入った。三十分に渡る問診をして、次にさまざまな診察をした。そして大石に
「一年前に怪我をして入院をした。それらの経過と身体に与えた蓄積などに加え、この夏の疲労が加齢《かれい》と相俟《あいま》ってジワっと出て来たのかも知れませんね。しかしそれとは別に一寸気になる処もあるんで、一度レントゲンを撮って見たいですね。夏の疲労は軽くみると快癒《かいゆ》するまで長くかかる場合が多いから、出来るだけ早く総合病院へ行って詳しく診察する事が肝要です」
と告げた。大石は
「そうですか、解りました。いやはやご多忙の処すみませんでした」
と応えた。野沢は帰りぎわ玄関の外で、光男に声を潜《ひそ》めて
「今はなんとも言えませんが、何か大きな病気にかかっているような気がします。一日も早く入院して検査を受ける必要があります」
と顔をくもらせて言った。光男は驚き野沢医師に指示を乞《こ》うた。

その後二日程を経て大石は入院する事を決め、野沢医師も入院の手配を整えたので、彼岸明けに入院したのであった。

検査は多岐にわたり、慎重を極めて十日を要した。

その結果、腎臓癌《じんぞうがん》であった。しかも末期という診断であった。

病名は美千代、光男、志保に知らされたのであった。

美千代は顔色を失ってしまった。志保も父光男も大きなショックを受け、何をどうすれば良いのか、自分を見失う程であった。更に医師は
「手術をしても多分だめでしょう。手の施しようがない状態です。今後の痛みは若干抑える事は出来ますが、その他の治療方法が全くないのです。よくもって一ヶ月、手術をすれば逆にもっと早まるかも知れません」

と小さな声で告げたのであった。

父は愕然《がくぜん》として声も出ない状態に追い込まれてしまったのであった。

その上その夜《よる》は一睡も出来ず、ただ悶々《もんもん》として一夜を過ごしたのであった。

初めて重篤《じゅうとく》の事態を告げられた志保と母静は泣いたが、美千代は凛然《りんぜん》として涙は見せなかった。

四人は毎日病院へ行った。ある日、大石は

「豊島君、私は君に逢えて本当によかったと思っている。もし君がいなかったら、こんな悠長に寝て居られないよ。どうやら私の病気は重いような気がするんだ。こんな時、君は心から頼りに出来る。もしもの事があっても安心して死んでいける。後の事は全て宜しく頼む」
と寂しげに語った。父光男は
「何を言っているんですか、そんな事を言わないで下さい。自分は社長がいるからこうして生きて行けるんです。社長の元気な声や姿が私の心の支えなのです。ですのでそんな寂しい事を言わないで元気を出して下さい」
と必死に励ました。大石は
「ありがとう。静さん、志保ちゃん、ありがとう。子供のいない美千代を宜しくお願いします。美千代、いろいろ苦労を掛けてすまなかったなあ。私はもうそろそろ終わりだと思う。後の事は光男君と相談してやってくれ」
と笑顔を見せて言った。美千代は微笑みながら
「ハイハイ、まあーなんでしょうね、さっき先生に容体《ようだい》を聞いたら先生は《昨日《きのう》あたりから峠は越えたようですね。これからは日増しに快方に向かって行くから心配ありませんよ》と言ってましたよ。だからそんな心細いことを言ったら駄目ですよ。病は気からと言います

からね。それより何か好きな物でも食べて明日《あした》のために元気をつけましょう。何か食べたいものはありますか?」
と精一杯明るく言った。大石は
「ありがとう、でも今日はいいや、何だか元気づけられて腹がいっぱいになったよ」
と言って目を閉じたのであった。
四人は弱々しい大石の声が気になり、光男は思わず「社長」と声をかけたが返事がないので、もう一度「社長!」と声をかけた。
美千代も同じように「あなた!」と叫ぶように呼んだ。
すると大石は、薄《うっす》らと目を開けニッコリと微笑んでしずかに目を閉じたのであった。
四人共、それが何か、人が持つ威厳《いげん》のような、或いは畏怖に近いものを感じて動く事が出来なかった。そんな気持ちで立《た》ち竦《すく》んでいると、そこに医師と看護婦が診察に来て
「大石さんどうですか! 大石さん」
と言って脈を取ったり目を指であけ光を当てたり、聴診器《ちょうしんき》を当てたりしていたが、やがて小声で
「今夜は泊まれますか?」と訊いた。そして
「大石さんは何か強い意志で病気と闘っているように思えてなりません。誠に不思議な生

命力です。意識がないように見えても、皆さんの声や雰囲気は感じていると思いますよ。ですので傍《そば》についていると心強いと思います。私達も三十分おきに診《み》に来ますが、今が一番大事な時です」
と言った。四人は緊張が電撃のように全身を走った。光男は
「ありがとうございます。私が傍に居ます。奥さんは毎日の事で疲《つか》れがたまっていると思います。ですので今日は帰って休まれた方がいい。静、志保も、今日はお帰り」
と言うと、美千代は
「先生が言われたように傍《そば》にいる事が解るならば私も傍に居ます」と必死な目で訴えるように言った。父光男は美千代の覚悟《かくご》を見て取り、
「そうですか、それじゃ二人で傍に居ましょう。そしたらお前達二人は明日昼間交代してくれ」
と静と志保を帰宅させたのであった。
大石はしずかな寝息で、まるで仏《ほとけ》さまのような寝顔でゆったりと休んでいるように見えた。しかし父光男と大石の妻美千代はまんじりともせず大石を見守っていた。
朝方四時三十分頃、医師は
「大石さん！　大石さん！　解りますか、大石さん！」と呼んだが大石は何の反応も示さ

なかった。美千代も

「あなた！　あなた！」と叫んだが、大石はしずかに眠っている。

美千代は全《すべ》てを悟った〝ああ～いつかは来る別れの時はこの時なのか、何とあっけない事なのか。長い間《あいだ》共に頑張って来たけれど私はこの人のために何をしたのか、もっともっとやれる事があったのではないのか〟と強い虚無感《きょむかん》に駆《か》られて一人で立っていられない気持になり、ただ大石に縋《すが》りつき

「あなた、どうして私を置いて先に逝《い》ってしまったの。私はこれから一人でどうすればいいの」

と身悶《みもだ》えて泣きじゃくったのである。

父光男も心に大きな穴があいてしまったのである。しずかに眠る大石を見て光男は〝こんな立派な人が不治《ふじ》の病《やまい》に侵《おか》されて帰らぬ人になってしまうなんて、何と惨い事なのか〟と、どうする事も出来なかった自分を悔い、残念でたまらなかった。

大石に教わった事が次から次へと頭の中を駆《か》け巡《めぐ》って、その重さが〈ドッ〉と身に沁みてくるのを感じて、思わず大きく息を吸ってまわりを見渡したのであった。

大石に縋《すが》って泣いている美千代の細い身体《からだ》、小さな肩を見て、大石の無念さがいかばかりかとその心中を察するのであった。

静寂な病室に漂う人の臨終。ましてや尊敬《そんけい》する人の姿を目の前にして、どうする事も出来ない人間の弱さを実感し、身体《からだ》の動きや判断力も止められてしまい、呆然自失《ぼうぜんじしつ》となって立ち竦《すく》んでいた光男であった。

どれほど時間が経《た》ったのか、身体《からだ》がフラーっとよろめいたので、〈ハッ！〉と我《われ》に返った父は、そばにあった椅子に座り自分に叱咤《しった》したのであった。

《光男！　しっかりしろ！　まず冷静になれ！　いいか、どんな事があっても社長に恥をかかせるな！　それには地味で気高く格調を重んじる事だ！　大石製作所の社訓を守る事だ！》と自分に言い聞かせ腹を据《す》えたのであった。

父は社長の遺体と伴《とも》に大石家に戻り、床の間のある十二帖の部屋に床を取った。

質素ながらも上品な枕飾りを作り、焼香出来るように準備した。

香のかおりが漂《ただよ》う中、秋山、山根、池田をはじめ全員沈痛な面持《おもも》ちで言葉にならない深い憂《うれ》いの時間と闘う事になったのである。

大石製作所はいつも活気に満ちた工場風景だが、社内不幸で打って変わってシーンと静まり返り、悲しみに被《おお》われていた。

父光男は、町内の行事や付き合いを人一倍気にし大事にしていた大石の思いを大切にすることに決めた。そのため、町内の役員達に訃報を告《つ》げ、どのような葬送《そうそう》を執行《しっこう》するかの指示を待つ事にしたのであった。

町内の有志が集まり相談した結果、地域の慣習に従う式次第《しきしだい》に決定した。

役員が役所に届けを出し、同時に菩提寺に報告するという順序から始まる訳である。

美千代と父光男は役員と菩提寺の住職に促《うなが》されるように式次第の説明を受けていた。

通夜は自宅で、翌朝十時より菩提寺《ぼだいじ》である満願寺《まんがんじ》の本堂に向け葬列を組む。寺に着いたら本堂に於《お》いて本尊《ほんぞん》に報告礼拝《ほうこくらいはい》をして、遍《あまね》く客殿にて告別式を執《と》り行《おこな》う。

そして約五坪の大石家墓地に埋葬する事になったのである。

そして葬列の日、約百五十人が二列になり先頭に隣組の組長、次に提灯を持つ人、その次に花を持つ人、更に大きな幡《はた》を持つ人、更に一の幡《はた》、二の幡《はた》を持つ人、そして役僧《やくそう》が妙鉢《みょうばち》を持ち、更に死花花《しかばな》を一本ずつ持つ人が四人と続き、そして美千代が位牌を持ち、その後《うし》ろがお棺《かん》となり、その後《あと》に秋山、山根、池田、光男、静、志保が続いたのであった。

寺に着き、式次第の順序を経て客殿で告別式が荘厳《おごそか》に厳修《ごんしゅう》され、焼香《しょうこう》の時、長沼の妻ナツは
「社長さま！　ご免なさい。許して下さい」

と言って泣き崩れ、顔を上げることが出来ない程取り乱した。

長男の要一《よういち》も必死に涙をこらえ肩を震わせていた。美千代はやさしくナツを抱きかかえ

「ナツさん、ありがとう、泣かないで下さい。あなたは何か勘違《かんちが》いをしているのよ、主人は病気で亡くなったのよ。長沼さんの所為《せい》で病気になったのではないのよ。理不尽な戦争や、世の中の矛盾《むじゅん》に対して屢々《しばしば》憤《いきどお》りを見せていた節《ふし》もあったようですが、それは社会全体の仕《し》組《くみ》から生《しょう》ずる事で、長沼さんの事とは全く異《こと》なるものよ。主人の死は人智《じんち》の及ばぬ寿命《じゅみょう》なのよ。主人はそれを悟《さと》ったのよ。ですのでほとけさまのように優《やさ》しい顔をしているんですよ。私は主人の全《すべ》てを信じています。故《ゆえ》に彼《かれ》の思っていることは解《わか》ります。だからナツさん、要一さん、今日《きょう》からは絶対にそんな風に思わないでね。これからは過去の忌《い》まわしい事を忘れて楽しい人生を創《つく》っていきましょうよ。ね、宜しくお願いします。これは大石の一番望む処と思い

ますよ、だから二人共決して長沼さんを責めないでね」

とそっと話したのであった。

式は進み埋葬《まいそう》に移った。深く掘られ清められた穴にしずかにお棺は降ろされていく。大勢の人が清められた土をお棺にかけ冥福を祈り合掌し、最後の別れを惜しんだ。

大石はこの式次第の全てを空中で見ていた。妻の言うことも満足していた。そして今人間界をはなれ浄土に帰る刹那《せつな》に、自《みずか》らが天子になって行く姿を確認し
「皆さんありがとう。おかげで私の一日修行を終わらせる事が出来ました。また浄土で会いましょう。さようなら」

と澄み切った美しい空に合掌しながらスーっと姿を消し、光となって浄土に向かったのであった。

それまで埋葬《まいそう》の式を泣きながらうずくまっていた美千代を支えるようにしていた父光男は、大石の声を聞き思わず空を見た。

一同も大石秦一郎《しんいちろう》の声を聞き『ありがとうございました』と天に向かって合掌したのであった。

（九）

それから美千代は毎日大石の好物を作り、日々共に食して心の対話をしていた。

そんな日々が自宅では続いていたが、美千代は皆に暗い顔をけっして見せなかった。

しかし社長を亡くした大石製作所は正月もなく暗い日々を過ごしていたのであった。

そんなある日、大石の導《みちび》きかと思う程劇的な事が大石家と大石製作所一同に訪れた。

それは進が警察の公用で、高山駅に警察車輌の小型ジープに乗って来ていた時の事であった。

用事が終わり、高山署に帰ろうと駅長室を出ると、改札口付近にカーキ色のコートを着てリュックサックを背負った松葉杖姿の男がいるのに気が付き、進は不審《ふしん》に思い、その男に近づいた。

すると男の方も進に気が付き、目が合った。

進は〈ハッ！〉として、もしやと思い
「元次郎さんか？」と声をかけた。

彼《か》の男《おとこ》も進をジローっと見てしばらく考えていたが、やがて

「オー豊島さんか！」と応じた。進は

「やっぱり元次郎さんだ！　いやあー元次郎さんよく帰った。良かった、良かった！」

と元次郎の手を取り力を込めた。

「イテテ！　ハハハ！　進さんは相変わらず力が強いなあー。なんだその姿は警察か？　良く似合っているよ。それに比べて俺《おれ》はこの有り様だ、恥ずかしい限りだ」と言ってうつむいた。

「何を言っているんだ、戦争に行っていたんだから仕方がないよ。凄い事だよ、ご苦労さまでした。それよりもお母さんは元次郎さんが帰って来た事を知っているのか？」

と訊いた処、元次郎はうつむき首をふった。

進はさまざまな事情を察し、聞く事を止め
「そうか、じゃあー突然帰って来た事を知るとどんなに喜ぶことか。送っていくよ、さあージープに乗って」
と進は嬉しさで声も弾む思いであった。
元次郎をジープに乗せて大石家に向かう途中、進は
「理不尽な戦争だった。私も広島の原子爆弾に遭遇したよ」と言っても、元次郎は
「……ウーン、そう……」進はまた
「日本は今後もう戦争はしないだろうね」と問うも、
「アー…そうかもね……」などで元次郎の方からは一切話をしようとはしなかった。
進も大石社長の事を告げようと何度も思ったが言えなかった。
元次郎の母美千代の事を話せば、当然大石社長の事に及ぶので、これも言えなかった。
二人共自然と口数が少なくなっていた。元次郎は前を見ていたが、浮かない表情で、時々虚空《こくう》に目線を移して〈フー〉と息を吐いていた。
進は元次郎の様子を見て、心の中で〝あー何かを思い詰めているんだなあー、こんな時はどうすればいいのかなあー〟と思い、戦争に関する事は言わないようにしようと思ったのである。

進は時々市内警邏《けいら》のため、ジープで高山を広範囲に巡回することがあった。その時は大石製作所に立ち寄る事にしていた。そのためジープが近づいて来ても、進が来たぐらいにしか思っていなかった。

そんな訳で事務所にいた父光男も〝オッ、進が来たか?〟と思って何の気なしにジープを見ていたが、「アッ!」と言って外へ飛び出した。

志保も、他の者も光男の行動に驚き外を見た。ジープが止まった途端、光男は

「おーやっぱり元次郎君だ!」

と言って車の傍によった。志保もジープに近づいた時、父光男は

「志保! 元次郎君だ! 奥さんに知らせなさい」

と父の声は嬉しさで上擦《うわず》っていた。志保は瞬時に走った。そして大石宅の庭の方から

「奥さん! 元次郎さんです!」と大声で叫んだ。

美千代は仏壇の前に置かれた花台《かだい》に花を供《そな》えていたが、志保の声を聞き、我が耳を疑い怪《け》訝《げん》な様子で仏間から出て来て

「あら、志保ちゃんどうしたの? そんなに慌てて?」

と素《す》っ頓狂《とんきょう》に志保に応えた。志保は再び大きな声で

「元次郎さんが帰って来ました!」と言った。

美千代はそれでも〝何の事？〟と言う顔をしていたが、突然〈ハッ！〉と顔色を変えて「えっ！」と叫んで裸足《はだし》のまま外へ飛び出して事務所の前へ走ったのであった。

事務所の前では、ジープから降りて松葉杖《まつばづえ》をついた元次郎が進や光男、職人達にかこまれるようにして立っていた。その姿を見て美千代は無我夢中で

「元次郎！　元次郎！」と叫ぶように言って飛び付くように抱きついたのであった。

父光男をはじめ、秋山、山根、池田も目に涙を浮かべて抱き合う親子を見つめていた。しばし抱き合ったまま嬉し泣きをしている二人の肩に光男はそっと手をふれ

「さあ～中へ入りましょう」とやさしく促した。

美千代は過去にないほどの嬉しさで周りのことが見えなくなったのか、更に嗚咽《おえつ》しながら「お父さんが、お父さんがね」と言った。

元次郎は〈ハッ！〉として「えっ何！　お父さんがどうしたの」と言って母美千代を見た。

美千代は「うっ…」と口を押さえ、黙って元次郎を家の中に招き、仏壇の前へ連れていった。元次郎は驚き、父の死を悟ったのであった。そして仏壇の前に崩れるように座り「お父さんご免なさい」と言うのが精一杯で、絶句し肩を震わせていた。

美千代と元次郎はその日、思いの丈を語り合ったのであった。

翌日、美千代は元次郎を事務所に連れて来た。美千代は昨日《きのう》とは打って変わり、晴々とした表情で元次郎の帰還《きかん》を報告したのであった。

元次郎は右足を失って松葉杖をつき、大石社長に良く似たしずかな口調で、

「此の度は父の事で皆さんには大変お世話になり誠にありがとうご座居ました。心より厚くお礼を申し上げます。私は硫黄島《いおうとう》の激戦で敵兵《てきへい》に狙撃《そげき》され、恥《は》ずかし乍《なが》ら意識を失っている処を捕虜にされてしまいました。戦場で敵兵等《てきへいら》に応急手当を受けたが傷は悪化の一途を辿《たど》り、足を切断されてしまいました。それでも命にかかわるという事でアメリカ本国に搬送され再手術を受けました。残念乍《ざんねんなが》ら命は取り止めてしまい、その上、右足を失ってしまいました。しかも傷が化膿して完治するまで一年余もかかってしまいました。やっと完治しても捕《ほ》虜《りょ》になっていたため、二年余りに渡って執拗《しつよう》に取り調べを受けてしまいました。しかし様々《さまざま》な疑《うたが》いが解《と》けて、この度釈放《しゃくほう》され恥ずかしながら昨日帰って来る事が出来ました。今後は皆さんにご恩返しが出来ますように、一身を投じて参りますので何卒宜しくお願い致します」

と挨拶したのであった。

この時、元次郎は口にしなかったが、〝もし自分が捕虜になるのであれば『自決』しよう〟と決心をしていたのであった。しかし不幸にも元次郎はその時意識を失っていて、自決する

タイミングを失い生き延びてしまったのであった。

アメリカ本土に連行され所属部隊の機密にふれる事を求められたが頑《がん》として黙秘《もくひ》した。

その理由は〝そのような事を漏らしたら部隊は大変な事になる、それ故に例え殺されても言わない〟と決心していたのだ。

その後、日本は無条件降伏をした事で身柄は拘束されていたが、父母に便りをする事は自由だと知らされても、自分が捕虜になっていることが知れると家族にどんな害が及ぶかも知れないと思い、手紙を書く事をためらっていたのであった。

そうした訳で、全《すべ》ての事が決着するまで音信不通を元次郎は選択したのであった。

こうして長い時を経《へ》て釈放されても人が信用出来ずにいた。

しかし昨日、母美千代と語り合い、ようやく自由になった事を悟ったのであった。

そして今、職人達は元次郎に口を揃えて《お帰りなさい！　無事帰国が叶い、お目出とうございます》の声に元次郎は〝ああ～生きていて良かった〟と心から思ったのであった。

その後、元次郎は片足でも出来る仕事を欄間《らんま》彫りに懸ける事を決意して、光男の友人である橋田五郎《はしだごろう》彫刻師《ちょうこくし》の下《もと》で彫師《ほりし》としての修業に入ったのであった。

（十）

大石元次郎が復員して大石製作所の後継者が出来た事は、取引先に〈アッ！〉と言う間に広がった。

一番の上得意先《じょうとくいさき》である成瀬工務所《なるせこうむしょ》の棟梁《とうりょう》、成瀬一法《なるせいっぽう》は父光男に

「いや～大石さんが亡くなって本当にどうなるのか？　と思っていたがこれは奇跡だな、南方戦線で音信不通になっちゃうと、もしかしたらと思うよ。でも良かったなあ。これで大石さんとこも磐石《ばんじゃく》だ。良かった！　目出たし！　目出たし！　だ。ウハハハ」

と心から祝ってくれた。

大石社長の死から半年が過ぎた頃、大石製作所は多忙を極めていた。

成瀬工務所を始め多くの工務店がお盆に間《ま》に合《あ》うように請《う》け負《お》っている新築工事や改築工事が次々と完成するからである。

建具や家具の製作が大石製作所の主な仕事であるため、秋山、山根を頭《かしら》に十五人に増えた職人や見習工、そして池田や父光男は毎日残業をして、完成引渡《かんせいひきわた》しに間に合わせるために

頑張っていた。
桧《ひのき》や杉など木地のまま納める仕事も春慶漆《しゅんけいうるし》で仕上げた建具や家具を納めるのも神経を遣う大仕事である。
志保も事務所を出て職人達と共に第一線で走り回るようにして活動していた。
定刻に帰宅する訳にはいかない事も多くなっていた。
そんな多忙な頃から、父光男は仕事中に『一寸待って、少し休憩』などと言う事が多くなっていた。志保はそんな父に
「あれ、お父さんどうしたの、どこか痛いの?」と聞くと、父は
「いや大した事じゃないよ、ただ一寸足がつる一歩手前のような変な状態になっちゃうんだ。それに気を取《と》られると何となく胸が苦しいような気がするんだよ。俺《わし》もそろそろ加齢《かれい》を気にするようになったんだよ。ハハハハ」
と笑っていたが、心配だったので母静に相談した処、母は
「フーン、家に居る時は何でもないみたいね。でも過激《かげき》に動《うご》くと苦しくなるのかしら?」
と心配そうに志保を見た。志保は
「そうみたいよ、私はいつもお父さんの傍《そば》に居る訳じゃないから、池田さん達に聞いてみたのよ。そしたらやはり時々『ご免《めん》、一寸《ちょっと》』と言ってそこらに腰掛けて一息ついているよう

よ。何だか少し変だわ。もし都合がつけば明日にでも、歌代姉《かよ》ちゃんに相談してもらえないかしら」と言うと、母は
「うんそうだね、早速あした歌代に聞いて来るわ」
と、気がかりな心情を顕《あらわ》にしていた。
そして翌日、静は病院に勤務している歌代の処に行き、父の様子を説明したのであった。歌代は初めて母静から父の事を相談され、ビックリして神山医師に相談した上で家に帰って来た。
その夜、歌代は父光男をはじめて診察した。五十代半《なか》ばの父の体はガッチリとして、とても不調のある様には思えない立派な体格だと思った。歌代はニッコリと笑みをうかべ
「お父さんの体は若いね、これでどこが悪いのかしら」
などと言いながら聴診器を当てたり血圧を測ったりして調べていたが、
「う～ん血圧が高いとも思えないし、脈も異常はないし、風邪でもないし、年齢から来るなんてことも考えにくいし、何だか良く解らない。至急先生に相談してみる」
と言うと、父は
「いや～娘に診察を受けるって何だか変な気分だな～ハハハ、くすぐったいような、はずかしいような気分だなあハハハ」

と嬉しそうであった。歌代は
「フフフフ、私もよ、何だかあがっちゃったわ、へへへ。今から病院へ帰れば未だ先生はいるから今日中に相談出来る。だから今日は一旦帰るね」

と照れ笑いをした。病院では内科の神山医師が歌代の帰りを待っていた。

心なしか不安気に帰って来た歌代は、自分の診《み》たてた父の様子《ようす》を詳しく神山に説明した処、神山は
「もしかしたら動脈瘤か脳血栓か、あるいは敗血症、さもなくば極めて細い血管が切れているか？　いやそれだったら重大なことになる。うーん……これはやはり岐阜の国立病院に行った方が良《よ》い。あそこなら設備が整っているし、信頼出来る蜂谷《はちや》先生もいる。もしかしたらまだ居るかも知れないから電話してみるよ」

と言って、歌代から聞いた容体を蜂谷に伝えた。電話を終えた神山は歌代に、

「豊島さん、蜂谷先生はすぐに連れてこれないか、と言っているがどうするかね。今からだともう列車はないので病院の車で行くしかない。徹夜になるがお父さんの容体《ようだい》が心配だ。ともかく今からお父さんの処へ行こう、そしてもう一度診察してそれから決めよう」

と言った。歌代は神山がこれ程、父の事を心配して親身になってくれる事に感謝して、

「ありがとうございます。宜しくお願いいたします」

と泣き声で礼を言った。

一方、豊島家では歌代が病院へ帰った後《あと》、光男は〝何だかこの頃体の調子が変だなあ、今日も一日何となく苦しかったなあ、まあそのうちに治まるだろう〟くらいの気持ちで寝床に就こうとしていた。

その時、〈バタン、バタン〉と車の扉の閉まる音がして歌代が、

「お母さん、神山先生が来て下さったの」

と言って入って来た。母静はビックリして
「まあーまあ、本来ならとっくにご自宅にお帰りになられる処、私共のために何とも申し訳ありません。それにいつも娘がお世話になりましてありがとうご座居ます。まあ、こんなむさ苦しい処ですがどうぞお上がり下さいまし」

と言って卓袱台《ちゃぶだい》の前に座布団を敷いた。

父光男は寝床から出て畳の上に正座し、平伏するように両手をつき母静と同じように挨拶をしたのであった。神山は
「これはご丁寧に恐縮です。実は歌代さんはどの様な事でも、いつも真剣に取り組んでくれるので大助かりをしているのです。お世話になっているのは私の方です。本日は歌代さんからお父さんの容体《ようだい》を聞き一寸気になったものですから、夜分に申し訳ないと思いましたが

お邪魔に上がりました。如何ですか、夕方から何か変化はありませんか？」
と問診《もんしん》のように聞くと、父光男は
「いや別に何も変化はありません。此処三週間ほど前から仕事中に一寸《ちょっと》息切れがしたり、身体《からだ》が硬《かた》くなっちゃうような気がしたりするのです。しかし少し休むとすぐ良くなるのですが、また過激な動きをするとまた同じような事になってしまう。そんな繰り返しが続いていたんです」と説明すると、神山は
「そうですか、一寸診《み》させて頂いてもよろしいですか」としずかに言った。父光男は
「ハイ、すみませんがよろしくお願い致します」と言って神山の指示に従った。
そして三十分程念入りに診察して、
「ウ～ン、歌代さん一寸ここに聴診器を当ててごらん」と言って歌代に聴診器を渡した。
歌代は指示された部位に聴診器を当て慎重に聴いて、〈ハッ！〉とした。〝あっこれは何だ？ さっき私が診た時は気が付かなかった。何と私は注意不足なんだろうか！ 本当にだめな看護婦だな！〟と自分を叱咤《しった》した。そして父に解らないように、しかも大した事じゃあないといった具合に小さな声で
「先生、これは」と神山を見た。神山は席を移動し歌代に、
「ウーン、心臓の動脈に何か異常がある。とにかく絶対安静を保《たも》ちながら検査をしなければ

ばならないが、ここではどうする事も出来ない。う〜ん、悪くすると心筋梗塞《しんきんこうそく》を誘発《ゆうはつ》する恐れもある。出来ればしずかにゆったりとした動作で、今から病院にお連れして至急レントゲンを撮《と》り要所を検査したい。その結果によって至急次の段階の事を考えたいと思うので、お母さんと妹さんと相談して下さい。私は緊急を要すると思う」
と声を潜《ひそ》めて言った。
歌代は母静と妹の志保に神山の考えを伝えた。母は意外な事に驚き、しばらく声を失っていたが、意を決するように
「志保、私はお願いしようと思うけど、あなたはどう? 進の意見も聞きたいけど、今夜は当直だから無理、だから三人で決めましょう。歌代はどう?」と言った。歌代は
「私は先生の考えに従いたいと思う。何しろどこが悪いのか、出来るだけ早く確かめる事が今一番必要と思うからよ。先生は冠状動脈《かんじょうどうみゃく》の急激な変化があると心筋梗塞《しんきんこうそく》を起こす恐れがあると思っているのよ。もしそうなってしまうと手遅れになる。その可能性があるので、危険だけど今、出来るだけしずかな動作で行けば大丈夫だと思う。車も六人乗りだから二人で支えて行けば安心よ。明日《あした》バスでなんて事になると心配だから、私は今夜の方がいいと思うわ」
と志保と母を見た。志保は戸惑いを隠せなかった。どう見ても父はいつもと全《まった》く変わらな

い。どこが、どんな風に悪いのか志保には理解出来ないでいたのである。
しかし姉の歌代と神山医師が今一番必要な行為として、専門の見解で出した結論に対して反対する訳にもいかず、ただ黙って成行きを見守っていた。
母静は志保の心をおしはかって
「志保、お父さんに聞いてみようね」と父の傍に行き、
「あなた、心臓付近に何か異常が感じられるそうよ。場所が場所だけに急いでレントゲンを撮り対策を考えたいと先生はおっしゃるので、今からだけど自動車に乗せてもらって病院へ行きましょうか？ どうしますか？」
と光男に了解を求めた。
父光男は、先程から皆の話を漏れ聞いていた事と自分が感じていた異常とが符合《ふごう》すると思っていたので、「うん、そうだよな」と言って傍に来ていた神山に
「私のために厄介な事になり申し訳ありません。この際先生に甘えてお世話になります。どうか宜しくお願い致します」
と両手をついた。神山は
「いや、厄介なんてとんでもない事です。そんな事は全くありませんので気を遣わないで下さい。まあ念には念を入れてと思ったものですから。実は歌代さんの話ですと、豊島さん

は此の時期は凄く忙《いそが》しいそうですね。明日も仕事に追われると診察する事が出来なくなってしまう恐れがあると言われたので、それでは一寸と思いまして無理なお願いをした訳です。すみません」と笑顔で父光男に言ったところ、父は
「ありがとうご座居ます。それでレントゲンを撮ればそれで帰れるのでしょうか。結果次第でしょうが入院という事もありますか？」と訊くと神山は
「その通りですね。撮って見て、本当は三日程入院して完全に調べた方が安心につながりますので、出来ればそうした方がいいですよね」
と応じたので、父も納得した様子で志保を見て、
「なあー志保、そういう訳で俺《わし》は三日程休むことになる。実は明日《あした》、成瀬さんの現場で朝八時に棟梁《とうりょう》に逢《あ》い、建具の納《おさ》まり方法などの打ち合わせをする事になっているんだが、俺《わし》の代《か》わりに行ってくれないか」と言った。志保は
「ハイ解りました、朝八時ね」と明るく応えたが、何か一抹《いちまつ》の不安を覚《おぼ》えたのであった。
やがて出発の仕度が出来た両親は、歌代と神山医師に守られるように車に乗り病院に向かった。
病院に到着した神山は、当直の医師や看護婦と打ち合わせをして早速レントゲンを撮った。病室は十五帖もある特別室であった。歌代は

「お父さん、もう十二時を過ぎてしまったけど眠くない？　私はこれから先生とレントゲンの結果を見てくるわ。お母さんも眠《ねむ》くない？　今日はもう大丈夫だからゆっくり眠るといいわ。でも何か用事があったらこのボタンを押してね」
と言って病室を出て行った。二人だけになった広い個室を見ながら父光男は、
「なあ～歌代も一人前になったなあー。おかげでこんな立派な個室に入れたし、特別に診てもらえたし、良かったなあ」
と嬉しそうにしずかに言った。静も
「本当にそうね。ありがたい事ね。後で皆さんに良くお礼をしなくてはね」
と笑顔で応じた。そして
「ねえ、歌代も言っていたけど今晩はこれで

終わりですね。だから寝た方がいいと思うわ。私もこちらで休ませて頂くから、おやすみなさい」

と言って眠りに就いた。

それから四時間程経《た》って外が明るく白み始めた時、光男は静に気づかれないようにソっと起き病室を出た。病室の引戸を開けたその時に、外気《がいき》がスーっと入るので母静は気が付き、〝どうしたのかしら〟と思い父を追った。そして「あなた」と小さく声をかけた。父は「アッ、起こしちゃったか、ご免。俺《わし》は一寸便所《ちょっとべんじょ》に行って来るだけだから大丈夫だよ」と言って便所に向かった。

静は病室の前で待っていたが、十分近く経《た》っても帰ってこないので心配になり様子《ようす》を見に行った。

すると便所の入口付近の壁に、光男は身をまかせるようにして辛《かろ》うじて立っていた。

静はビックリして走り寄り「あなた！」と声をかけた。光男は静の肩に手を置きニッコリとして「オー大丈夫だよ」と小さく掠《かす》れたような声で応えたが、妙に力がなくなっているように感じた。

身体《からだ》を支えようとしたらフラフラとよろめいたのでハッとして必死に抱《かか》えるようにして病室に戻りベッドに寝かそうとした時、光男は膝《ひざ》から崩《くず》れるように倒れた。

静は力の限りを尽くして起こそうとしたが力の抜けた男の身体《からだ》は重かった。静は止むを得ず歌代に言われていたボタンを押して助けを求めた。母静の必死の声に詰所《つめしょ》にいた歌代は「すぐ行きます」と応えて病室に走った。

神山医師も歌代からの連絡で病室に来て「アッ！　豊島さん！」と声をかけた。この時、母静は光男を必死になって抱えていた。

続いて病室に飛び込むように入って来た歌代も「アッ！　お父さん、お母さん！」と言って二人を抱き起《だお》こそうとした処、神山が「一人では無理」と言って、母から父を引き取るようにして二人で抱き上げてベッドに移したのであった。

父光男は暫《しばら》く意識が朦朧《もうろう》としていたが、やがてしずかな声で
「ありがとう、おかげで楽になった。全《まった》く俺《わし》はどうしちゃったのかなあ」

と言いながら、優《やさ》しく笑《え》みを浮かべてそっと妻静と娘の歌代に手を差しのべたのであった。

一方、自宅にいた志保は、父母と姉、そして神山を送ってから何となく不吉な胸騒ぎがあり、時が経《た》つ内《うち》にその不安が大きくなって治《おさ》まらなかった。

それは次兄《じけい》の文彦《ふみひこ》の時と同じようにはっきりせず、ただ悶々《もんもん》と悩《なや》んで一睡も出来なかったのだ。不吉な予感は朝方になって激しくなり、父から言われていた成瀬との打ち合わせを待っていられぬ気持ちになっていた。

志保は後先《あとさき》を考える余裕がなくなり、成瀬工務所に自転車で走ったのである。成瀬工務所の隣にある成瀬宅に朝五時頃着き、

「お早うございます！　朝早くすみません！」

と叫ぶように言うと、早起きの成瀬《なるせ》棟梁《とうりょう》が飛び出すように出て来てビックリした表情で、

「アレ！　志保君どうしたの、こんなに早く」と叫ぶように言った。

成瀬の問いに、志保は昨夜からの成行きを話した。成瀬は驚き
「そりゃ大変だ！　俺《わし》の方はいい、一刻も早く行ってやりなさい！」

と言ってくれたので志保は急いで病院に向かった。

その頃病院では、母静と姉歌代に父は手を差しのべて居た。二人はやさしくその手を取ると、父光男は独り言のように小さな声で
「進は当直か？　波江に逢いたいなあ、志保はいないよなあ―、親父もお袋も元気かなあ～、オッ、文彦来たのか～、静ありがとう」

と言って眠りについた。神山は急ぎ聴診器を胸に当てながら「歌代さん血圧を」と言った。歌代はそれがどう言う事かを知っているため顔色を変えた。そして
「先生、急速に下がり始めました」と言って泣き出した。

神山は必死になって手当てを尽くしたが、もう父光男は眠りから覚める事はなかった。

光男の病は心臓を抱くようにある三本の冠動脈《かんどうみゃく》の一つが不調である事に加え、胸の別の動脈瘤が破裂し、更に脳の細い血管が切れて血が固まっていることが判明した。

神山と歌代は蜂谷《はちや》博士が到着次第緊急手術を決行するつもりで全ての準備を整えていたが、しかし間に合わなかったのであった。

一方、志保は何事もないようにと祈りながら自転車を走らせ、やっとの思いで病院に着いた。早朝の病院はシーンと静まり返り、巨大な建物は一種独特な威厳を放っていた。

志保はその怖さの中に飛び込むように入《はい》り、夢中で病室を捜《さが》した。そして父のいる病室を見つけ引戸《ひきど》を開《あ》けた処、ベッドの父に取《と》り縋《すが》って泣いている姉の歌代と呆然と立ち竦《すく》む母の姿を見て、愕然《がくぜん》としてそのまま動けなくなってしまった。

遅れて昨夜歌代から伝言を聞いた進が真っ青な顔をして入室して来た。

進は何《なに》がなんだか全く解らない様子で、志保と同じように立ち竦《すく》んで一言も発する事が出来なかった。

志保は兄進の腕を力いっぱい掴み「なに！　これ嘘だよね！」と兄の顔を見た。

進は未《ま》だ現況を把握出来ずに居たが、それでも黙って志保を抱くようにして父の枕元にしずかに歩み出した。

志保は後退《あとずさ》りをして「嫌《いや》、嫌《いや》！　嫌《いや》!!」と悲痛な声をあげてその場にしゃがみ込んだ。

進は、歌代から聞いていたのは『父が検査のために入院したがなるべく早く来て下さい』という伝言《でんごん》だったので、強烈なショックを受けて未《ま》だ自分の意識を見失っていた。

母静は志保の悲痛な叫び声を聞き、ようやく我に返った。

そして傍《そば》でしゃがみ込んで恐怖《きょうふ》に慄《おのの》いている志保に「志保」と言って抱きしめ、声を殺《ころ》して泣いた。

暫くして進はやっと自我《じが》を取り戻して来た事もあって、母静と志保、そして父に取り縋って泣いている歌代にそれぞれ手を掛けながら父の傍に行き「お父さん！　僕だ！　進だ！　起きて！」と叫んだ。そして「クク……」と泣き、愛別《あいべつ》離苦《りく》の激しい苦しみを受けていた。

志保も耐えられない別れに直面し、やにわに父の胸に突っ伏して号泣した。

その時、「志保、志保」とやさしい父の声がした。志保は反射的に声のする方を見た。

父は微笑《ほほえ》みながらベッドに座り『志保、ありがとう。お前のおかげで俺《わし》も大石社長の処へ行ける、後《あと》の事は頼むぞ。それに俺《わし》は死んでいないんだよ。神仏《しんぶつ》から借りていた身体《からだ》を今お返ししただけなんだよ。これから俺《わし》の心《たましい》はいつもお前達と共に居るからな、だから泣かないでくれ。志保わかるかなあ、お父さんは光となったり、風になったりして、いつもお前達を守って行くからな……。』と言った。

志保はハッとすると同時にホッとして話しかけようとした時、座っていた父はいなくなり、穏やかな妙相《みょうそう》で永遠《とわ》の眠りに就いた父が静《しず》かに寝ていた。志保は「ああ、お父さん！」と言って、また深い悲しみに落ちてしまった。

進は事の成行きを受け止める覚悟が次第に固《かた》まりつつあった。その時、神山医師は「奥さん、進さん、志保さん、無念です。何と申し上げたらよいのか。豊島さんの病状は大変特異でありました。レントゲンでもお判りのように、冠動脈《かんどうみゃく》と胸の動脈瘤《りゅう》、そして脳出血が同時にしかも急速に進行し、蜂谷博士《はちやはかせ》をはじめ医師団の到着も間に合わず、結果として真に断腸《だんちょう》の思いを残す事になってしまいました。歌代さんがお父さまの命を守らんとして全力を尽くしました事はご承知の通りです。かけがえのない大切な方の命、況《ま》してやご自身の父の事、私達は皆さまのご心中を深くお察し申し上げます」と丁寧な言葉を向けた。母静と家族は、神山医師の言葉に対して深く黙礼をするのが精一杯だった。

そして婦長は歌代《かよ》に慰《なぐさ》めの言葉をそっと送ると共に父の遺体《いたい》を霊安室《れいあんしつ》に移す事を告げた。その後、霊安室で遺体は丁寧《ていねい》に処置を施され、病院の車で豊島家に移されたのであった。進は葬儀の手配と共に地区の役員に報告をした。役員達は役所、寺の届けをし、式次第は地域の伝統を重視しながらも、町当局の新しい方式も取り入れ茶毘《だび》にふされ、遺骨は後祀《あとまつ》

り祭壇に祀られたのであった。葬儀の時、光男の両親で志保の祖父母である利美夫とチカが遺体に取りすがるようにして

「光男ご免ね、お前には大変な苦労をさせてしまった。だからこんなに早く逝《い》く事になってしまったのね。これは全《すべ》て私達二人のせいなのよ。ご免ね」

とチカは繰り返し泣きじゃくったのである。祖父の利美夫は目を真っ赤にして身体を震わせていた。そしてチカは

「静さんご免なさい、許してとは言えないわ。永い間苦労させて申し訳ありません」

と止めどもなく溢れる涙をハンカチで

押さえながら謝るようにして言った。

　母静はチカの手を取り
「私達こそ親不孝ばかりしてすみません。光男さんもきっと先立《さきだ》つ不幸を詫《わ》びていると思います。どうか許して下さい」

と自分の悲しみを〈グッ！〉とこらえて優しく義母《はは》チカの言葉に応えたのであった。

　小さな借家での自宅葬儀《じたくそうぎ》であったが、父光男の人柄を偲《しの》ぶ人で参列者は多く、特に大石製作所の関係者は悲嘆《ひたん》にくれた。

　進は感謝し、いちいち丁寧に対応していたが、父の培《つち》かった人脈の多さに改めて感動したのであった。

　志保も父の偉大さを改めて知ると同時に今後どのようにしたら良いのか、誰を頼《たよ》れば良いのか、全く見当もつかない状態にあった。母は父の作った仏壇のとなりに設《もう》けられた後祀《あとまつ》り壇《だん》の前に座り、〝あなたは私の料理を一度も文句を言わずいつも美味しそうに食べてくれたわ。私はそれに甘えて栄養の釣合《つりあい》をあまり勉強しなかった。だから動脈瘤《どうみゃくりゅう》みたいな病気にかかってしまったのね。ご免なさい〟と悔いを残す言葉で話しかける事が多くなっていた。

　志保はそんな母を慰《なぐさ》めながら、二人で遺骨の前で毎日心の対話を交《か》わしたのであった。

父光男はそんな対話の中で『静、ありがとう。お前のおかげで立派に子供は成長した。これで間違いなく豊島家の再興は成ると思う。この善因《ぜんいん》は全《すべ》てお前が俺《わし》の妻になってくれたからだ。そして志保もお前を見習い素晴らしい娘に成長した。文彦は一足先に人間界の修行を終えて浄土に帰り、今は清らかな天子になっているんだ。俺《わし》は人間の身《み》を神仏に返したから姿は見えないと思うが、心はいつもお前と一緒だ。苦しい時があったら思《おも》いの丈《たけ》の全《すべ》てを話し掛けてくれよ。俺は必ず応えるからな』と静の心に届くように語ったのである。

そんな光男に嬉しい出来事が成瀬《なるせ》一法棟梁《いっぽうとうりょう》からもたらされたのであった。

それは光男の四十九日の法要の時であった。式日《しきじつ》は九月二十九日になり、納骨式も同時に厳修《ごんしゅう》することになった。

進は満中陰《まんちゅういん》の式《しき》は身内だけで執《と》り行う事にしようと母に相談した処、母静は

「それは大石製作所の皆さんはガッカリすると思うわ。お父さんは大石製作所あっての人だったからね。だからまず奥さんに相談してから決めた方がいいかも知れないわ」

と提案した。進はそれもそうだが、皆多忙だから時間を取らせてはいけないと思う判断で母にそう言ってみたのであった。

しかし母はやはり道理《どうり》を通す人であった。

進は素直《すなお》に従《したが》い、大石美千代に相談した。美千代は沈痛な面持《おもも》ちで

「本当に月日の経つのは早いものね。もう四十九日が来るのね。光男さんは大石製作所の

看板男よ。私達は皆でどんな事があっても満中陰の式には出席するわ。進さん、成瀬《なるせ》棟《とう》梁《りょう》にも必ず声をかけてね。昨日も棟梁《とうりょう》は、『豊島さんの四十九日の日取りは決まったのか』と言っていたわ。だから必ずね」

と念を押したのであった。進は

「エッ！　ご迷惑になりませんか？」と美千代の顔をのぞき込むと、美千代は

「なにを言ってんのよ。志保ちゃんにも良く聞いてみなさい。成瀬棟梁と光男さんは盟友《めいゆう》なのよ。もし棟梁に声をかけないと棟梁は強いショックを受けるわよ。だから必ず声をかけて下さいね」

と言われたので、進は成瀬工務所の事務所に趣《おもむ》き

「此の度は大変お世話になり誠にありがとう存じました。実は九月二十九日に父の四十九日法要を予定しているのですが、成瀬さんはご多忙でしょうね」

と言うと、成瀬は「そうか、俺《わし》はその言葉を待っていたんだよ」と真顔で応えたのであった。

進はここでも父の大きさを悟《さと》ったのである。そして、母静、美千代夫人、成瀬棟梁に相談して良かったと心の底から思ったのであった。

九月二十九日は豊島家の菩提寺《ぼだいじ》である高台院《こうだいいん》客殿《きゃくでん》で厳修《ごんしゅう》する事になっていた。

客殿には質素《しっそ》な祭壇《さいだん》が設《もう》けられ、父光男の遺《い》骨《こつ》と遺影《いえい》、そして位牌《いはい》がそこに安置され、香華《こうげ》灯燭《とうしょく》と珍種《ちんしゅ》が供えられていた。

成瀬は住職に儀式の直前、祭壇の前で故人との対話をさせてくれるように願い出て、これを承諾《しょうだく》してもらっていたのであった。

成瀬は光男の霊前に大きな筒を用意して来た。その筒の太さは直径五寸で長さは四尺くらいの図面入れであった。

「皆さん、神聖な儀式の前に私と豊島さんとの約束事をご霊前に報告したく思いまして、誠に僭越ながらこの場をお借り致しました。何卒ご容赦のほどお願い致します。儀式が始まりますと時間が無くなりますので、ご住職さまにお願いしてこの時間を頂きました。さて秋山さん、山根さん、池田さん、志保さん、恐れ入りますが私の側に来て下さい」

と四人を招いて合掌し

「豊島さん、〈あっ！〉と言う間に本日貴殿の四十九日を迎えてしまった。大石社長の葬送《そうそう》の時、貴殿に内示した池元義満《いけもとよしみつ》さま邸の五ツ間続きの仕切りを襖《ふすま》にするか、春慶塗《しゅんけいぬり》の特殊な障子にするかに時間がかかり、やっと一ヶ月程前に無地の襖《ふすま》に決まったんだよ。そして、その襖に後日、緒方宗久《おがたそうきゅう》画伯に絵を描《か》いて頂く事になったんだ。その他に流し台、食器戸棚や食堂セット、更に応接椅子セットや飾り棚や書棚、そしてさまざまな収納家具など、そして貴殿が設計した仏壇を、本日この日、貴殿の霊前でここに座ってもらった四人に、この大仕事を発注したく思ったんだ」

と言って筒から青写真を取り出し、父光男に向けて広げて、「図面はこの通りだ」と言った時、次の言葉に詰まり一呼《ひと》吸して

「豊島さん、どうぞ万端《ばんたん》ご指導の程よろしく頼みます」と述べたのであった。

霊前に集《つど》っている人達は、成瀬の後ろ姿を見て、盟友として生前の約束を果たす堂々とした中に深い友情がこもった優しい心遣いと万感の思いが伝わり、一同はこの上ない感動を覚えたのであった。

成瀬はしずかに霊前に背を向け一同に対して両手をつき、黙って深々と礼を尽くした。

成瀬の側に招かれて座っていた四人と大石製作所の一同は飛《と》び退《すさ》るようにして両手をついた。この時、大石美千代は皆を代表するかのように
「有難うご座居ます。豊島さんにとってこんなに素晴らしいご供養はないと存じます。私共一同と致しましても、こんなに光栄な事はございません。大石製作所一同も豊島さんの加護を受けながら、全身全霊をかけてお受けさせて頂きます。どうかこちらこそ、ご指導下さいますよう宜しくお願い申し上げます」
と一同と共に平伏したのであった。
そして、荘厳《おごそか》な法要が進み納骨の段に入り、父光男の遺骨は豊島家歴代の元に納められた。位牌も開眼法要が尽くされ、父の創作した仏壇に霊牌《れいひ》として安置され、全ての儀式が終了したのであった。

（十二）

父光男が突然他界した大石製作所は正に青天《せいてん》の霹靂《へきれき》であった。

社員の総数は十九人になっていた。機械の音や木槌《きづち》の音も何となく虚《むな》しく活気を失《な》くして

いた。
志保は〝父光男のように統括する人がいないと全員が纏《まと》まらなくなってしまう。そうなると仕事に対する気概《きがい》を失《な》くしてしまう。悪くすると辞《や》めていく人も出て来るかも知れない。せっかくここまで培《つちか》って来た和気藹々《わきあいあい》の社風が崩壊《ほうかい》してしまう恐れもある。それに長い間利用して下さっている得意先も失ってしまうかも知れない。そうなったら大変だ〟と日々危機感を募《つの》らせていた。誰か牽引者《けんいんしゃ》になってもらわなければと思っていたが、自分から提起《ていき》する事は出来なかったのであった。池田も志保と同じ考えを持っていたので、秋山と山根に
「豊島さんが亡くなってから早いもので、もう二ヶ月が経ってしまった。社長が亡くなってその後の実質的責任者は豊島さんだったよね。彼《かれ》は営業はもとより仕事の段取《だんど》りや仕入れなどを何の支障もなく社長と同じように運営を果《は》たして来たけど、これからはどうなんだろうか？　誰が豊島さんの役をやるのかね～、お二人《ふたり》はどう思うかね～」
と志保の思っている問題を持ち出した。秋山は
「ほんとだよなあ～、いやあ困った問題だよな。お盆を区切りに何かその辺の処が燻《くすぶ》っているためか、何となく材木屋とかその他の仕入先がめっきり来なくなった気がする。俺《おれ》はそう思うが山根さんはどう思うか？」
と山根に矛先《ほこさき》を向けた。

「全くだよな、考えてみれば最後の受注は豊島さんの四十九日の時にもらった成瀬さんとこの分だけだよな。このままじゃまずいんじゃないか？　池田さん、あんたは豊島さんの相棒をしていたんだから、何でも知っている訳だよなあ。だからあんたなら統括的な事が出来るんじゃないか？　どうだ！」
と今度は池田に向けた。池田は大きく両手で遮《さえぎ》るようにふって
「冗談はやめて！　私はいつも人の後ろに付いて行く人間だから絶対無理、アハハハ」
と笑い飛ばして逃げたのであった。秋山は
「そうかあ、池田さんの年頃《としごろ》からいうと丁度《ちょうど》いいんだがな、俺や山根さんのように七十を越えるとなあ、身体も根性《こんじょう》というか気力も衰《おとろ》えてしまって、言いたくないがもう先が見えて来たよ。そんな訳で本当の事を言えば一日も早く引退したいんだよ。でもよー俺ら職人はさあー、若い頃から取ったか見たかの生活でなあ、老後の事なんかはあまり考えなかったよ。だからよ貯《たくわ》えなんてもんは無《な》いに等《ひと》しいもんだ。自業自得《じごうじとく》ってもんよ。だもんで、こんなボロボロの爺《じい》さんになっても仕事を辞《や》める訳にはいかないんだよ。仕方なくやっている年寄りに船頭役は無理な事だ。それでも緊急事態で取《と》り敢《あ》えず臨時的にという事でやったら、他人は『大石製作所は人材がいない！　もう終わりだなあ』と噂《うわさ》が広がり信用はたちまちガタ落ちになると思うよ。

信用を得るのは大変な年月《ねんげつ》がかかるけど、失うのはアッと言う間だ。挽回《ばんかい》するのは容易な事じゃあないんだよ。それにしても豊島さんは凄かったなあ。志保ちゃんが三歳の誕生日の時、彼は土手下に落ち怪我をした。そのため約三ヶ月近くその怪我の治療をした。その時、社長の勧めで経営学の勉強をする事になったんだよ。社長も毎日のように経営学の本を買い込んで豊島さんに与えたそうだ。彼は社長の期待に応えてどんどん吸収した。その結果、戦争中のドン底にあっても俺《おれ》らの仕事を確保してくれたんだよ。そればかりか大石製作所の土台をしっかり守ってくれたんだ。こんな事は誰にでも出来る事じゃあない。豊島さんだからこそ出来たんだ。本当に大した人だったなあ。そこでよ、よくよく考えて見るとさー、その豊島さんが全《すべ》てを教えていた一番信頼出来る弟子が志保ちゃん、あんたなんだよ。だから志保ちゃんがお父さんと同じように、ここの責任者としてやったらどうだ。皆《みんな》賛成すると思うよ。なあどう思う」

と皆に声をかけたのであった。

一同は〈ホッ！〉として明るくなり《そうだ！　そうだ、いやそのとおりです。豊島志保統括部長として是非よろしくお願いします！》と拍手した。志保は池田、秋山、山根の話を黙って訊いていたが、思わぬ展開に驚いて一歩退《しりぞ》いていた。その時、厨房でこの話を聞いていた美千代は〝〈灯台下暗《とうだいもとくら》し〉とはこの事か。大石が我が子のように可愛《かわい》がっていた娘《こ》に、そうした才能が秘められていたとは全く気付かなかった〟と、秋山の話を聞いて正に〈目から鱗《うろこ》が落ちる〉の例えのように先が見えたと思い、手をたたきながら
「志保ちゃん！　みなさんのおっしゃるように膠着状態《こうちゃくじょうたい》にある大石製作所を引っ張って下さい。元次郎も復員後、欄間造りに強い意欲をもって修行しているわ。もしここで大石製作所が駄目になったら、元次郎も甲斐をなくしてしまう。だから志保ちゃん助けて！　お願いします！」
と両手で志保の手を握り、嘆願《たんがん》するように志保を見つめたのであった。
美千代の願いは万感《ばんかん》の思いがこもっている。志保は困った事になったと思った。そして頭の中に大石社長と父の姿が浮かび、二人の凄さを改めて感じたのであった。志保は見るともなしに一人ひとりの顔を見た。皆も志保を真剣な眼差しで見ている。志保は
「こんなお話になるとは思いもしなかったわ。私はまだ世間知らずで、あらゆる点で経験不足の未熟者です。社長さんや父の仕事を受け継いで行く事は、全く無謀《むぼう》に等《ひと》しい事と私は思っています。私は何の取《と》り柄《え》もない平凡な女ですが、大石製作所を大切に思う事は皆さんと同じです。その大石製作所は今二人の指導者を亡くした大変な時です。奥さんを始め皆さんが懸念《けねん》に思われている事は良く解ります。今日《きょう》は池田さんの提起《ていき》によって私達全員が不安

に思っている大きな問題に少しですが触《ふ》れる事が出来ました。この事は前に進む体制作りに良い切《き》っ掛《か》けになる素晴らしい事と思います。そこで支離滅裂《しりめつれつ》になっちゃうけど、今思った事を聞いてください。父は元次郎さんが復員なさった時、それはそれは、言葉に言い尽くせないくらいの嬉しさで、家に帰ってからもその心の悦《よろこ》びを語っていました。『静、今日は素晴らしい報告があるぞ！　実はなあ、元次郎君が復員したんだ』と告げた時、母は父よりも大きな声で『え!!　本当に⁉　ワーッ良かったわね！　バンザーイ！　良かった！　奥さんがどんなに嬉しかった事か見なくても解る』と言って飛《と》び跳《は》ねていたわ。父は『ウハハハ本当によかった。こんな目出たい事はない』とその日は母と手を取り合って喜んでいました。そして次の日も帰ってくるなり『元次郎君は彫刻に興味を持っているようだったから、橋田《はしだ》さんの処へ連れていったんだ。そしたら二人共初対面とは思えぬ程意気投合してさあー。結局、元次郎君は橋田さんに弟子入りすることになったんだよ。これは素晴らしい事だ、なぜなら大石製作所は欄間や建具、そしてあらゆる家具を製作する工場だ。木材の選定はもとより細部に渡りその工程や仕事の段取り、そして研《と》ぎ澄《す》まさなければならない感性を育《そだ》て磨《みが》くために、鉋《かんな》やノミ、鋸《のこぎり》などが使えた方が、より物を知る事が出来る。そのために彫刻は元次郎君にとって最適な仕事だと思う。だが、彫刻で名人にならなくても良《い》いんだよ。その理《ことわり》は今後大石製作所は大きく飛躍《ひやく》する時が必ず来る。その時のために多くの人を育てる大役があるからだ。物を作る法則や工程を知る事が経営者としての近道だ。後《あと》は人脈作りをしながら経営学を学べばよいと俺《わし》は思う。彼なら出来る。いい面構《つらがま》えをしているし、感性もいい、頭の良い処は親ゆずりだ。これで大石製作所の基盤は安泰《あんたい》だ！』と言っていました。生意気《なまいき》な物言《ものい》いで嫌《きら》われるかも知れないけど、私は組織作りはなによりも大切な事だと思います。ですが、本格的にする時期は後日必ず来ると思います。そこで、浅《あさ》はかな私の提案だけど、今は取り敢《あ》えず世間に示す体制として、奥さんが社長になり会社の中心になっていただき、そして私達は父が行《おこな》って来た事を継承《けいしょう》して発注や受注をする、と言うのはどうかしら。社長や父が造り上げた仕組みを守る。そしてそれを元次郎さんに覚えていただき三代目社長に迎える準備をする訳ですが、それまでの大役は奥さんしかいないと私は思います」

と志保は理路整然《りろせいぜん》と説明した。すると秋山は

「なるほど、じゃあ、奥さんが社長として中心になれば、志保ちゃんは統括部長になってくれると言う事かね。そりゃあいい考えだ！　俺《わし》は大賛成だ」

と言った。志保はビックリして

「秋山さん、それは一寸違うのよ。奥さんが頂点で中心になるのはその通りなんだけど、私が統括部長なんて言うのはとんでもない事よ。お父さんの行《おこな》って来た仕事は、得意先の

管理、仕入先の管理、受注及び発注の管理、工務店の各工事現場の進み方に合わせて仕事の内容を変えざるを得ない時などの変更管理、納品の管理、入金の予定や支払いの管理。そうした確実な管理運営が信用を生み、尚且《なおか》つ良質な内容の仕事につながり、その上に於いて深い安心感につながると思うのです。私は社長さんやお父さんの毎日の行動を見ていて気付いた点は、まず自己管理から始まる事ではないか、と思ったわ。その上で営業、業務など全ての事柄を管理する。その積み上げが確実性を生み、大きな実績となってみんなに信頼されるのかも。しかしその第一となる自己管理は難しい。余程意識しなければ出来ない事と私は思ったわ。だから私には無理！　つまり統括部長という役職は到底私には出来ないという事です。でも父に教えてもらった事に対しては、全身全霊を掛けて精一杯頑張るわ。だから肩書きなしで今まで通りよろしくお願いします」

とペコリとお辞儀をしたのであった。傍に居た美千代はビックリした表情で

「志保ちゃん、私はもうご覧の通りの大年寄《おおとしよ》りよ。しかもこの歳になるまで仕事の事は夫に頼り、夫が他界した後も光男さんを始め皆さんに頼って来たのが私の人生なのよ。本当に情けない程何も知らない私なの。第一お得意さまが私のこと知ってるかしら。仕入先の人も同じよ、だから品物の名前も材料の名前も知らない私は使い物にならないわ。そんな私が皆さんの中心になるなんてとても考えられないわ。だから志保ちゃん、あなたがやって！

ね！　お願い！」

と言って、また志保の手を強く握ったのであった。志保は美千代の真剣な眼差しに笑顔で
「大丈夫ですよ、奥さんは私達みんなの心の支えです。大石製作所で最も大切な人です。ですので、絶対に無理をしないようにみんなで良い方法を考えて、一歩一歩確実に進んで行きましょう」

と優しく応じたが、池田の提起した問題に少しふれただけで何一つ進んでいなかったのである。

秋山、山根、池田の職人を始め社員達は、責任者を亡くした会社に対する思いと身近に迫る不安感、そして不安と少し異なる寂しさと焦りみたいなものを感じていた。

それだけに少しではあるが今日の話し合いの意義は大きかった。

現在受けている大きな注文は成瀬工務所の池元邸の分だけで、新規の注文はパッタリと止まっている状態である。ともかく製造業で仕事がなくなると職人達の不安はつのる。手間受けの職人の場合、日当が稼げなくなってしまうからだ。

そうなっては大変な事になる。成瀬工務所の納期はまだまだ先の事だ。小さくてもすぐに納品出来る仕事が切れたらどうしようか、と志保は焦っていたのであった。そして志保は
「受注が少なくなって来たわ、これ以上受注がないと遊ぶ事になるわ。だから議論は後回《あとまわ》

しにして行動あるのみよ」
と結論を出したのであった。
志保は事務所を出て外交に出る事にした。手始めに成瀬棟梁《なるせとうりょう》の作業場を訪問した処、成瀬工務所は活気に溢《あふ》れていた。棟梁は
「今忙しいのは急速なインフレによる需要で商売としては難しいぞ。うっかりしていると大損するよ」
と言った。確かに戦後の建築需要が凄まじいこと、あらゆる物が不足している上に、新円《しんえん》の切り替えによる超インフレのことは志保も知っていた。志保は
「そうなんですか、それは困った悩みですね。しかし私は今一つその辺が良く解らないんです」
と困った顔をしたのである。成瀬は
「ハハハそうか、志保君も知っている通り、今はあらゆる物価が凄い勢いで高騰《こうとう》している。例えば十円で仕入れた物が一ヶ月後には一・五倍から二倍になるという具合だ。手があれば別だが、俺《わし》のとこではそうなると一度に何軒も請け負えない。半年、一年先または二年先の仕事を今の材料価格で請け負った場合、どれだけ損をするか解らないという訳だ。注文が殺到して実力以上に請け負うと、とんでもない事になる。だから受注の時、全ての材料分

を確実に把握して、追加分は別途にしなければならないんだよ。そして受注の先取《さきど》りは絶対にしないことが大切なことだ。止むを得ず先取り受注をする場合は、十倍くらい高く見積って丁度良いかも知れない。だから俺《わし》の処は絶対に先取り請負《うけおい》はしない事にしているんだよ。そんな訳で、先取り請負をすると手間賃《てまちん》どころか金を付けて働く事になってしまうんだよ。しかし戦後の復興に伴う需要で建築も家具も衣料も何もかも大忙しだ。仕事はやたらと多いよ。だが原価が騰《あが》るので商売としては冷や冷やもんだよ。だから志保君、建具や家具の注文が来ても、よくよく値上がり分を含んで原価計算をしないと駄目だよ。仕事をしながら倒産してしまうからね。それにしても大変な時に二人共いなくなって困ったなあ。でも大石さんの仕事は抜群だから安心だ。志保君、これからは君達の時代だ。職人の仕事を良く見ておくことが大事だぞ。もう戦争はないと見て良いだろう。そうなると、社会の流れは今までとは大幅に異《こと》なる次元に変わって行く。プロペラの無い、とてつもない大きな飛行機がとんでもない速度で日本中の空を飛ぶそうだ。そんな凄い大変な時代になると言っている。ほかにも今まで考えた事もない文化文明が到来して、我々の建築業界も洋式化されて行くそうだ。大石社長や豊島さんの代わりにはならないが、もし解らない事があったら、まずは相談してくれ。互いに勉強してこの難局を乗り越えて行こうよ」

と諭すように教えてくれた。志保は胸がジーンと熱くなるような嬉しさを感じた。

成瀬棟梁は、父の四十九日法要に霊前で池元義満邸《いけもとよしみってい》の建具、家具などの備品を発注してくれた人だ。

あの時の凛《りん》とした威厳《いげん》の中に父を偲《しの》ぶやさしい心、そして生前の約束を果たすという律儀《りちぎ》さに、志保は父の言葉を思い出した。

〝真《まこと》の大人《おとな》は、どんな幼い子供とでも真剣に相手をするものだ。決して幼児扱いしない、その代表的な人が成瀬棟梁だ。俺《わし》にとってあの人は一生の師だ、そして友だ。〟と言った意味が今はっきり解ったのであった。

志保は心に悦《よろこ》びを感じて、今までグズグズと考えていた自分がいかに未熟であったかが解り、恥ずかしい気持ちが〈フッ！〉と芽生えたのであった。

「どうもいろいろ有難うご座居ました。おかげさまで大変勉強になりました。今後共父と同様よろしくお願い致します」

と礼を述べて帰ろうとすると、成瀬は小さな声で
「今はどこの工務店も忙《いそが》しいが、思うように利益にならない。だから意外と金廻《かねまわ》りが悪いぞ。充分に気を付けるんだよ」

と父のように真顔になって忠告してくれたのであった。志保はその夜、母に成瀬の話をした処、母は

「本当にそうだね、物凄い勢いで世の中は変化しているのよね。食べる物も、着る物も、タドンや炭などあらゆる物が戦争が終わってから三倍にも五倍にもなっているわね。全く成瀬さんの言う通りだわ。あなたも仕入れの時、充分に研究しないとね」

と成瀬と同じように言ったのである。

それから志保の動きが変わった。夜は父が遺した経営学の本をむさぼるように読んだ。昼間は父と同じ行動をとって、内勤《ないきん》・外交《がいこう》と走り廻った。

策略的な事は苦手なので実学的で確実に実行出来る事にかけた。

その仕事は新規開拓と既存の得意先に対する充実である。

志保の移動手段は専《もっぱ》ら自転車であった。

片道二時間の範囲内を重点的な得意先区域とし、月に二回程訪問出来るようにして、仕事に対する熱意と責任、支払条件、注文の管理など約束をキチッと守っている確かな工務店を選出する事に全力をかける事を目標とした。

大石製作所の作品には材質管理、デザイン管理、技法にもこだわりがあった。

故に個性を重んじる、内容のしっかりした工務店に対しては自信があったからだ。

そうした工務店捜しはまず下小屋《したごや》の下調《したしら》べに重点を置いた。

下小屋は家を建てる際に、木材の木取りや段取り、そして仮組《かりぐ》みなどを行う重要な仕事場

である。
それ故《ゆえ》に下小屋がキチンと整理整頓《せいりせいとん》が行き届いていない処は避《さ》けるようにした。
建築現場を見る時もそう心掛けたのであった。従って志保は毎日数多くの工務店の下調べをするようになってしまったのであった。
訪問する事になって志保が名刺を出すと、初対面の人でも
「オー大石さんか、話は聞いているよ、社長が死んで間もなく子飼の番頭も亡くなったそうだな。後継者がいないという事も聞いていたよ。だから多分廃業《はいぎょう》するんじゃないかという噂《うわさ》だが、こうして営業に来るとこを見ると辞める訳でもないようだな。そうか、で後継《あとつ》ぎはいるのか？」と問われると、志保は
「ええ！　立派なご子息さんが居ます」と応

じた。すると、

「ヘエ～初耳だな、どこで修業していたの」に対して、志保は
「ハイ、今修業中です」と応える。すると
「なんだ、まだ一人前じゃないのか、まあそのうち社長になる訳か、そりゃ前途多難だな。まあ縁があったらまたな」と言って断られたり、あるいは
「女の子が営業か、大変だな。あんた、建具や家具を創《つく》れるのか」と聞かれた時には、

「いえ設計は出来ますが創る事はできません。しかし法則や納《おさ》まり、そしてデザインに対しては御社のオリジナルをご提供する事ができます」と応じると、

「ヘエーそりゃあんたが考えるのか。物を作る修業をしていない者が絵空事を描《えが》いても、そりゃ難しいや、注文しても不安だな。俺らの仕事は絶対に失敗は許されない一発勝負なんだよ。何回も作り替えしたりしていたら潰れちゃうからな。女の子の遊びに付き合っていられないよ」

と、心ない屈辱的な言葉を投げ付けられる時もあった。しかし志保は挫《くじ》けなかった。

むしろ〝負けてたまるか!!〟という気持ちが高まり、力が沸《わ》いたのであった。

〈キチッ!〉とした、ここぞと思う工務店や建設会社には根気よく通《かよ》ったのである。

そして《では試《ため》しに》と取り引きを始めてくれる工務店が一軒、二軒と増え、一年で五社

の工務店が新しい得意先になった。

材料及びデザインや構造、価格、納期並びに納品方法など細かく取り決めて納品を済ませると、どの工務店も《素晴らしい仕事だ！　これなら安心だ！　では次はこれを頼む》と言って次々と仕事が増えて来たのであった。

こうした外交活動の傍《かたわ》ら志保は、先進国と言われる国々のインテリア、ファッション、食品、通信産業や流通などの専門書を買いあさり猛勉強をし、知識を深めたのである。

また他方《たほう》で寺院用の荘厳具《そうごんぐ》（仏具）の研究に力を注ぎ、岐阜の有名寺院に足を運び、寺院の有り様も知るようになった。

こうした活動は留《とど》まる事がなかったので、学友らと遊ぶ暇《ひま》などは全くなかった。友達が次々と結婚して行く姿を見ても、志保は仕事に意欲《いよく》を燃《も》やしたのであった。

そんなある時、名古屋の機械メーカーに行った帰り道、書店を覗《のぞ》き〝何か参考になるものはないかなあ～〟と物色していた処、アメリカのインテリア誌に、伊勢志摩《いせしま》の真珠貝《しんじゅがい》を採《と》る海女《あま》の写真が掲載されていた。志保はその雑誌を何となしに立ち読みしていると、その真珠貝を買い取り選別しアメリカに輸出しているジョージ・スペクターと言う人が住宅関連機器の貿易も兼ねている事を知ったのである。

東京の芝に事務所があることも記《しる》されていたので、志保は早速手紙を出し、資料を送ってもらった。

内容は最新型のバス、トイレ機器及び浄化槽などで、見た事もない品ばかりであった。

特にトイレの浄化に関する詳細な事柄も記《しる》されていたので、志保は礼状を書いて、今後の取り引きに関する事も記《しる》して置いたのであった。スペクターとの文通が始まったのはこの頃であった。

またその一方で、志保は井戸水に大変興味を持っていた。

産湯《うぶゆ》に使ったのも自宅の井戸水であったし、幼い頃からずっと今もその井戸水を大変美味《おい》しく飲んでいる。

ところが岐阜の町中《まちなか》や名古屋の水を飲んでみると、その円《まろ》やかさや味に大きな差があるのに気が付いて、いつも〝何が原因なのか？〟と思っていたのであった。

そのため湧き水や川の水源などを調べていたのである。

こうして志保は将来を見越して孤軍奮闘、知識を深め、大石製作所の基盤を固めて行く準備をしていたのであった。

（十二）

志保は大石製作所の実質的なリーダーになりつつある自分に気が付かなかった。

注文を受けに現場に走ったり、仕上がった製品を配達工と共に届けに行き、取り付けの手伝いをしたり、家具や建具などの設計をしたりして誰からも拘束されない自由な身であった。

そんな志保に思いもよらぬ、厳しい試練が牙《きば》を剥《む》いて待ち構えているとは知る由もなかった。成瀬棟梁が父光男の満中陰の時、霊前に於《お》いて池元邸《いけもとてい》の建具や欄間、収納家具や台所用品などを注文してくれた仕事が、いよいよ完成直前になり最終取付けを控えた昭和二十四年十二月初旬に大きな異変が起きたのであった。

成瀬棟梁が率《ひき》いる全《すべ》ての下職達《したしょくたち》が苦労に苦労を重ねて創作した百五十坪の母屋《おもや》が、九分九厘仕上がった現場で原因不明のとんでもない一大事が勃発《ぼっぱつ》したのである。

引き渡し寸前の出来事だった。昼過ぎより強い木枯らしが吹き始めた夕方六時頃であった。現場の片付けも終わり皆ボツボツ帰ろうかと思っていた時であった。縁の下あたりから

〈ギャア〉と言う猫の叫び声と共に煙の匂いがしてきたので、監督の中本が
「オイ、皆聞いたか今の声、それに何だこの臭《にお》いは?」
と訝《いぶか》り、工事用電気で照らして見ると、縁の下は煙で何も見通せない状態だった。中本は
ビックリして縁の下に入り込んだ。すると奥の方にチラチラと火の手があがり始めていた。
中本は無我夢中で消火に当たったが意外に火の勢いは強かったので、外に向かって大声で
「水だ!　水を持って来い!!」
と叫んだ。
最後の片付けに三人の雑役工と大工見習いが残っていた。
皆大慌《おおあわ》てでバケツに水をくみ、縁の下に飛び込んだ。この建物は一般の住宅とは異なり縁の下の高さが三尺八寸もあったので、人が中腰になって歩く事が出来る。中本が
「何でこんな処に鉋屑《かんなくず》があるんだ!　お前らキチンと掃除したと言っていた場所じゃないのか!　何をやっていたんだ!」
と怒鳴りつけた。
「おかしいな、確かに掃除しましたよ!　変だなあ」
と見習工の三人は不思議に思いながら火を消し止めた。そして外へ出ると今度は、裏の方でパチパチと木の燃える音がした。

五人は《何だ！　何だ！》と慌てて裏へ廻った。その途端五人は〈サッ〉と一斉に血の気が引いた。真っ赤な炎が壁伝いに庇《ひさし》に向かって燃え上がっていたのである。

引き渡し準備のため、必要のないものは全て綺麗《きれい》に片付け、塵《ごみ》は麻袋《あさぶくろ》に入れて北側に当たる建物の裏に置いていた。

その麻袋が強い北風で倒れ、中の屑《くず》が外にもれ出してしまったのだ。

そこに近くにあったドラム缶ストーブの火が、何らかの原因で屑《くず》に燃え移り、風で建物の北側に吹き溜まってしまった。

そこへ更に屑《くず》が吹《ふ》きよせられ一気に火が大きくなったのである。

中本は咄嗟《とっさ》にこれはもう手遅れだ！　手作《てさ》業《ぎょう》での消火は無理と思った。

しかし近くにドラム缶三本に水が溜《た》めてあったので、その水を使い必死に消火に努めた。水をかけた瞬間は火は消えたようになるが、そこに強い風が吹くとたちまち蘇《よみがえ》るように〈パッ！〉と火が着いてしまい手の付けられない状態になってしまった。中本は四人に「もう水では駄目だ！　服に火が燃え移らないようにして、火の着いた羽目板をはがせ！壊すんだ！」と命じ、五人がかりで梯子《はしご》を使い

「いいか！　火が廻らないようにするんだぞ！　家の中には絶対に火を入れるなよ！」と大声で叫んだ。その一方で水をかける、そして壊す作業を必死で行《おこな》った。

誰が知らせたのか？　消防自動車が来た時は未だ燻《くすぶ》り続け、時々〈パッ！〉と炎が見えていた。消防の消火活動が始まり、火は完全に鎮火したが、見るも無惨な状態になってしまった。知らせを聞いて駆け付けた成瀬は一瞬呆然と立ち竦んでしまったが、直ぐに中本と他の四人を集め「怪我はないか！」と訊いた。中本は「ハイ！　大丈夫です！」と応えた。成瀬は

「そうか、それは不幸中の幸いだ。中本、お前はこれから皆《みんな》でこの有《あ》り様《さま》を徹底的に調べておけ！　カメラは持って来ているのか」

と言うと、中本は「ハイ、フィルムも余分に持って来ています」と応えた。成瀬は

「そうか、写真と合わせてどんな細《こま》かい事でも記録しておけ」

と命じた。建主の一族も駆け付け、現場の有り様《ありさま》を見て怒り心頭に発し、遣り場《やりば》のない憤慨《ふんがい》を持て余《あま》し成瀬を睨《にら》んでいた。

志保の処にも知らせが飛《と》んで来た。夜業《よなべ》をしていた一同は驚き、只皆呆然《ただみなぼうぜん》としていた。志保はビックリして慌《あわ》てて現場に駆けつけると、成瀬達が念入りに火元と思われる処を調べていた。志保は

「棟梁大丈夫ですか、お怪我はありませんか！」

と大声で言った。成瀬は

「オー志保君か、大丈夫だよ、中を調べてくれ！」

と言ったので「ハイ！　解りました」と消防の放水によって壊れたところや水で駄目になった処をチェックした。

志保は、新築現場がこんなにも無惨な姿になってしまうのか、職人達が持っている技術の全《すべ》てをかけて二年近くも打ち込んで来た、その姿が次々と頭に浮かび、皆の無念は計り知れない事と思い巡《めぐ》らせていた。

その時、成瀬が「志保君やー」とやさしく言って暫く沈黙した。

志保はその無言の時間がとてつもなく長く感じられたが、じっと耐えるようにして考えている成瀬を見て、声をかける事が出来なかった。それは一分くらいだったのか、或いは十分

くらいだったのか。どこにも鉾先《ほこさき》を向ける事が出来ない無念さを秘めた時間であろうか、痛切《つうせつ》に感じられたのであった。

やがて成瀬は独《ひと》り言《ごと》のように小さな声で〝全《すべ》てやり直《なお》しかなあ〟と呟《つぶや》いた。耐え難い複雑な心境になった成瀬が純な志保に見せた大人《おとな》の洞察《どうさつ》の一片《いっぺん》であった。志保自身は〝これからどうなるんだろうか？　修理するんだろうか？　まさか建て直すなんて事もあるんだろうか？〟と思うばかりであった。

翌日早朝から警察と消防の調べがあったが、原因が特定出来ず、成瀬達に現場を返すまでには長い期間を要する。そんな様相《ようそう》を予感させた。

中本と他の四人、そして現場に居た建主側の番頭、新井敬太《あらいけいた》は連日警察と消防によって事情聴取されたのであった。

その取り調べの中から出て来た事実は、新井があまりの寒さにドラム缶の下の方に風穴を作り、不用になった木片や鉋屑《かんなくず》などを燃やして職人達に暖を取らせていた事が判明した事だ。更に野良猫が全身の毛を燃やし死んでいたのも、このドラム缶の火に何らかの関連があるとする疑惑が持たれている。

その猫は建築現場近くを中心にして池元宅にも出入りしていた。

こうして次々と判明して来た諸事実に建主側も複雑な思いであった。成瀬は建主の池元に

「九分九厘仕上がって、いよいよ明日は池元さんご一家に隅々までご検分を頂きたく、本日最後の仕上げをしていた処、原因不明の火災に襲われてしまいました。監督の中本を始め若い者と五人で必死に消火を致しましたが、残念乍《なが》ら一部のところを燃やしてしまいました。この上は大至急二ヶ月くらいで焼けた部分を取り壊し完全に造り直しますので、どうかご容赦下さる様お願い致します」

と極めて丁寧に謝罪し懇願《こんがん》した。しかし池元は容赦せず

「そんなのは駄目だ！　全く縁起の悪い事を起こされてしまい、これを打ち払う事が何よりも大切だ！　修理なんかで私が承諾する訳がないだろう。約束は十二月初旬に完成して年内に引越しする事だった。なのにこの有り様だ、真に残念だ。焼けた部分を取り壊すと言っても、燃えた臭《におい》は半永久に消えないんだよ。その事は私達に一生我慢《がまん》しろと言う事か、そんな事が通用するのがあんた達の業界なのか！　私はあんたの言う事は一切承服出来ない。全てを取り壊し、土壌《どじょう》も完全に清めて新たな材料で造り直してくれる事を希望する。それ以外は一切認めない」

と強い口調で言った。成瀬は

「真に申し訳ありません。私達大工の力は乏しいので、とてもこれだけの大普請《だいふしん》を全部壊し造《つく》り直《なお》すなんて事は無理な事です。なんとかご容赦を頂きたく伏してお願い申し上げま

す」

と執拗《しつよう》に粘《ねば》ったが、池元は頑として受け入れなかったのである。

成瀬は諦《あきら》めて下職《したしょく》全員を集めて事の事情を説明した。そして
「池元さんとの契約は三分の一方式で取り交わした。従って本来ならばもう引渡《ひきわた》しが済んで最終金が入っているんだが、此の度の事でその金は入らなくなってしまった。この金が入らないと皆さんに支払いが出来ない。まさかこんな事になるとは思いもよらなかったので、全く借り入れもしていない有り様だ。勝手な事を言って悪いけど、暫く待ってくれないか」

と頭を下げたのであった。材木問屋、土木、屋根などを請け負う大手処は
「本当に大変なことになりましたね。困った時はお互いさまですよ。私共は都合のついた時でいいですよ」

と即答したのであった。

大石製作所の請け負い金額は二十万円＊であった。（＊現在の貨幣価値にして約二千万円）

そのうち十万円を受注時に受け取っていたが、材木店や金物店などに支払ってしまって、残金は無い状態であった。

従って、師走《しわす》に成瀬から入金になると思い、その計画で全《すべ》ての事を進めていた。

しかしそうなると全てが狂ってしまう。

志保は一瞬、頭がこんがらがった。振り返ってみれば、大石製作所がこのような大普請に関《かか》わる仕事は創業以来初めてのことだった。それ故《ゆえ》に、秋山も山根も掛かり切りで打ち込んでいた。そのため小口の仕事は他の職人が請《う》けていたので、仕上がった分は何とか集金出来るが、その金は小口の支払いや職人の手間賃と他の給料で使ってしまう。

成瀬からの入金がなければその他の支払いが一切出来なくなってしまうのである。

志保は〝でもここで頑張らなければいままでお世話になった恩返しが出来ない〟と思ったのだ。しかし若い志保が大手処と同じように、〝私の方もいいですよ、などと言うべきではない〟と思い、金の事は黙っている事にしたのであった。

志保は困り、〝こうなったら例《たと》え半分の五万円でも何とかならないものか？〟と考えていたのである。

誰にも相談する事が出来ず、毎日池元邸の新築ボヤ現場に出掛け、成瀬はどうしているのか？　建主の池元一家はどうするのか？　とその進展を待った。

だが火事の原因が特定出来ない限り進展はないと思ったので、志保はその件は取り敢えず打ち切り、金策を考える事に集中しようと腹《はら》を決《き》めたのであった。

だが頭が混乱していて何をどのようにしたら良いのか？　方向すら見えなかった。

大石製作所の前から乗鞍岳《のりくらだけ》を望みながら途方にくれていた時であった。突然父の顔がありありと目の前に浮かんで見えた。

志保は〈ハッ！〉として目を凝らし、何度も目をパチパチと瞬《まばた》きをして〝気のせいか？〟と思った。

その時、父光男が《志保、とんでもない事が起きてしまったな。善《よ》い事も、悪い事も人生には予期せぬ事が誰にでも起きるものだ。それをどう受け止め、どう処理出来るかに生業《なりわい》の醍醐味があるんだよ。それがどんなに辛《つら》く悲しい事でも苦しい事でも、厳しい修行と思い耐える事が出来れば素晴らしい結果が必ず生まれるものだ。今回の出来事は成瀬さん、池元さんにとっても重大な事だ。この普請に関《かか》わる全ての人に大きな試練《しれん》が課《か》せられているんだ。誰でも同じだが、厳しい試練を乗り越えられたらそれだけ自分に力がつく、それこそが人間《にんげん》形成本番《けいせいほんばん》の土俵《どひょう》だ。だから土俵に上がり思いっ切り闘う事だ。何もしないで土俵を降りるなんて事は一生悔いを残すぞ。それればかりか貴重な人生を台無《だいな》しにしてしまい、つまらんぞ。勝ち負けにこだわらず悔《く》いを残さないように精一杯頑張りなさい。志保、大丈夫。お前なら乗り越えられるよ、父さんは何時も見守っているからな》と言っているように聞こえたのであった。

志保は俄然《がぜん》と勇気が湧《わ》いて来た。そして原点に戻り自分を見詰め直す事にしたのであった。そして〝そうだ、美千代社長に相談しよう。その結果によっては仕入先に行って相談しよう。その他得意先に納品した分で集金出来るかどうか、もう一度集計してみよう。それに銀行に行って相談してみよう〃と独《ひと》り言《ごと》を言ったら気持ちがすっきりとしたのであった。

早速、美千代社長に事の成り行きを説明し、十万円の不足も相談した処、美千代は

「ほんとに成瀬さんも池元さんも、とんでもない事になってしまったわね。私達は何時もひとかたならぬお世話になっているから、こんな時にこそ日頃の恩返しをしなくては亡き主人や豊島さんに叱《しか》られてしまうわ。でも私の力《ちから》で何とかしようと思っても雀の涙くらいしか役に立たないと思うけど、どうだろうか。今私が持っている全ての貯金をはたいても三万円くらいしかないのよ。志保ちゃん、後《あと》七万円足《た》りないよね。ウーン、家にある物を売るといっても買い手があるかしらね。ウーン困ったわね。ほんとに成瀬さんに対して何も出来ない事が残念だわ。それに取引先の人にも迷惑を掛けることになるのよね。ウーン、お金が払えない取引先に対しては私が行って謝《あやま》って来るわ。しかしどんな事があっても成瀬さんに催促だけは絶対にしないようにしましょうね。若いあなたにお金の苦労をさせてご免ね。取り敢えずこのお金で何とか工夫出来ないかしら」

と貯金通帳を見せたのであった。志保は

「ありがとうご座居ます。でもこのお金全部使うと奥さんは無一文になってしまうわ。ほかに何か良い方法はありませんか、もう一度考えてみましょう」

と言うと、美千代はまた「ウーン」とうなりながら考えていたが
「やっぱり今の処、思い浮かばないわ。本当に私は無力で駄目ね。でも自分に都合の良《い》い事を言っているとご恩は返《かえ》せなくなるわ。それにお金には代《か》えられない財産を失ってしまう事になるのよ。だから私が無一文《むいちもん》になっても一向《いっこう》にかまわないのよ。ただ力不足が残念で申し訳ない事だわ」

と言った。志保は〃さすが奥さんだ。だから大石製作所は信頼されているんだ〃と誇りに思ったのであった。

そして自分の考えの足りなさを痛感し、思わず自分の頭を拳《こぶし》で打って叱咤した。

〃全く私は駄目な女だ！　自分の苦しさに負けて大事な恩人の心境を考えず、請求書を出そうと思っているなんて、何と浅《あさ》はかだったか！　もう少しで人間としての作法《さほう》を忘れる処だった。志保！　しっかりしろ！〃と一人で自分に激怒《げきど》したのであった。

美千代に大切な事を教えてもらい、心機一転《しんきいってん》して帰宅した。

志保はいつものように仏間に行くと、やはり今日も香華灯燭珍種《こうげとうしょくちんしゅ》がおごそかに供えられていた。仏前に座り合掌して
「お父さん、今日はありがとう。おかげさまで考えがまとまったわ。それに奥さんからい教えを受けたし、何《なに》かスッキリしたわ。明日《あした》から今《いま》までの考えを刷新《さっしん》して新たな行動をす

るわ」
と父に宣言した。その時、後《うし》ろに来ていた母は
「アラ、何かいい事でもあったの？　それとも悩み事なの？」
と言うので、志保は
「そう、どちらかと言えば悩み事かな。前にも少し話したけど、成瀬さんの事に関連したお金の事を奥さんに相談したの。すると奥さんは、絶対に成瀬さんに対してお金の催促はしないようにと言っていたわ。私はその言葉に感動したの。だから今お父さんにその事を言ったのよ」
と応えた。母静は
「そうなの、さすが奥さんね。私も全く同じ考えだわ。でもどうする事も出来ないのが残念だわ。せめて遠い側面《そくめん》からしか出来ないけど頑張ってと応援したいわ」
と言って、八千代型《やちよがた》整理ダンスの小抽出《こひきだ》しをそっくり持って来て志保の前に置き
「ここに歌代と進がお父さんのためにと私に預けてくれたお金があるわ。波江は未だ帰れないみたいだけど、五年も前に私とお父さんにと送ってくれたお金もあるわ。それに私の虎の子も少しだけどある」
と合計一万五千円の入った預金通帳を出してくれた。志保はビックリして

「エッ！　うちにそんなお金があったんだ。ワアッ！　凄い！　すると四万五千円、私の持っている三千円とで四万八千円になるわ。お母さんありがとう！　このお金暫く返せないけどいいの？」と言うと、母は
「いいのよ、返してくれなくても。でも未《ま》だ足りないのよね」と言ったので、志保は
「大丈夫、これだけあれば何とかなるわ。お母さん本当にありがとう、助かったわ」
と礼を言いながら、〝やっぱり私って駄目ね。結局みんなに頼ってしまって情けない〟と自分を責めたのであった。そして志保は
「ねえお母さん、話は違うけど、おじいちゃんはもう八十歳になるのよね、おばあちゃんも七十八歳。もう二人だけで暮らすのは不安だと思うわ。今は部屋が空いているから二人に来てもらって一緒に生活出来ないかしら」
と提案した。すると母静は嬉しそうに
「それはいいね、早速手紙を書いてみる。きっと喜ぶと思うわ」
と目を細めて言った。志保は母と兄姉《きょうだい》の力《ちから》がこんなに頼りになることや、家族の絆《きずな》の強さを身に染みて感じた此の時、かねてより思いを馳《は》せていた祖父母の事が不安になり、母に思いの丈《たけ》を語ったのであった。
母静はニコニコとしてやさしい声で

「志保、なぜ今、お爺ちゃんとお婆ちゃんの事を思い出したの？　フフフ、当ててみようかあ｜。それは多分お爺ちゃんが若い時、高利貸しに追い立てられて、金策に走り廻ったと云う話を想像したんでしょう。ホホホ私も時々思い出すのよ」

と目を丸くしておどけて見せた。志保も目を丸くして
「へーさすがお母さんね、その通りよ。本当にお母さんて凄いわ、何でも全てお見通しね」

と笑い、久しぶりに母と時間をかけて話したのであった。志保はその夜床につき、一連の出来事を振り返ってみて自分の無知を痛いほど知ったのであった。

同時に周りの人達に助けられたことが、どんなに恵《めぐ》まれているか、それがどんなに凄い事かを知ることが出来た。

そして自分を見詰め直し、今回のような緊急な時の資金繰りに困るような事があった場合の限界も知ったのであった。

志保は金融機関をもっと敏速に、そして合理的に利用する事も必要だと感じたので、早速会社の立地条件や規模、資産内容などを取りまとめたのであった。

そのかたわら、成瀬の事が気になり、度々《たびたび》成瀬の事務所に顔を出した。

未《ま》だ警察や消防の管理下に置かれているボヤ現場にも行き、建主一族にも会って交流を深めたのであった。

昭和二十四年の日本では未だ自動車の普及は少なかったので、零細企業などは自転車が貴重な乗り物であった。

志保も自転車で活動していた。志保は華美《かび》に身を飾ったり化粧をするようなことをしない女性であった。顔は冬でもやや小麦色《こむぎいろ》になり、体格はスポーツ選手のように逞《たくま》しく見えた。

大地主である池元やその番頭は、志保に対し次第に好感を持つようになっていたのであった。五日も逢わないと《この頃、豊島さんはどうしたんだろう》と心配するようになっていた。

志保はいよいよ年の瀬もつまった二十七日、見習工二人を連れて池元邸を訪れた時であった。そこに池元が一人で建物を見ていたので、志保は

「お早うございます。今年も終わりますので、建具と欄間《らんま》の一部を養生《ようじょう》して置きたいのですがよろしいでしょうか？」

と了解を求めた処、池元は

「オー私は別にかまわないよ。しかし志保君、私はこの家には住まないよ。出来れば一日も早く取り壊して新地《さらち》にしてもらいたいんだよ」と言った。

志保は成瀬から『池本さんは全てを壊し、土地を清め、その上で建て直す以外は一切の妥協はしない！　と言っているんだよ』と訊いていたので、池元の言う事に対して一言も応じ

る事が出来ず、ただ黙っているしかなかった。池元は
「そう言う訳だから私は中の全ての備品も使わないよ。だから養生しても無駄だよ。でも他の家に使用するとなれば私の知るところではないが、私はそれを管理する事はしないよ」と念を押したのである。志保は「すみません」と消え入りそうな小さな声で言うのが精一杯で、後《あと》はまた下を向いて黙っていた。
池元は志保に言うだけ言ったらその場を立ち去ってしまった。志保は見習工二人に
「あの様子だと養生すると余所《よそ》へ納めるような誤解《ごかい》を生《う》んでまずいわね。それでは家の周《まわ》りをきれいに掃《は》き清《きよ》めて今年はこの現場の終わりとしましょう」
と二人に言って自らも竹箒《たけぼうき》を持って北側のボヤ現場に向かった。そこに池元が来て
「いやあーあまり気を遣わなくてもいいよ。それよりも志保君、君はさまざまな設計をするそうだね。そこで君にひとつ設計してもらいたいものがあるんだ。今この場で三角と丸の窓に刷新《さっしん》された建具を入れる図をハンドスケッチ的でいいから、この画用紙に描いてくれないかね」
とB４の画用紙を差し出したのである。志保は驚いて目をパチクリさせて
「エッ！　今ですか？　ハンドスケッチでですか？　まあ困りましたわ。七草までの宿題では如何でしょうか？」

と恐る恐る言うと、池元は
「いや、今がいいんだ。私の見ている前で何とか描いてみせてよ」
と言われたので、断る訳にもいかず、志保は
「それでは刷新という訳には行きませんが」
と画用紙を受け取るとその上に、いつも胸のポケットに入れてある携帯用の縮尺差《しゅくしゃくざ》しを置き、線を引き丁寧に丸と三角の基本を描き始めた。すると池元は
「オッ！　ありがとう。急に用事を思い出したのでまた次の機会に頼む」と言って画用紙を取り、その場から立ち去って行った。
年が明けた元旦、成瀬は法被《はっぴ》姿で仮住《かりず》まいの池元邸を訪問し、昨年の失態を深く謝罪すると共に新年の挨拶を丁寧に済ませると、池元の方から
「成瀬さん今日は折り入って話があるんだが、ご都合は如何ですかね」と言ったので、成瀬は
「ハイ、私は一日がかりでも大丈夫です。実は私も同じ思いでした」と応えたのであった。
それから二人の会談は夕刻まで続き、次第に明るい雰囲気に変化していった。
それから一ヶ月後、池元は成瀬に対し建物を完全に解体し屋敷の土地約一町歩の土壌を清め厄払いをした上で、前回と全く異なる邸宅を建《た》てる事を約束したのである。

成瀬も金の事は論外にして池元の希望を全て承諾《しょうだく》したのであった。

成瀬と池元はたがいに男の作法を重《おも》んじ、腹を据《す》えた結論であった。

この二度目の請負に関しての構造は、三百年先を見越した設計で、前回の伝統的な日本建築とは根本的に異なる邸宅にする事になった。基礎は耐震船形《たいしんふながた》式基礎《きそ》にして、小動物や虫及び菌《きん》に侵されない仕組みにする計画だ。

そして建物の規模とデザイン及び構造は成瀬式究極のグレードにする。

その内訳は母屋が百八十坪、離《はな》れが四十五坪、蔵《くら》が五棟、長屋門《ながやもん》は止《や》めて前屋根《まえやね》方式にする。庭内《ていない》に客用駐車場十五台分、家族用五台分、庭園《ていえん》のデザインは伝統の純日本庭園と西洋風を取り入れたものを創造する事になった。

成瀬は早速、下職《したしょく》全員を集めて仕事の内訳《うちわけ》などを説明し準備をするように頼んだ。

そして志保に、

「内装が大変な事になったぞ。池元さんは、デザインと構造については君を指名したんだ。なぜ君なのか？　その答えは君が丸と三角をハンドスケッチで描いたそうだな、その能力がこの度の素晴らしい結果を生み出したんだ。だがそれが大事《おおごと》になってしまったんだ。大変だぞ、志保君大丈夫かな？　いや心配するのは身体の方だ。だから皆で支《ささ》えていくが一応覚悟してくれ。池元さんは厨房、食堂、風呂、和洋式居間、洋式の客間、和式の客間、客用トイレと洗面台、家族用トイレと洗面台、従業員用の部屋及びトイレと洗面台、そして仏間と仏壇、更に書斎、玄関全般、加えて欄間《らんま》と障子だ、これを全部君に任せたい、襖は和紙の無地で画家に絵を描《えが》いてもらうそうだ。これだけのデザイン設計と施工を志保君の新感覚で至急研究してもらいたいという事だ。この仕事については俺《わし》も池元さんも全て君に任せたいと思っているから、君の思うようにしてくれ、いちいち相談しなくて良《よ》い。凄いスピードで躍進する近代日本の建築に、この飛騨の高山から新風を送り込む気概《きがい》で頼むぞ！　それからさあー」と一呼吸おいて成瀬は

「なあ志保君、この邸宅造《ていたくづく》りは命《いのち》懸《が》けだ！　この前の悪魔がまだ潜《ひそ》んでいるかも知れない。この前は息の根を止められる寸前まで追い詰められ危うく死ぬ処だった。今度はその仕返しだ。総動員で悪魔を完全に追い払ってやる！　ウアハハハ」

と高笑いした後、声をひそめて、

「ウフフフ何だか子供みたいな事を俺は言ってるな。フフフ」

と眼光鋭く周囲を見て更に話を続けた。

「君には内部の設計施工を担当してもらう訳だが、やはり外装や庭園との密接なバランスは重要だ。その意味でそれぞれの担当者と充分な打ち合わせが必要だ。後で完成総体図をよく見てくれよ。いいか、金銭を超越した一世一代の家造りだ！　志保君、君のお父さんに自

慢の出来る逸作にしようぜ！」

と言って屈託のない笑顔を見せた。志保は
「ハイ！　ありがとうご座居ます。大役で身が引《ひ》き締《し》まる思いです。お父さんと二人で頑張ります」

と応えると、成瀬は
「エッ！　お父さんと？　そうかあ―二人がかりか、そりゃあ安心だ！　ウワハハハハハ」

と笑い、志保の肩をポンと叩いて、「今回の請負い金額は無制限だ」と言った。

志保は成瀬と池元の度量の大きさ、深さを知り、大人の作法、仕事に対して尽きることのない熱意、人の絆の大切さ、そして繊細《せんさい》とも思える思い遣《や》りに、一生忘れられない感銘《かんめい》を受けたのであった。

此の度の出来事で池元も成瀬も大きな心の真理を味わった。それを乗り越えられたのは深い知識と勇気があればこその結果だと、志保は次元《じげん》の異《こと》なる考え方を学《まな》んだ。

そしてこの三年程の間で次兄《じけい》の文彦《ふみひこ》、大石社長、父光男の死、それに池元邸のボヤなど大きな試練を受けた志保は、人生の生死に於ける束《つか》の間《ま》の営《いとな》みに、味《あじ》わった試練を当て嵌《は》めて人としての価値を朧《おぼろ》げながら知ったのであった。

（十三）

池元邸について成瀬から思いもよらぬ大きな設計の依頼があったので、沈みがちな大石製作所のみんなを喜ばせようと思い急いで帰社し、食堂に美千代を始め一同を集めた。志保は
「みなさん此の度成瀬さんは、池元さんの邸宅を再び受注したのよ。うちにも前回の数倍に及ぶ企画をするように依頼されました。私はこれから乏《とぼ》しい頭を振り絞って企画を考えます。そしてその企画設計が池元さんと成瀬さんに見て貰《もら》ってOKをもらったら契約よ。そうなると凄く忙しくなっちゃうわ」
と告《つ》げたのであった。美千代は
「よかったね、志保ちゃん。頑張って毎日のように通《かよ》った甲斐があったね」
と涙声で言った。
一同も《本当にそうだ、よく頑張った。一時はどうなるのかと心配したけどもう大丈夫だね、よかった！　よかった!!》と手をたたいて喜《よろこ》んだ。志保は
「まだよ。後《あと》は私の能力の問題だけど、どんな企画がたてられるか？　よ。もし気に入っ

てもらえないと全てが水の泡になってしまうのよ。だから責任重大よ」

と自分を引き締めるように言った。母静にも早く報告しようと早めに自宅に帰り、「ただいま」と玄関の戸をガラガラと開けると、母はいきなり「志保ちゃん！　おかえりなさい！」と言って何やら手紙を頭上にかざしながら、

「これ見て！　これ見て！　今さっき届いた波江からの知らせよ、ああー良かった。明後日《あさって》の夕方に帰って来ると書いてあるわ」と大喜びで飛び跳ねていた。志保も
「ワー凄い！　嬉しい。今日はいい事ばかり。成瀬さんも全て解決したし、最高の日だわ！良かった、良かった！　万歳、万歳！　万歳‼」

と母と抱き合って騒いだのであった。波江の帰宅は志保にとって、いや、豊島家と大石家にとって、力強い味方が福の神を連れて来た劇的な事柄であった。

次兄《じけい》の文彦と父光男を亡くした志保にとって、母静は正に心の支えであったが、長姉《ちょうし》の波江も志保の一生に大きな影響を及ぼす掛け替えのない姉であった。

波江は尋常《じんじょう》小学校の頃《♪～お前の爺《じい》は詐欺《さぎ》に騙《だま》されスッテンテン、貧乏人の大馬鹿ちゃんちゃん♫》などと唄にされたり、弁当や教科書を隠されたりしていじめられた事もあった。しかし波江はいじめを感じると、苛《いじ》めっ子の名前を読み上げるように声を上げてノートに書いた。苛めっ子が

「何すんだよ！　どうして名前を書くんだよ！」と詰め寄ると、ニッコリと微笑み
「意地悪された日と意地悪した子の名前を書き残しているのよ」と応じた。苛めっ子は
「何のためにそんな事するんだよ！」と食ってかかると、波江は涼しい顔で
「もちろん先生に言い付けたり、親に知らせたり、校内放送で発表したりするためよ！
そして大人になった時にみんなに見せる記念よ！　解った！」
と応《こた》えると、それが男の子であっても、女の子であっても大抵は黙ってしまうのであった。
弁当を隠された時などは、苛めっ子の中で一番強そうな子を選んで、その子の弁当を取り
上げて、
「私のお弁当はあんたにあげるけど、そのかわりにあんたのお弁当は私が食べてあげるね」
と言ってフタを開けようとすると、その強そうな子は
「何すんだよ！　お前の弁当なんか俺《おれ》は知らないよ！　返せよ！」と大声で騒いだりして
も、波江はすました顔で
「そう、でもどうせ私のお弁当を隠したのはあんたの仲間でしょう？　だったらその子に
私のお弁当をもらったら？　私のお弁当は美味しいわよ」と言って食べようとすると、
「だめだよ！　返してよ！　お前の弁当を隠した奴は……」と言いかけた時、波江はその
子の口を押さえて

「だめ！　その先を言ったらあんたの価値がなくなるわよ。第一その子が可哀相よ」

と言って、「ハイ！」と笑顔で弁当を返した。こうした子供とも思えぬ腹の座った行動は、母を見ていて自然に身に付いていたのであった。

こうした事があってから苛《いじ》めっ子達は《これお前にあげる》と言って来るようになったが、その時波江はいつも

「ありがとう、でもそれ私持っているから持っていない子にあげると喜ぶわよ」

と貰う事はしなかった。波江はこうして苛《いじ》めっ子を自然に大人《おとな》しくさせてしまうのであった。

いつも優しく人を押しのける事はしない、約束は守る、実行力があるなど、信頼を保つ事が根本から出来ている波江であった。

母の立《た》ち居《い》振《ふ》る舞《ま》いを見て育っているためか、小学生と言えども凛《りん》とした資質《ししつ》を備《そな》えていた。指先が綺麗《きれい》でしかもなにをしても上手で抜《ぬ》きん出ていた。

そのためか、教師達の評判も高く、中学校でも同じように同級生に慕われていた。

基礎教育を受けると同時に両親からやさしさと自己力を高める厳しさを知る教えも受けていたのであった。

そうして学校生活を終えた波江は地元に就職することを決めていたのであった。

理由は優しい父や母と別れて暮らすのが嫌だったからである。

そんな折、バスで通《かよ》える高山町の呉服店が店員を募集していたので、波江はそこに勤め、呉服の基礎知識を学んだのであった。

しかしその呉服店はわずか二年後、業績不振で閉店してしまったのである。

純真な波江は商店の倒産を目の当《まあ》たりにして大きな衝撃を受け、今後の身の振り方について苦慮していた時、その債権などで関《かか》わった八坂弁護士《やさかべんごし》という人の紹介で、愛知県岡崎市の郊外にある佐野《さの》研究所という、精密機器の研究及び製作をしている会社に面接を受けに行く事になった。

波江は高山町から外へ出たくないのが本意であったが、地元では就職口がなく、止むを得ず不本意ながら面接を承諾したのであった。

この時波江は十七歳であったので、保護者の同意が必要であったのと、父母の心配が相俟《あいま》って父が同行する事になった。

波江と父光男は開通したばかりの高山本線で佐野研究所に出向いた。

会社に着くと紹介してくれた八坂弁護士が待っていた。

会社の規模は、深い森の中に大きな建物が距離を置いて三棟ほど建っていた。

八坂弁護士は裁判長も歴任した哲学者でもあった。

年齢は五十八歳、丸顔で白髪《しらが》が少しまじった長髪をきれいにとかして身形《みなり》をキチンとした紳士であった。八坂は波江の資質《ししつ》の良さに好感を持ち〝何処か規律正しい確かな会社を〟と考えて佐野研究所を紹介したのであった。

八坂は弁護士名で推薦《すいせん》した書状を人事部長に添えてくれていた。

面接と試験は波江一人だけの特別なものであったが、社長と専務が対面する厳しい内容のものでもあった。これは極めて異例な事であったと人事部長は八坂に伝えたのであった。

波江は緊張の連続であったが何とか一連の試験を終えて、

「お父さん待たせてご免なさい。やっと終わったみたい」

とホッとした表情を浮かべて言った。人事部長とも思えぬ厳しい目付きの諸川《もろかわ》が、八坂に

「多分即決で採用になると思う。親も娘も真面目《まじめ》だし、なにしろトップ二人の面接だからね。フフフフこんな事は論外な事だ。はるばる高山から来た親子に不合格は一寸かわいそうだと思うんじゃないのかなあー」

と神妙な面持ちで言った。結果はやはり異例の合格であった。父は大変喜び、八坂弁護士に丁寧に礼を述べたのであった。

厳しい目付きの人事部長諸川《もろかわ》は打って変わった笑顔で父に近づき

「お父さん、遠路の処、誠にご苦労様でした。本当に近頃稀《まれ》な素晴らしい娘さんですな

あ。よくぞ立派に育てられましたね。全く頭の下がる思いです。今日は長い時間お待たせ致しましたが即決出来て良かったと思っています。当社は日本中の大手企業から新製品に関《かか》わる最先端の部品開発を依頼され、それを極秘に研究している会社です。そのため多くは紹介出来ませんが、娘さんは責任を持ってお預かり致します。勤務は書面にも書いてありますが、来年一月二十日からになります。女子寮に入るなどの詳細はご家族でご確認下さい」
と説明したのであった。父光男は
「ハイ、いろいろありがとうございます。娘が良ければこんな嬉しい事はありません。どうぞよろしくお願い致します」
と応えたのであった。諸川は真顔になり
「本日の面接や試験など諸々の事は、お父さんの腹にしまって口外しないで下さい。何しろ秘密を厳守している会社ですので、何卒よろしくお願い致します」
と念を押した。後で解った事だが、この会社は軍の下請けで表向きは最先端の部品を研究しているように見せているが、実は地下に銃弾や砲弾を研究する近代設備を持つ大規模な工場を有していたのであった。
この事が後《のち》に波江の人生に複雑な経験をもたらす、豊川海軍工廠《とよかわかいぐんこうしょう》の開設に関《かか》わる事になる第一歩であった。

昭和十四年に豊川海軍工廠《とよかわかいぐんこうしょう》は大規模な軍施設として建設された。

波江は佐野研究所の出向社員として砲弾や爆弾、その他の銃弾の管理などの主査を命ぜられた。

十六年に太平洋戦争が勃発《ぼっぱつ》し、波江の担当は重要な責務を負ったのであった。

戦争は次第に劣勢になり、砲弾や銃弾、爆弾を造る材料が乏しくなり、その調達に奔走する事が多くなっていたのであった。

そして昭和二十年八月七日午前十時三十分、工廠《こうしょう》はＢ29の空襲を受け、大爆発を起こし何日も燃え続けたのであった。

前日の六日に広島、九日には長崎に原子爆弾が投下され、ついに十五日に日本は無条件降伏し戦争は終わったのであった。

この時、波江は岡崎にいたので空襲は免《まぬが》れたが、空前の犠牲と被害を被った佐野研究所は閉鎖《へいさ》せざるを得なかったのであった。

役職に就いている者はその後、ＧＨＱの厳しい取り調べを受け解放されるまで数年を要した者が多数いた。

波江もその一人であった。そして拘束されている間に英語の教育を受けたので解放されるまでには一通《ひととお》りの会話が出来るようになっていたのであった。

そして今、あの時一緒に岡崎まで付いて来てくれた父はもういなくなってしまったが、大好きな母や兄妹《きょうだい》が居る高山に向け、ひた走る列車の窓から移り変わる懐かしい古里の景色を万感の思いで観ていると、胸が熱くなり涙が止まらなかった。

一方、帰宅の連絡を受けていた母静《しず》、進《すすむ》、歌代《かよ》、志保《しほ》は朝からソワソワとして嬉しさを隠し切れないでいた。

進は駅で、三人は家で波江の好物料理を準備していたのであった。

高山駅に波江が乗った列車が到着した。十年ぶりに逢う妹の姿を見て進は震えるような感動を覚えたが、父の代わりに、そして兄として

「波江！　お帰り！」と声をかけた。

波江は、立派になり父にそっくりな兄を見て

ドッと感情が込み上げ「あっ！　お兄ちゃん！」と叫び、後はワッと泣き兄の手を強く握り締めたのである。進は優しく肩を抱くようにして
「ご苦労さんだったなあ、長い間本当によく頑張って来た！　さあ〜積もる話は家でしょう。母さんも、歌代も志保も待ちこがれているぞ」

と言ってジープに乗せた。

車はなつかしい街並《まちなみ》をゆっくりと過ぎて行く。あの家、この家、この川、この店、何の変わりもない事がなつかしく、〝ああ〜ついに帰って来る事が出来たんだなあ―〟と心の芯がほてるような思いになっていた。

そしてついに夢にも見る忘れもしない家に到着した。家の前には三人が待っていた。

波江はジープから飛び降りるようにして三人の元へ走った。三人も波江の元へ走った。

波江は「歌代、志保、只今《ただいま》！　お母さん！　ご免なさい」と飛び付くように抱きついた。

母は涙声で「波江お帰り」と抱き締めた。歌代も志保も波江に抱きつくようにして「お姉ちゃんお帰りなさい」と言って嬉し泣きに泣いたのであった。

三人に誘導されるようにして家に入った波江は、父が祀られている仏壇の前に倒れ込むように座り、さめざめと泣いた。やがて大きく息を吸って
「お父さん、ご免なさい。葬儀にも四十九日にも年忌にも帰れなくてご免なさい。でも

やっと今帰ってこられました。これからはもう一生この地を離れません」
と父に語りかけたのであった。
波江の帰った豊島家はそれから毎日楽しい日が続いた。そんな時、波江は
「志保ちゃん、私大石さんにお線香をあげに行きたいと思うけど、明日は一月十五日で工場は休みでしょう。奥さんは居るかしら。もしご在宅であれば行きたいんだけど」と聞いたので志保は
「うん、多分いらっしゃるわ。なら一緒に行こうか」と応じた。
志保はこの数日、池元邸の事で何をどうするか？　その一点がまだ見つからず事務所から一歩も外へ出なかった。机の上には何かをつかみたいと思う手探りの参考書が積んであったのである。だが今一つ気が乗らない状態であった。
そんな折、姉波江の存在や言動《げんどう》は志保にとって新鮮《しんせん》な刺激《しげき》になり、斬新《ざんしん》な発想を齎《もたら》す切っ掛けになっていた。それ故に波江と行動を共にしたかったのであった。
翌日、波江は志保に連れられて大石宅を訪問した。美千代は波江を見て
「アッ！　もしかしたら波江さん？……ああ～、やっぱりそうだ！　まあ～、立派になって、たしか豊川にいらっしゃったと聞いていたけど、お帰りになったのね。まあー良かった！　何年ぶりかしら、まあ～まあ良く来てくれました。さあーこちらへどうぞ、どうぞ。

さあ炬燵に入って下さい」と嬉しそうにお茶を入れながら、

「豊川の事は新聞でもラジオでも報じられていたけど詳しくは解らなかったわ。大変だったでしょうね。それにしてもよく無事で何よりだわ。まあとにかく話を聞かせて」

とビックリしながらも大喜びで波江を迎えたのであった。志保は
「姉は奥さんを始め社長と父の事を私よりも詳しく知っています。母からの知らせで社長の事も知っていたそうですが、アメリカ軍に拘束《こうそく》されてどうすることも出来なかったそうです。それ故に本日はまずお線香を手向《たむ》けさせて頂きたい一心で参ったのです。奥さん、姉を仏間に案内していいですか」

と言った。美千代は
「まあ〜それはそれは、ありがとうご座居ます。それじゃあ志保ちゃん一緒に」

と案内したのであった。波江はしずかに仏壇の前に座り、ローソクを灯《とも》し、その火から線香を点《つ》けて香炉の中央にそっと差して合掌した。

そしてしずかに小磬子《しょうけいす》（リンの事）を一回打ち、合掌し、

「社長さま、永い間ご無沙汰を致しました。社長さまの事は母からの便《たよ》りで知りましたが、その時私は進駐軍の管理下で、行動を制限されて父の時も帰って来る事が出来ませんでした。本当に申し訳ありませんでした。でも本日こうしてお逢いする事が出来ました。社長

さまは父の恩人でした。それは私達の恩人でもあります。そして社長さまと一緒に仕事をする事が父の生き甲斐でした。今も父は社長さまのお傍に居ると思います。どうかいつまでも父の事をよろしくお願い致します。生意気な言《い》い様《よう》で恐縮ですが、日本もこれから敗戦の傷を癒《いや》しながら立ち直って行くと思います。私も妹と共に社長さまから頂いたご恩をお返し出来ますように頑張ります。社長さまに於《お》かれましては、現世のさまざまな矛盾をはなれて安養にあられますように、そして神仏から授《さず》かられた神通力《じんつうりき》をもって、奥さまや元次郎さんを始めご一族の方々をお守り下さるようつつしんでお願い申し上げます。それでは浄土でのご冥福《めいふく》をお祈り申し上げます」

と心にあった思いを一気に語り礼を尽くしたのであった。

（十四）

いつの間にか後《うし》ろに来ていた二歳年上の元次郎は深く頭を下げて波江の弔辞《ちょうじ》を聞いていた。美千代は溢れる涙をハンカチで押さえながら、

「なんとご丁寧なご挨拶を頂き、主人も大層悦《たいそうよろこ》んでいると存じます。ありがとうございま

した」
と嬉し泣きをしたのであった。四人が居間に移った時、波江は
「元次郎さん、あなたと逢うのは十五年ぶりぐらいかしら。戦争のためにお互いに苦労しちゃったね。でも元気そうで何よりですわ。あなたは彫刻の仕事をしていると妹から聞いたけど凄いね。何を彫ってるの？　一度見せて貰えるかしら、ホホホ、私なんか見ても多分解らないと思うけど」とやさしく微笑みながら話しかけた。元次郎は
「いやーまだ彫刻の世界に入ったばかりの新参者。人に見せるなんて烏滸がましいと思うけど、でも今丁度仕上がっているのがあるからいいよ。波江さんは子供の頃から何をやっても上手《じょうず》だったたから大笑いされそうだな。見て何か気が付いた処があれば教えてもらえるといいなあーへへへ」
と笑った。美千代は滅多に笑顔を見せなくなった元次郎が嬉しそうに声を上げて笑っている姿を見て、〈ホッ！〉とした気持ちになったのである。
波江は元次郎に好感を持ち、元次郎も大人になった波江に一目惚れだ。
これが二人の運命の再会であった。帰宅した波江は志保に
「ねえ今、大石さんは忙しいの？　もし私が役に立つような事があったら手伝うわ」
と言った。志保は〝姉の波江と一緒に仕事が出来ればこんな心強い事はない〟と思ったの

で、
「エッ！　本当に！　今、事務は中野さんと二人なんだけど、私が外交や企画、そして設計、発注、それに加えて打ち合わせなどをしているもんだから、実質事務は中野さん一人なの。もしお姉ちゃんが手を貸してくれたら助かるわ。明日にでも奥さんに話してみるね。奥さんは今社長なの。きっと喜ぶと思うわ」
と言った。すると波江は
「そう、ならば私も一緒にお願いするのが筋よね。じゃー私も行く。明日は元次郎さんは居るのかしら。彼の作品をおしゃべりしていて見損《みそこ》なってしまったから、明日は見なくちゃね。私の方から言い出して見ないなんて失礼だからね。ハハハ」
と笑った。傍で二人の話を聞いていた母は、〝もしかしたら波江と元次郎さんは結ばれるかも〟と思ったのであった。志保は
「それなら明日も二人で行きましょう。事務所にお父さんの机があるから、そこをお姉ちゃんの席にしよう。きっとお父さんも喜ぶと思うわ」
と、もう決まったかのように言ったので、波江は
「ワーお父さんの机なの？　いいね。明日が楽しみだわ」
と嬉しくなり、子供のようにはしゃいだのであった。

志保は美千代に波江が入社する事を承諾してもらい、全員に波江を紹介し父の机を使用する事を認めてもらったのであった。波江は父光男の霊前に於いて《私はもう一生この地を離れません》と言った言葉通りになって行く一歩を踏み出したのである。

それから三ヶ月が〈アッ！〉と言う間に過ぎた。

豊川で米軍の厳しい取り調べに耐えたばかりか、英語まで修得した能力は凄かった。

その上、父母の教えと立ち居振る舞いなど見て育った確かな基礎は、職場に凛とした風格を漂《ただよ》わせるに充分であった。

波江と元次郎の仲は急速に進み、豊島家と大石家に嬉しい奇跡の起きる事が次第に現実味を増して行く。しかも二人の恋は秩序を失うものではなく、清々《すがすが》しく順調であった。

波江は字も上手、整理整頓は豊川で弾薬や爆弾の統轄者《とうかつしゃ》であったので、全く落ち度はない。計算はソロバンの有段者だ。とても並みの人が太刀打ち出来るものではなかった。

しかし、そんな事を少しも感じさせない謙虚さを持っていたので、一同は安心と信頼を寄せていた。そんな波江と接した秋山は、

「いやあーさすが豊島さんの長女だけの事はあるな。

美人である事もさることながら、何か神々《こうごう》しくも感じるな」

と別格な評価であった。同僚の中野久江《なかのひさえ》は、そんな波江を好きになり敬意を持っていた。

そうした波江の影響は事務所内ばかりか工場全体の雰囲気を明るく、しかも次第に規律を遵守《じゅんしゅ》するようになっていったのである。

志保も波江の存在で気持ちの安定と気概の充実が増して、成瀬棟梁と池元から指名された企画設計がぐんぐんと捗《はかど》っていたのであった。そんな時、豊島家にもう一つ嬉しい動きがあった。

三月末頃の事であった。それはかねて母静が祖父母に〝どうですか、よかったらこちらに来て皆と一緒に暮らしませんか?〟と打診していたが、その返事が《皆と一緒に暮らしたい》と言って来たのだ。

この時、利美夫は八十一歳、チカ七十九歳であった。二人は〝寄る年波に逆らって、妙《みょう》に頑張っても却《かえ》って皆に迷惑をかけてしまう〟と思っていたが、静からの誘いを熟慮し、頼る事を決意したのであった。

それから一ヶ月、桜花爛漫《おうからんまん》の佳日《かじつ》に祖父母が先祖と共に引越して来た。

先祖の位牌については、故光男が仏壇の中に総《すべ》て荘厳《おごそか》に祀る事が出来るように設計してあったので、悠揚《ゆうよう》として安置出来た。

父光男も、さぞ嬉しく思っていることだろうと母を始め皆も同じ思いで悦んだ。

志保は、同じ屋根の下に家族が揃った事で心身ともに充実した気持ちに満たされたのであった。

次は姉波江の結婚だ。志保は十月か十一月にはきっと挙式になるだろうと読んでいた。

しかし池元邸の内装デザイン企画が今一つ進んでいない。

この事は成瀬から任《まか》された志保にとって一生に関《かか》わる重要な仕事である。

和洋風の居間、和洋の応接間、玄関の構想など三十数種類は概《おおむ》ね練《ね》り上がっているが、厨房、食堂、客用洗面所、家族用洗面所、客用風呂場、家族用風呂、水洗装置などに納得がいかず足踏み状態にあった。

池元邸の新築現場には連日二十数人の職人達が入り、活気に満ちていた。

志保はアメリカやヨーロッパの一流ホテルなどの情報も入手していたので、トイレは洋式で水洗にする事に固守していた。

風呂はガス式、流し台はステンレス製で出来ないものかと思い、さまざまなメーカーに相談していたが、戦後の復旧需要などに追われて、新製品の開発が遅れている状態であった。

しかしそれでも各メーカーは世界の先進国へ社員を派遣《はけん》し、新素材や新製品の情報収集に当たっていた。

担当者は《すみません、もう少し待って下さい》との話で先が読めない段階だった。

その一方で志保は〝都市の住宅基盤整備がどのように計画されているのか？　特に上下水

道は地域にとって重要な課題である〟と思っていたので、岐阜や名古屋などの都市インフラ整備計画を調べた。その結果、高山は他市に比べて遅れている事が解った。

なにしろ高山本線の全線開通は、ほんの十六年前の事だったから止むを得ない部分が多々あった。

しかし急速に近代化される事は確実と予測し、その時に対応出来るように準備を含んだ企画を立てようと思っていた。

（十五）

そんな時、救いの一報が来た。

それは東京に事務所を持つ貿易商、ジョージ・スペクターからトイレに関する詳細資料が届いたのであった。

スペクターは日本の真珠をアメリカに送り、そこから先進国へ販売する事業を営んでいた。その反面、先進各国の開発した最先端の商品を輸入する事業も展開していたのである。

洋式トイレの詳細カタログと図式は志保の最も待ち焦《こ》がれていた資料であった。

志保はこの資料を元に漆塗《うるしぬ》りの便座やタンク、そして天井やかべ廻りのイラストを描いて姉波江に見せた。波江は
「素晴らしいわ、男性用はどうなるの？　洗面台は？」

と興味津々の様子で質問して来たのであった。

志保は更に完璧を求めるためには、資料に基づいた製品と実際に設置されている現場を見る必要があると思ったので、波江にカタログを見せながら、

「この器具は東京の事務所で実際に使用しているそうよ。だったら東京へ行って現物を見た方が確実だし早道《はやみち》と思うのよ。

そしてデパートや一流ホテルも見学させてもらって、いろいろ勉強したいと思ったの。どう一緒に見に行かない」

と波江を誘った。波江は志保の突然の誘いに目を輝《かがや》かせ、「行く、行きましょう！」と嬉しそうに応えた。波江は美千代にこの事を伝えた処、

「エッ！　本当に?!　なら私も一緒に行きたいわ。だって私は今まで東京なんて一度も行ったことがないのよ。もし連れてってもらえるならこんな嬉しい事はないわ。こんな機会《きかい》は私の一生で最初で最後かも知れない。どうだろうか、静さんも一緒に行かないかしら、どう？　誘ってみない？　きっと喜んでくれると思うわよ」

と波江に嗾《けしか》けるように言った。波江は志保に相談して、二人はその夜、母静に話したのであった。母はビックリして、

「エッ！　東京へ？　美千代奥さんは、大石さんの社長さんだからいいけど私は違うからね。大事な仕事に観光気分で同行するなんてとんでもない事よ。相手さまに対しても失礼に当たるし、第一足出纏《あしでまとい》になってしまうから私は遠慮するわ」

と言った。波江は

「そんな事言わないで、奥さんはお母さんも一緒にという事を楽しみにしているのよ。アメリカの人は家族を大事にするし、特に女性にとても親切よ。それに今回は見学が目的だから、お母さんにも奥さんにも見て体験してその感想を聞かせてもらいたいという事もあるのよ。だから失礼に当たらない、むしろ大切なお客様なのよ。それに足出纏《あしでまとい》になるような事は何一つないわ。大丈夫、私が二人の付き添いだから安心して任《まか》せて。二泊三日の視察だから、いいじゃない、お母さんにとって初めての事でしょう。行きましょうよ、ね！」

と強引に誘ったのである。母静は、嬉しさと不安で目を白黒させていたが、美千代の事もあるし

「そう、いいのかしらね。東京なんて行った事もないし、第一何を着ていけばいいのかしら。さあー困ったことになったたわ」

と楽しそうであった。

そして三日後、志保達四人は東京芝のジョージ・スペクターの事務所を訪問した。

スペクターは片言の日本語で「イラッシャイマセ」とニコニコ顔で歓迎してくれた。

そして四人にそれぞれ名刺を差し出した。志保は自分の名刺を出し
「いつもさまざまなパンフレットやカタログを送って頂き、大変勉強になっています。また此の度もトイレの資料を送って頂き、ありがとうございました。実は私共の住む飛騨の高山には未だ水洗トイレがありませんので、その仕組みと現物を見て、そして実際に使う処などから私達にどんな工夫が出来るのかを勉強に参りました。どうかよろしくお願い致します」

と礼を尽くした。スペクターは「オーワカリマシタ」と言ってショールームに案内してくれた。

ビジネスホテル用の場合はバス、トイレ、洗面化粧台が一緒になった処であった。

美千代と母静は一寸おどろいた様子で、「合理的ね、でも何だか？　一寸過ぎるのかな」

と二人は顔を見合わせた。

スペクターは二人の意図が全く解らない様子で水を流したり、タンクの中を見せたり、また風呂の方も同じように説明し、シャワーの使い方などを丁寧に水を出したり流したりして

実演した。志保は、その流した汚水はどう処理しているのか、またアメリカやヨーロッパなど先進国の事情を聞きたくて様々《さまざま》な質問をしたが、スペクターは日本語を解釈することが出来なかった。

そんな時、波江が流暢《りゅうちょう》な英語で通訳をして志保の質問の手助けをした。

三人は波江の能力に改めて驚き、志保は敬服する思いであった。

実際に流通しようとされる完成品を見た志保は、これらの品に工夫をこらして和洋折衷《せっちゅう》にすればもっと素晴らしくなると思ったので、スペクターに他の機器の有無を聞いた処、横浜のショールームならば、流し台から風呂、そして水処理をする各種の浄化槽などさまざまな形が展示してあると言ったので、四人は早速横浜に行く事になった。

横浜のショールームは八階建ての立派なビルの中にあった。

志保は細微に見学し、厨房、トイレ、洗面台、風呂などの機器を注文しようと思った。

しかしまだ納得出来ない水の処理について波江に再質問を頼んだのである。

波江は英語でこと細かくスペクターに質問した。「オーアイムソーリー」と言って、倉庫兼配送センターに四人を案内した。

そこには家庭用から業務用に至る各種の浄化槽があった。志保は業務用を見て納得した。

〝ワーこれならいいわ。これを池元邸の北側二十mの位置に浄化と消臭を工夫して埋設すれは〝完璧に水洗など排水装置が出来る〟と心に悦《よろこ》びを感じて思ったのであった。
その時波江は
「さすが業務用は大きいわね。これ注文するの？　でもこれってどうやって高山まで運ぶのかしら」とスペクターの顔を見た。スペクターは身長六尺前後で目は透き通るようなブルーで茶髪であった。
笑うと人のよさそうな優しい顔で「ダイジョウブデス、オオガタトラックデハコベマス」と片言で波江の心配事に応えたのであった。志保は安心して
「今日は実り多い一日だったね。明日は一流ホテルやデパートを見学に行きましょう」と言うと、スペクターは「ソレナラ、コレカラ、クルマデ、シナイヲ、ゴアンナイシマス、ソレカラホテルデ、オヤスミクダサイ」と言って、市内の名所や新しい建物など、夕刻になるまでキャデラックで案内し、予約してある一流ホテルに同行してくれたのである。そして更に夕食に時間をかけてさまざまな話を聞かせてくれたのであった。
母静と美千代は天にも昇る心地《ここち》であった。志保も波江もスペクターの紳士的な振る舞いに感謝して時を過ごした。
翌朝スペクターは銀座のデパートまで車で送ってくれた。四人は思いがけないもてなしに礼を尽くし、再会の約束をして別れを告げたのであった。

一流ホテルやデパートを見学した志保は、一気に設計を進ませたのである。スペクターに注文をした品々は十日程で届いた。志保は早速それらの品に合わせ、かねてより設計した図を更に工夫をこらした。

製作は秋山と山根に担当してもらい、塗装は漆職人の沼田が各種の漆工法で仕上げる事にしたのであった。

次第にさまざまな備品が仕上がっていく。室内工事も山根が掛け持ちリーダーになり、志保の設計通り順調に進んでいよいよ最終局面を迎えた。

建物全体は一部二階になり七割は平屋造りで、離れは純和風の平屋で屋根の高い切妻造《きりづまづく》りである。

庭園も見事に完成しつつあった。志保の受け持つ浄化槽の埋設も終わり、後《あと》は製品の設置と若干の取り付けのみとなった。

襖はすでに仕上がって、後日日本画家の緒方画伯が高山盆地に因《ちな》んだ絵を描《えが》く事になっている。

欄間は見る角度によって金銀瑠璃《きんぎんるり》の消し色《け》が仄《ほの》かに輝《かがや》くように見え、別の角度から見ると存清漆《ぞんせいうるし》が加味して、その気高さが周りを引き締めている。

真下から見ると、岩群青《いわぐんじょう》の細い線が巧みに入り組んだ錦雲《にしきぐも》の雅《みやび》にいい知れぬ品の良さ

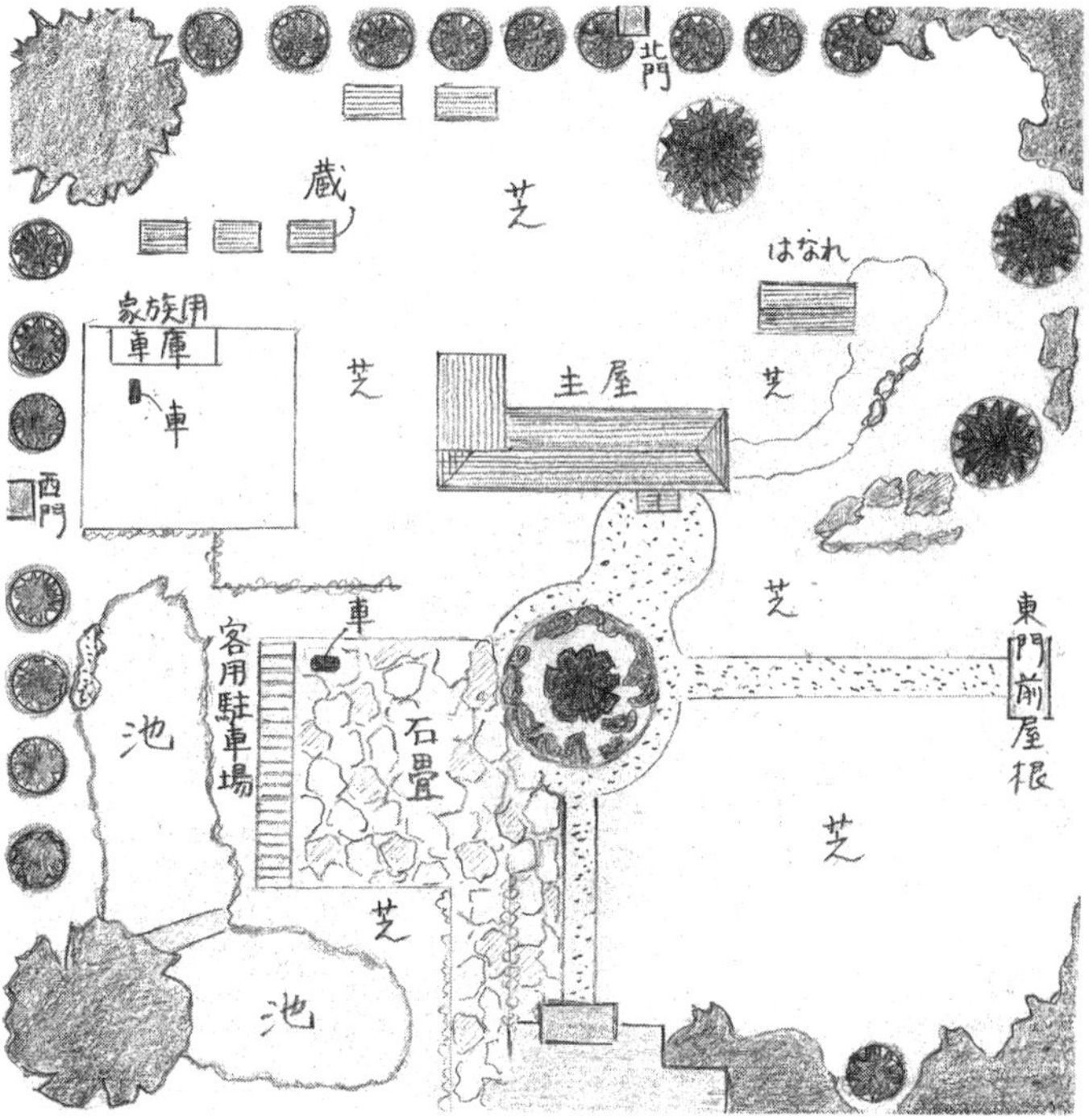

と広さを醸《かも》し出している。

更に通し間の襖を全《すべ》て開《あ》けて見ると、清麗《せいれい》な飛騨盆地の春秋の山脈を彷彿《ほうふつ》させ、正に天界の格調に満ちた極上の仕上がりである。

障子は正面から見ると、極《ごく》細目《ほそめ》縦格子《たてごうし》と角格子を巧《たく》みに組子式にして春慶漆《しゅんけいうるし》で斑《むら》のないように見事な技術で仕上げてある。

この障子は斜めの方角から見ると太く大胆な格子に見えるが、悪魔祓いの意味を込めた極細の金線が二本、三本、四本、五本と人の歩みによって見え隠れするように創作されている。また見方によっては、朱色《しゅいろ》と茄子紺《なすこん》の二色が見えるように工夫を凝《こ》らした極上の障子である。和室式の居間は天井に梁型《はりがた》を出し、それを錆漆《さびうるし》で丹念に研《と》ぎ、要所は群青《ぐんじょう》を入れた逸品作だ。

天井板は欅《けやき》の玉杢《たまもく》だ、透明漆《とうめいうるし》で杢《もく》の粋《すい》を遺憾無く発揮させた格調の高さである。

天井の回《まわ》り縁《ぶち》は大胆な銀杏面《ぎんなんめん》の三段飾り。丈六《じょうろく》の壁は三段に分け幅木《はばき》は五寸にした。

材は栃《とち》で春慶漆で仕上がっている。長押《なげし》は七寸の杉糸柾杢《すぎいとまさもく》を使用して、やはり透明漆で糸柾《まさ》の持つ特徴を全て出した贅沢な造りである。洋式客間はルイ王朝風に贅《ぜい》を尽くした。

細かい見切材や窓枠材、天井の回り縁などは全て水目桜彫入で要所を締め、格調と気品にこだわった洋式客間として創り上げた。

食堂の内装も点と線のコントラストに加え、照明、食堂テーブル、イス、飾り棚など細部に至るまで、さまざまな材と技《わざ》にこだわった逸品揃えである。

台所も最先端の機器を更に加工して創作した作品で、まるで一品作の展示場のようだ。

客用の風呂は六尺角で桧木材を使用した。全体の広さは約八畳で、更に裏山から引く弱アルカリ性低張性単純温泉だ。この自家源泉は風呂を始め全室床暖房にも使用されている。しかも風呂は掛流しであるのでいつも清潔だ。

床と壁は、岐阜で採掘された紅更紗《べにざらさ》と錦紋黄《きんもんき》の石材を使うなど、上品さと暖かさを取り入れた。

トイレ、洗面台は志保の拘《こだわ》りが見事に花を咲かせた。蝋色《ろいろ》で仕上げた機器は独特の気高《けだか》さと清潔《せいけつ》さ、そして天井と壁の色調とマッチして一種の美術館のようだ。

建主や成瀬のおどろきと悦《よろこ》びは極まったものになった。

十帖の仏間には一間幅の仏間床を作り、そこにピッタリと納まる総桧木作りの豪華でいて瀟灑《しょうしゃ》なデザインの仏壇を創作した。

旧家であるから沢山の位牌が祀られている。志保は将来を考えて例え何百人の方々であっても荘厳に祀られるように先を見越した設計にしたのであった。

後に開眼法要に招かれた一族の人達は《凄いなあ、まるでお寺のようだ》と絶賛した。

志保の受け持つ全ての内装工事は、大石製作所スタッフ全員の粋《すい》をこらして作られたのであった。

成瀬は、志保の構想と細部に渡る行き届いた設計、卓越した職人の技《わざ》の結晶を見て、目を見張って言った。

「何という素晴らしい出来栄えか！　これは超一級だ！　これなら池元さんも奥さんも、家族のみなさんにも必ず気に入って貰えるぞ！　豊島さんは素晴らしい人材を育てた。良かった！　俺《わし》は君に全《まか》てを任《まか》せて本当によかった！」

と満面笑みを浮かべて誉めたたえてくれたのである。志保は〝夜もろくろく寝ずに頑張った甲斐があった。よかった〟と心から思ったのであった。

「ありがとうございます。そんなに誉めていただくと恥ずかしいわ。棟梁のお力で、このような凄い仕事をさせていただいて大変光栄です。故大石社長も父も『棟梁に物造りの粋《すい》を教えて貰えば、その本質と価値がわかる』と言っていましたが、今やっとその意味が解りかけたような気がします」

と尊敬の眼差《まなざ》しで成瀬を見たのであった。

池元は前屋根から繰り広げられる邸宅に感動して、成瀬と志保に

「ありがとう、素晴らしい母家《おもや》、離れ、蔵、前屋根、そして庭、全体のバランスは最高だ。志保君にハンドスケッチを描いてもらうまで、私は注文するか、どうするか、正直迷っていたんだ。あのハンドスケッチで〝ああ、この人は0《ぜろ》から0・1、0・2というように数え、1に到達して確実にものを成《な》して行く人だなあ。そしてその手捌《てさば》きの良さからセンスが読み取れる程美しい線の引き方だった。そこでこの人なら大丈夫だ、この人なら成瀬さんと組んで行ける〟と思い腹を据えたんだよ。ありがとう、心から感謝致します」

と言って二人の手を握ったのであった。こうしてさまざまな問題で三年近く遅れた池元邸は、成瀬工務所の代表作として池元に引き渡されたのであった。それから一ヶ月程経ったあ

る日、成瀬が
「志保君、池元さんが東京で事業を起こして三年目になる来月、皇居のすぐ近くにある東京の代表地、大手町という処で政財界の人を集めて記念講演をするそうなんだ。そこに俺ら親子と志保君と波江さんに、作務衣姿で来てもらえないかと言って来たんだ。悪いけど付き合ってもらう訳にはいかないかなあ」
と言った。志保は
「悪いなんてとんでもない、悦《よろこ》んでご一緒させて頂きます。姉さんも嬉しがると思うわ」
と応えた。その日、志保は波江に成瀬の誘いを話した。波江は
「エッ! 池元さんの講演? 凄いお話ね。私はいいけど問題は作務衣ね。それは会場で着替えてもいいんでしょう」と言ったので、志保は
「それが駄目なのよ。会場に来る時は作務衣を着て入って来るようにとのご希望なのよ」
と応えると、波江は
「そうか、ならばホテルを出る時は作務衣姿なのね。じゃあ、東京までは普通の服装でいいのね」と言った。志保は
「うん、いいんじゃないかしら。ただ成瀬さん達は法被《はっぴ》姿《すがた》で通すような事を言っていたわ。だとすれば私達も同様に作務衣でないと悪いと思うけど」

と言うと、波江は
「そう、ならば私達もそうするか。でもこの時期、作務衣だけでは寒々しいわね。何かコートも欲しいし、履物も何か暖かそうな余所《よそ》行《い》きのものがいいけど…、志保ちゃんはどう思う?」
と困った顔で言った。志保は
「そうだよね、う~ん、それじゃ至急作るか。お姉ちゃんに気に入ってもらえるコートは私に任せて。でも靴は名古屋に心当たりがあるからそこに買いに行こうよ」と応えると、波江は
「うん行こう、行こう」と賛成した。そして翌日二人は名古屋の靴職人と相談したところ、
「作務衣に合う靴という事になるとセーム皮か特殊な布地になりますね」
と職人の杉山は言って、上品で特殊な厚地の布を見せた。志保は一目見て波江に
「いいじゃない、これで作ったら素敵な靴になると思うわ。色も三色あるし、どお?」と聞くと波江は
「そうね、いいわね、じゃあ後は形よね」と言って、さまざまな靴を見て廻った。
その結果、志保のアイデアで、底が厚く長時間歩いても疲れない特別な形を至急作って貰う事になった。靴職人の杉山は二人の足型を取り二週間で届けると約束してくれた。

志保は翌日の夜から、買って置いた藍と朱のストライプの入った裂地で作務衣とコート作りを始めた。出来上がるまで半月近くかかった時に、名古屋から靴も届いた。

波江と二人で早速履いてみると、波江は
「凄いものね、ピッタリだわ。さすが専門家ね、驚いたわ」と言って大喜びだった。

一方、成瀬と長男、重道《しげみち》は法被《はっぴ》作りに躍起になっていた。

背紋《はいもん》はどうするか？　文字は？　など重道が法被専門店と連日打ち合わせをして、何とか間に合いそうだった。

そしていよいよ東京行きの日が来た。

出発当日は高山駅朝六時発の列車で岐阜駅で乗り換えて東海道本線に乗り、東京駅到着は夜六時三十分であった。

駅では池元の秘書が迎えに来て、乗用車でホテルまで案内してくれた。

成瀬と長男重道は鯔背《いなせ》な法被《はっぴ》姿、志保と波江は粋な作務衣姿。

ホテルの玄関で四人を待っていた池元は嬉しそうに、

「やあー良く来てくれました。ありがとう。大変だったね、まあこちらへ」とホテルの支配人佐々木隆三に四人を紹介した。佐々木は四人の姿を見てドッキリした様子だった。

周《まわ》りの客も佐々木同様、違和感を覚えたのか、四人に視線を移した。佐々木は

「いらっしゃいませ、遠路の処お疲れさまでございました。さあ〜こちらでしばし、ご休息下さいませ」とロビーの一角にある特別予約席に案内したのであった。池元は

「こうして改めて四人さんの姿を拝見すると感激します。着いたばかりでお疲れの処、一寸《ちょっと》私の話を聞いて下さい。やっぱり良く似合うなあ。それにしても、日本伝統着衣《でんとうちゃくい》の奥義《おうぎ》は深いね。一言では言えない魅力があります。実は成瀬棟梁に無理なお願いをしたのは、二つの理由《わけ》があったのです。一つは高山の伝統と盆地の風俗、それに加えて高い技術に裏付けされた建築家の伝統衣裳から彷彿《ほうふつ》される棟上《むねあ》げの儀式や作業風景等の生業が、今後の日本にとってどんなに大切なものかを知っていただきたい為に、四人さんのお力を拝借したくお願いした次第です。明日の講演の時には、飛騨高山のスターとして会場のみなさんにご紹介させて頂きますのでよろしくお願いします」と言った。

四人は顔を見合わせてポカンとした表情であった。何のためにこんな恰好《かっこう》で招かれたのか？ 不思議な思いであったが、池元の話を聞いて四人共ビックリしたのであった。その時、成瀬は

「えっ！ 先生、お話は解りますが、俺らは大工と建具屋の職人ですよ。そんな輝かしい場所に出る人間じゃないです。役者が違います、勘弁して下さい」

と強く抗議をし、スターの役目を辞退した。池元は

「いや、いやご免なさい。最初に言ったら今のようにあっさり断られてしまうと思って今まで言わなかったが、まあもう少し話を聞いて下さい。実は敗戦後の日本が大和魂《やまとだましい》や大和《やまと》撫子《なでしこ》の心を失いつつある現実は、悍《おぞ》ましい拝金主義に陥《おちい》る姿なのです。この事は日本人にとって忌忌《ゆゆ》しき事柄なのです。今後の日本は目覚しい発展をする事確実ですが、その反面、なによりも大切な心を奈落の底に落としてしまう事も、同時にあると危惧しています。戦争に負け、なにもかも失った日本人は勇《ゆう》を奮《ふる》って立ち上がり、螺旋《らせん》の如く向上して行くでありましょう。その姿は素晴らしいと思います。しかし、物凄い勢いで刷新《さっしん》されて行く現代社会に、古《いにしえ》の文化の良さを忘却しないよう楔《くさび》を打ち、永遠の気概《きがい》を持ち続けてもらいたいという願いが、法被《はっぴ》姿と作務衣《さむえ》姿にかけてあるのです。みなさんの愕《おどろ》きとご立腹は解るけど、来たるべく次世代に、みなさんの力を拝借して示《しめ》したかったのです。重ねて申せば、日本人は元来秩序を大切にする民族です。しかし民主主義という事が遮二無二《しゃにむに》浸透すると、何でも自由だと思う人も多く出て秩序を失い自分よがりになってしまう。それは未来の創造に弊害を及ぼす事になる。それを戒《いまし》めるためにも、重ねて言いますが、協力してほしいのです。むろんその戒めは私自身も含まれている事は申すまでもありません。どうかご理解下さい。そして二つ目は先般皆さんが我が家を建てて下さった時、私の考え方《かた》に大きな変化が生じた事です。その原因は成瀬グループの底力です。どの人をとって見ても、人間の技《わざ》と思えぬ優《すぐ》れた技術を持っている職人さんばかりだ。

綜合企画設計力に加え、土木、大工、左官、建具、板金、屋根、塗師、庭師等々の力が集結し、完全満足度を満たした最高の家を創り上げてくれた。その気概《きがい》と迫力が、挫《くじ》けそうであった私の心に火を点《つ》けたのです。その結果、私は広く近未来都市構想を提案し、世に微力《びりょく》ながらも貢献出来るようにと、この度その第一歩を、と思っているのです。それこそが人として生まれた甲斐《かい》だと気付いたのです。振り返って見ると、最初の普請の時、とんでもないアクシデントがあり、成瀬さんのグループの全員は途方もない大損をした。しかしグループの皆さんはそんな事に対して少しも泣き言を言わずに、只《ただ》ひたすら取り壊し作業に打ち込んでいた。そして次の普請《ふしん》に対しての棟梁の気迫は凄かった。グループの各職方も、その気迫に満ちた勢いはどんな悪鬼《あっき》も寄せ付けない凛然《りんぜん》としたものを感じた。更に感心したのは、どの職人さんも明るく、しかも清々《すがすが》しく仕事をしていたことです。私はそれを見て楽しそうだなあと思った。そこに、人として大切な生き甲斐《がい》や遣《や》り甲斐《がい》も充分に見て取れた。成瀬さんの人柄に、職人さん達は安心と信頼を寄せている事を感じました。私も成瀬さんに多くの事を学びました。特に大人の作法は私にとって初めての教訓でした。本当に心の底から感じ入《い》りました。此の度の経験は皆さんのおかげです。そこでその恩返しをしたいのです。

明日会場に来《こ》られる人の中には、あなた方の仕事に関連する人が多くいます。ですのでこの

機会にご紹介したく思い、無理を承知でお願いした訳です」

とロビーの特別席で一気に語ったのであった。

四人が池元の深い思慮と思い遣《や》りに恐縮している処に、支配人の佐々木が
「すみません、実はレストランの営業時間が足りなくなってしまいましたので、最上階の特別ラウンジにご夕食のご用意を致します。まずはお部屋にご案内致しますので、その後《のち》ごゆっくり最上階にお越し下さいませ」

と言って、ボーイを呼んで部屋に案内するように命じた。

志保と波江の部屋は五階で広く、柔《やわ》らかな照明に包まれたセンスのいいツインの部屋だった。荷物を置き簡単に身嗜《みだしな》みを整えてから部屋を出た。

エレベーターコーナーに行くと成瀬親子が待っ

ていた。四人で最上階に行くと多数の人が楽しそうにくつろいでいた。

四人は身嗜みを整えたものの着替えはしないように言われていたので、人々の視線は四人に集中したのであった。

支配人が四人のために用意してくれた料理を楽しんでいる時であった。

突然ファッション雑誌の北川純子とカメラマンが名刺を出しながら、

「おくつろぎの処、誠に恐縮ですが、素晴らしいご容姿とお召し物に目を奪われてしまいました。失礼は重々《じゅうじゅう》承知の上で勝手な事をお願いいたします。すみません、ぜひお写真を撮らせていただきたいのですが、よろしいでしょうか?」

と懇願《こんがん》して来たのである。「とんでもない」と志保は断ったが、北川は怯《ひる》まず
「時間は取らせません。写真が出来たらまずご覧いただいて、その上で掲載のご相談となります。その時点で、もし駄目という事であれば決して掲載する事は致しません。あまりにも素敵な皆さまを拝見して、つい取材をさせていただきたい衝動《しょうどう》に駆《か》られてしまい失礼を致しました。どうかよろしくお願い致します」と食い下がったのである。四人が困った顔をしていると、いつの間にか傍《そば》に来ていた池元は
「いいじゃないですか。日本で十本の指に入る大手出版社の頼みです。聞いてあげたらどうですか。私が先程申し上げた日本の心とでも申しますか、働く伝統衣《でんとうえ》の趣旨《しゅし》にも叶《かな》う事で

す。あなた方にとっては矛盾に思われる処もあるかも知れませんが、広い視野で考えて頂ければ世のためになるかも知れませんよ。ね、北川さんどうですか?」
と四人の顔をのぞき込むようにし、視線を北川に移した。北川は
「ハイ、ありがとう存じます。先生のおっしゃる通り、私達はさまざまな情報を広く社会に伝えていく事を業務としています。故にご迷惑をお掛けするような事は致しません」
と言う北川の言葉尻をとらえるように、成瀬は
「俺《わし》らは嫌だと言っているのに、執拗《しつよう》に言うそのこと事態が迷惑じゃないのかね。ハハハまあいいや、先生のお言葉もあることだし、ねえ志保君、波江さん」
と二人を見ると、二人は笑顔で頷いた。そして波江は
「プロのモデルさん達に対して出過ぎるというか、烏滸《おこ》がましいというか恥ずかしいけど、棟梁と一緒ならばまあいいか、ねえ志保」
と言ったので、志保も「うん」と渋々コックリと頷いたのであった。池元は
「そう、それはよかった。北川さん、悪用《あくよう》は駄目だよ」
と念を押した。北川は
「はい! 無論です。ありがとうご座居ます」
と嬉しそうに応じたのである。池元は

「棟梁と重道君の法被《はっぴ》はさすが特別な仕立てだね。見ても触《さわ》っても凄く良くできている事が解るね、私もほしいね。波江さんと志保君の作務衣は、女性用としたデザインに藍《あい》の色と朱の色調《しきちょう》が独特の気品というか、奥ゆかしくて魅力があるね。それにポケットがまたいいね。家内が見たら絶対欲しがるなあー。これは作務衣というより新しいファッションだ。二人共良く似合って素晴らしいね。日本の伝統を守る衣服として、また職業に合わせてコーディネートを加えると流行《はや》るかもね。写真が出来たら私にも見せてね」

とニッコリとしてその場をはなれていった。

翌日、池元の講演中四人は壇上に招かれ、働く職人達の伝統衣服とそこに裏付けされた規律やポリシーなどを表現出来る着衣の本質を披露したのであった。

そして昼食会の時、池元は四人のテーブルに来て
「皆さんありがとう、お陰《かげ》さまで大好評だった。この事は今後の事業展開に大きな信用と信頼を築く基《もと》となる。必ず良《よ》い結果を生みますよ。本当にありがとうございました。ところで皆さんは芝の貿易商社に行くと言ってましたが、時間の許す限りゆっくりして下さいね。私はこれから少しの間、席をはずしますが、代わりに秘書の鈴木になんなりと申し付けて下さい。今日は面目が立ちました」

と頭を下げたので、四人は立ち上がり

一こちらこそ、ホテルの用意から至れり尽くせりの温かいご接待をいただきまして、お礼の言葉もありません。先生のお話は、現在の事、そして次世代の事、更にそのまた先の事など正に三時《さんじ》の道理を説《と》かれ心に浸《し》みました。俺《わし》らにとって此の度のことは生涯忘れることがない特別な日と存じます。ありがとうございました」

と四人を代表して成瀬は礼を述《の》べたのであった。

四人の席には次から次へと名刺を持って来る人が多かったが、やがて会場を去る時が来た。四人は身仕度を整えてロビーへ行くと、秘書の鈴木が、手入れの行き届いた乗用車を用意して待っていた。

支配人の指示で、ボーイ達が〈それではご案内致します〉と言ってそれぞれのカバンや手荷物を持って歩き出すと、鈴木が走り寄って

「ご苦労さまでした。さあー車はこちらです」と言ってボーイと共に案内して、

「ではお乗りになって下さい」と後部のドアを開けた。そして重道に対しては

「恐れ入ります。お一人さまはこちらに」と前のドアを開けた。四人が席に着くと、徐《おもむろ》に

「それではこれより芝のジョージ・スペクターさんの会社にお送り致します」

と言って車を走らせた。鈴木は迷う事なくスペクターの事務所前に車を着けてくれた。成瀬は鈴木に

「ありがとうございました。先生にくれぐれも宜しくお伝え下さい」
と頭を下げて別れを告げたのであった。ジョージ・スペクターは事務所の外へ出て迎えてくれた。
「オー！　ウェルカム、ヨウコソ」と言って目を丸くして四人を凝視した。そして
「ニホンノキモノハスバラシイ、ミナサン、ワンダフル」
と言って一人ひとりに握手を求めて来た。成瀬は名刺を出して
「先般はこの二人が大変お世話になりました。おかげさまで立派に仕上がりました。これは写真です」
と言って写真集を広げて見せた。そして細部については波江が通訳したのであった。スペクターは
「ナントスバラシイ。コンナニリッパニナルナンテ、オモッテモミナカッタ」
と大感激だった。同社では真珠製品のカタログを作るため、カメラマンが製品の写真を撮っていた。スペクターはモジモジしながら
「アノ、アノ、アノーミナサン、ソノキモノデ、モデルニナッテクダサイ」
と真珠を手に持って願ったので、四人はこれをＯＫと快諾したのであった。
四人はそれから二時間ほどでスペクターの事務所を出て高山に帰り、池元の講演内容を分

析したのである。

そして志保と波江は、来《きた》るべく近代文明の幕明けが間近《まぢか》に迫《せま》って来ている事を知ったのであった。

特に金融、流通に加えてバイオ、マイクロエレクトロニクス、新素材の三大テクノロジーに関《かか》わる所見と、民主主義によって起こる意識変化に付いて二人は大きな知識を得たのであった。志保はファッション誌の取材を受けた事を忘れかけていた。

編集長の北川は写真を雑誌に掲載した直後から反響が多く、連日百件を超える問い合わせが続いた。

そのため、北川はまず高山の池元邸を訪問したのであった。

そして池元邸を見て、あまりの豪壮さと斬新さに驚き、しばし見とれていたのである。

その時、庭園の手入れをしていた庭師の吉野が怪訝に思い、北川に声をかけた。

「もし、どうかしましたか?」と。北川は〈ハッ!〉として我に返り、

「こちらは池元先生のお宅ですか?」と聞くと、庭師は「そうだよ」と応じた。北川は
「やっぱりそうですか。話には聞いていたけど凄いお屋敷ですね」などと話をしていると、池元が乗用車で帰って来た。そして西門の処に居《い》た北川を見て、

「やあー、北川さんじゃないかね。どうした、こんな田舎に?」と声をかけた。北川は

「あっ、先生突然にすみません。実は成瀬さんグループの人達に逢いたく思い来ました。もし先生がご在宅であればと思いご訪問致しました。ご連絡もせず失礼致しました。それにしても、あまり凄いご邸宅でビックリして見とれていました。ここは裏口ですか？　すみませんお屋敷を一廻《まわ》りさせていただいてもよろしいですか？　出来ればご邸宅の中も拝見させていただけませんか？」と迫った。池元は
「ほう、さすがに押しの強い処は編集長だな。本来ならお断りしたい処だが、まあ東京から来たとなれば断る訳には行くまい。仕方がない。いいでしょう。庭の方は庭師さんに案内してもらいなさい。終わったら声をかけて下さい。じゃあ吉野さん案内して下さい」
と言って家の中に入っていった。北川は庭師と共に一時間近く散策して
「あまりに大きいので、まだ全部見られませんでした。時間の都合で勝手で申し訳ありませんが、お家の中もよろしいでしょうか？」
と恐る恐るインターホンを通じて声をかけた。池元は
「そうですか、まあいいでしょう。どうぞ」と玄関を開けた。北川は玄関に入った途端
「ワァ凄い天井、凄い壁！」と連発しながら各部屋を見て廻った。そして
「先生、私も仕事柄立派なお宅を訪問させてもらっていますが、先生のお宅は次元が違います。こんな凄いご邸宅は初めてです。外観も凄いけど内装の素晴らしさは別格です。設計

はどなたでしょうか？　さぞかし名の知れた人でしょうね」と池元を見た。池元は
「ウフフフ、北川さんも会っている人だよ」と応えると、北川は
「エッ！　私の知っている人ですか？　まあーどなたでしょう？」と考えていると、池元が
「ほら先般私の講演会場で作務衣の女性に逢ったでしょう」と言うと、
「ハッ、あのお二人ですか」
「そう、その妹の志保さんが設計したんだよ。あなたはこの内装のどこを見てそんなに感心しているのか解らないが、志保君の設計の根本は、この高山盆地を囲む山々を上手に忍ばせている事だ。まあこちらに来て見なさい」と、五ツ間の襖を全て開けて見せた。そして
「ここの通し間は全部で六十帖になる。その襖の数は二十枚、障子も二十枚、欄間は二間半の物が三枚ある。ここに奥床しい心配りと素晴らしい技術が施《ほどこ》されているんだ。玄関だってそうだ。丈六の折上格天井の造りはこの家だけのものだ。客間や居間、そしてトイレや風呂など、あらゆる処に施主家のオリジナル性を提案している。その様にして創《つく》られる作品に福の神が心《たましい》を移してくれる。そのため か当家では完成後嬉しい事が続いているんですよ」北川は
「そうなんですか、だとすれば成瀬さんのグループは幸運をもたらすグループで、志保さ

んはスターですね。実はあの時撮らせて頂いた写真を雑誌に掲載したところ、凄い反響があったのです。ですので訪問の目的は、志保さんに逢って、読者の問い合わせに対する相談に参ったのです。今志保さんはどちらに居られますかね」と言った。池元は
「そうか、そういう事か、何しろ彼女は忙しい人だからな。成瀬さんの処へ行って聞いてみなさい。そうすれば解るでしょう」と応えた。北川は
「それならそうします。それからあのう……、お宅さまのお写真を何枚か撮らせて頂いてよろしいでしょうか」と恐る恐る聞いた。池元は
「うーん、それは困った。私の家だから私がOKすればそれで済むかも知れないが、なにしろ成瀬グループの力作だからなあ。少なくとも棟梁の了解がほしいな」と渋った。北川は
「解りました。了解をいただいてまいります。その時はよろしくお願いします」
と言って、成瀬工務所に向かったのであった。
かくして北川は成瀬と志保に逢い、ファッション誌に池元邸の全容姿と内部の紹介と共に〝特集・豊島志保作品集〟として、その名が発表されたのであった。

（十六）

志保は次第に父光男と同じように仕事を熟《こな》すようになっていた。しかし夜遅くまで残業をする事は避けていた。
理由は二つだ。一つは『夜遅く若い女性の一人歩きは止めなさい』と母の注意に従っている事である。
二つ目は早く帰って母と二人で楽しい夜を過ごす事である。そして最近は姉の波江と祖父母が増えたので、みんなで食事をしたり、雑談をする事が何よりも心の安らぎになる事を知ったからである。
今日も波江と二人で帰宅して、夕食《ゆうげ》の仕度をしている母を手伝いながら志保は
「お母さん、爺ちゃんと婆ちゃんはこの頃若くなった感じがするね」と言うと、母は
「そうだよね、何かいい事あったのかしら」と笑顔で話をしていると
「ウフフフ、何もありませんよ、でもみんなと一緒にいるとすごく気が安まるからね。だから幸せ感でそう見えるのかな」

といつの間にか傍に来たチカは言った。

祖父母の存在は父母と同様、志保の根幹《こんかん》を育《はぐく》んだ幼年の時代にあった。

志保の心に大きな影響を及ぼしてくれた言わば先生でもあった。

祖父は明治元年に高山でも指折りの豪農に生まれ何不自由なく育ち、二十三歳で二ツ年下のチカと結婚、やがて光男の父となった。だがチカは光男の出産の後遺症で次子を産めない身体《からだ》になってしまったのであった。父光男は祖父母の一人っ子であったのだ。

祖父利美夫が三十代の時、大掛かりな詐欺に遭《あ》い、僅《わず》かな期間に莫大な借金を作り、先祖代々受け継いで来た財産の全てを失ってしまったのであった。

住む家も無くした祖父は十五歳になった父光男を材木問屋に丁稚奉公《でっちぼうこう》に出し、自らは唯一力になってくれた友人の世話で、高山郊外にある大手企業の守衛の職に就き、定年の六十五歳まで勤めた。

その時、退職金として三千円を受け取った。祖父はそれを元手に知り合いの農家から五反歩の畑と農具一式、そして各種の種《たね》や肥料を求めたのである。

畑で野菜を作り、それを仲買人や市場で売り、少ないながらも生活費に当てていた。

だが八十一歳になった初夏、風邪を拗《こじ》らせ肺炎を患《わずら》った事から急速に体力が衰えてしまったのである。

母静や孫の波江、志保と同居を始めたのもその頃であった。

それでも祖父利美夫は遠くなってしまった畑に自転車で通《かよ》った。

往復二時間以上かけ、畑《はたけ》仕事に精を出し続ける毎日を送ったのである。

一人野菜作りを続けながら過去を振り返り、走馬灯の様《よう》に思い出される半生の一コマ一コマと対話を繰り返す日々を過ごしながら、利美夫は〝全く俺は馬鹿な事をしたもんだ。あの時、チカの忠告を聞いておればこんな事にならなかったのに、餓鬼だったんだなあ。情けない。悔やんでも悔やんでも悔やみきれない。何とかしようと思っても、無一文の上、二度と失敗はしたくないという臆病風《おくびょうかぜ》に脅《おびや》かされて、結局何も出来ずに無駄《むだ》に年をとってしまった。もう身体《からだ》はガタガタだ。年をとるという事はこういうことなのか。これが老病死《ろうびょうし》の実態《じったい》か、全く惨《むご》いもんだ。それにしても、俺は何の罪もないチカを道連れにしてしまった。光男にも親らしい事は何一つしてやれず、苦労をさせっぱなしで死なせてしまった。親父《おやじ》やお袋《ふくろ》を始め、代々の先祖にはどうにも申し訳が立たない。俺は最低の男だ！　だらしのない人間だ！　利美夫の馬鹿野郎！　お前はどう責任を取るんだ！　どんどん年を重ね、身体《からだ》はもうミイラ化してしまっているではないか、こんなのでこの夏は越せるのか！　越せそうもないではないか！　ざまあ見ろ！　いい気味だ！　さっさと死ね！　此畜生《こんちくしょう》！〟と独り言《ひとりごと》対話《たいわ》で愚痴《ぐち》を繰り返しながら鍬《くわ》を打ちおろし、憂《う》さを晴らしていたのである。

あの忌《い》まわしい時の事をチカを始め誰にも話すまい。まして愚痴を言うような愚かで屈辱的な振る舞いはしまいと固く自分の心に誓っていたので、独り言を言いながら悔し涙を流し自分を責めていたのであった。

梅雨末期になって急速に体力の衰えを感じ、自転車に乗るのも辛くなるようになった利美夫は、気力と体調の変化とが儘《まま》ならない事を思い知った。

己《おのれ》の限界に対し〝なにくそ！　負けてたまるか！〟と思う気力が弱くなっている事も認めざるを得ず〝いよいよだなあ〟と死を間近に考える日々を送っていた。

お盆が近づいた夜九時過ぎ、チカが敷いてくれた布団のそばで電気がショートするように〈パチッ！〉と頭の中で音が聴こえたその瞬間、目の前が白くなって利美夫は思わず膝をついて四つん這いになった。

ドスンという音にチカは驚き駆け寄って、「どうしたの、大丈夫！」と声をかけた。

利美夫は《大丈夫だ！　何でもないよ！》と言いたかったが、声が出ない状態に陥《おちい》ってしまっていた。

無言で四つん這いになっている夫を見て、ただ事ではないと思ったチカは、

「野沢先生を呼んで来る！」と叫んで外へ出ようとした。利美夫は絞り出すような声で

「大丈夫だ、いいんだ、もういいんだ、それよりお前に話したい事がある」

と言って徐 に布団の上に座り直したが、息遣《いきづか》いが荒く苦しそうなので、

「でもなにか変よ、苦しいの？」

と言うと、利美夫は呼吸を整えるようにして優しい面持《おもも》ちになりしずかに、

「チカよ、長い間苦労をかけてすまなかったなあ、俺《わし》のような奴《やつ》と一緒になったためにお前の一生は台無しになってしまった。悪い事をしたなあ。だがお前はそれを責めるどころか愚痴も言わずに何時《いつ》も俺《わし》を大事にしてくれた。もしお前がいなかったら俺《わし》はもっと惨《みじ》めになって、とっくの昔にこの世にいなかったと思う。本当にありがとう」

とチカに頭を下げて礼を言った。チカは利美夫の言葉に驚き、

「何を言っているの？　変な事を言わないで。お世話になったのは私の方よ。あの時以来あなたは真《しん》の男になったわ。そればかりか年が経《た》つにつれ心が大きくなり立派な人になったわ。私はそれが自慢なのよ。もし、もう一度生まれ変わるような事があっても、私はやっぱりあなたと一緒になるわ。あなたは受け継いで来た豊島家の財産を無くした事を大変気にしているようだけど、人として立派になったあなたを見て、お父さんも、お母さんも、代々のご先祖さまもきっと喜んでくれていると思うわ。何より孫達は皆立派に成長したし、これで豊島家の財産は取り戻した事と同じよ。そればかりか、実《みの》りの方がはるかに大きいと私は思っているのよ。屋敷や田畑、そして山林などから形は変わったけど、あなたは永遠に続く

豊島家のために、とても大きな礎《いしずえ》を造ったのよ。そのためずっと働き詰めだったから少し疲れたのよ。あなたのおかげで貯金もあるし、生活は大丈夫よ。だから明日から暫く休んで、たっぷり休養する事にしましょうよ」

と微笑みながら癒すように言った。利美夫は
「そうかあーお前にそう言ってもらえると嬉しいよ。ありがとう」

とチカを見ながらしずかに横になって目を閉じた。

チカはやさしく夏掛けのフトンをかけて利美夫の手にそっとキスをしたのであった。

すると今まで人前で涙を見せたことがない利美夫の閉じた目から一筋の涙がこぼれ、頬《ほお》を濡らしたのであった。

これが永遠の眠りになろうとはチカは知る由もなかった。

母静はドスンという音と共にチカの声を聞き、何かあったのか、どうしたのか？ と心配になり様子を見に来た処、二人の会話を廊下で聞くともなしに耳にして胸が締め付けられる思いがした。

利美夫がチカに積年の思いを伝え、そしてチカの犒《ねぎら》いと励ましのやさしい言葉に感激し、涙が溢れ止まらなかったのであった。

翌早朝、四時過《す》ぎ頃チカはいやな予感に駆られ、「あなた」と声をかけたが何の反応もな

いので傍に行き、寝顔を見て〈ハッ！〉とした。
「あなた！　あなた起きて！」
と大声で叫んだが、利美夫はしずかに目を閉じているばかりであった。

母静と姉波江と志保は、チカの声を聞き、急いで二人の部屋に行き《どうしたの？》と声をかけようと思ったが、チカが夫利美夫の死を察したのか、利美夫の手を取りそっと自分の頬にあてて涙声で話しかけ、その手を胸の上に組ませていた。

三人はその姿を見て声を詰《つ》まらせてしまったのであった。三人はチカの傍《そば》に座ると、チカは
「昨晩からいつもと違う様子だったのよ。この人は呼ばなくても良《い》いと言ったけど、やっぱり野沢先生に診てもらえばよかった」と突然の衝撃と悲しみをグッとこらえていた。

母静は昨夜の二人の話を思い出し、深い思いを受け止めていたのであった。

誰にでも必ずくる愛別離苦は堪え難い苦しみだ。まして苦楽を伴にして酸いも甘いも噛み分けて来た二人の別れである。

愛するチカを残して一人逝《い》く利美夫の心底と、見送るチカの心はいかばかりかと思うと、静は思わず心の中で〝お義父《とう》さん、本当に永い間お疲れさまでした。どうか現世の苦から離れて安養に住して下さい。お義母《かあ》さんの事は私に任《まか》せて下さい〟と言った。そして

「志保、野沢先生の処へ行って成《な》り行《ゆ》きを説明して至急来てもらえるようにお願いして来て。それから波江は、進にすぐ来るように連絡を取って来て」

と言ってチカの肩にそっと手を置いた。

野沢医師は程なくして駆け付けて、直ぐに利美夫を診察し、沈痛な面持ちで
「朝方三時から四時頃で苦しむ事のない穏《おだ》やかなご臨終でございました」とチカに告げた。

進の連絡で歌代も駆け付け全員が揃った。

それから葬儀が終わり、中陰を経て満中陰で再び皆が揃って納骨の儀式を厳修する時、チカは墓標の中央に進み合掌して、

「代々のご先祖さまに謹《つつし》んで申し上げます。利美夫さんは皆さま方が築いてこられました豊島家の全財産を親不孝にして失ってしまいました。しかしその後は全身全霊をかけて償《つぐな》って参りました。その結果、無くした資産を元のように戻すことは出来ませんでしたが、光男を遺しました。光男は若くして浄土に帰りましたが、生前に於いて静さんという素晴らしい人と結婚して五人の孫が生まれました。二人は五人の子供を立派に育ててくれました。しかしそのうちの一人、文彦は社会に貢献する修行を終え、皆さまの元《もと》に帰りました。ですが今ここに居る曾孫《ひまご》の芳彦を立派に遺してくれました。利美夫さんはあの時以来、人が変わり妙心を得た人となり、家族に得難い規範を示してくれました。そしてこの子供達は、

それぞれの人生修業を通じて社会に貢献して行く事と同時に豊島家の再興を成して行く事と思います。この事柄はお金や物には替えられない大きな、大きな財産です。利美夫さんは私の誇りです。豊島家の宝です。どうか代々のご先祖さま、利美夫さんを許して下さい。皆さまのお傍にやさしくお迎え下さい。そして誉めてやって下さい。お願い申し上げます」

と切々と語ったのであった。

母静を始め孫達一同は、涙に咽《むせ》びながら願う祖母のチカと同様に深々と頭を下げ合掌して、『お願いします』と声を揃えたのであった。そしてチカは帰宅すると、仏壇に香華《こうげ》灯燭《とうしょく》珍種《ちんしゅ》を供《そな》え合掌低頭《がっしょうていず》して、本尊仏に対し礼を尽くし、居並《いなら》ぶ先祖位牌の一番前に利美夫の霊牌《れいひ》を安置し、これまでの報告を済ませたのであった。

そしてしずかに振り返り、真顔からやさしい面持《おもも》ちになって、

「静さん、そしてみんな、いろいろとありがとう。おかげさまで爺ちゃんを無事浄土に送る事が出来ました」

と両手をついて礼をした。そして

「静さん、あの忌まわしい出来事であの人も私も再興を夢見て一生をかけて闘って来た事は事実よ。そのため、あなた達には何もしてあげる事が出来なかった。どうか許して下さいね。言い訳がましいけど、大正年代から昭和にかけて日本は大変動期だった。あの太平洋戦

争を含めて、一般庶民は全くどん底を這う経済状態の中を追われている有り様でした。そうした混乱の中で私達二人はどうする事も出来なかった。しかし私達に出来なかった事を、光男とあなたは立派にあの時の屈辱を晴らしてくれたわ。それはあなたが豊島家の再興を成し得る土台を創《つく》ってくれた事にあるのよ。その一番の功労者は静さん、あなたよ。あなたは五人の子供を立派に育てたわ。そのおかげで豊島家の血脈は途絶えることなく子孫へと続くのよ。お金や物とは比較にならない大きな事を成し遂げてくれたのよ」

と語った。

志保は豊島家崩壊の成り行きに、こうも長年月《ちょうねんげつ》に渡り苦の種にして来た二人の人生に一言もなかった。だが志保達兄姉《きょうだい》に人生の浮き沈みを身を持って強烈に示したのである。

志保にとって祖父母の存在は感覚、知覚を豊かにする根元であった。

言い換えれば、反面教師的な役と同時に、極めて純朴な役を長い期間薄紙を貼るように教示してくれた師であったのである。

（十七）

昭和二十六年正月、志保は年賀状を出さないでいた。
それは昨年、利美夫の後を追うように浄土に帰ったチカの不幸があったからだ。
しかし志保は成瀬棟梁宅へ年賀の挨拶に訪問した。
成瀬は作業場の一角にある五坪ほどの休憩場で、ダルマストーブに木片を入れながら孫の美咲と妻の良江と三人でミカンを食べていた。志保はそこで昨年のお礼と新年のあいさつを済ませて三人の輪の中に入り「ハハハ、ホホホ、ヘヘヘ」と時間を忘れて楽しくすごしていた。成瀬は
「志保君ちはおととしに爺ちゃん、去年は婆ちゃんと不幸が続き、本当に気の毒だったたなあ。しかし元次郎君と波江さんが目出度く結婚して良かったなあ。これで大石さんは万万歳だ！　次は歌代さんと君だなあ、誰か意中の人はいるのかなあ」
と暗に質問するかのように言った。志保は
「皆さんによく言われるわ。でも私も歌代姉さんも凄く難しい事だわ。二人共多分結婚な

んて縁のない存在なのよね。その理由《わけ》は仕事を取るか、家庭を取るかという事なんだけど、きっと仕事を取ると思うわ。歌代姉さんの場合、国立病院で難病に侵《おか》されている子供達を見捨てることが出来ないという理由からです。結婚すれば私達の母のようになりたいと思う。でもそうなれば難病の子供達を診《み》られない。歌代姉さんは自分の事よりも苦しむ人のためにという考えの強い人ですので、まず結婚はしないと私は思います。実は私も同じです。大石さんに入社してまだ六年です。もっともっと勉強したく思っていますので、結婚なんてとてもとても考える余地はないのです」

と応えた。成瀬は

「そうかあ〜、未《ま》だ赤い糸を持った人は現《あらわ》れないか。まあそのうち素晴らしい人に出会うかもなあ。ところで話は変わるけど今年はいい話があるぞ」と嬉しそうに言った。

成瀬が話題を変えてくれたので、志保は内心ホッとしながら「まあ何でしょう」と目を輝かせて成瀬を見た。成瀬は古い寺の写真を見せ、

「このお寺なんだが、宗教法人法が戦前のように戻るそうだ。そうなればそれを機会に本堂、客殿、庫裡《くり》を建て替えるという話だ。ホレ！　これが今の現状だ。もうボロボロだろう」

と両手を広げた。志保は目を凝らして

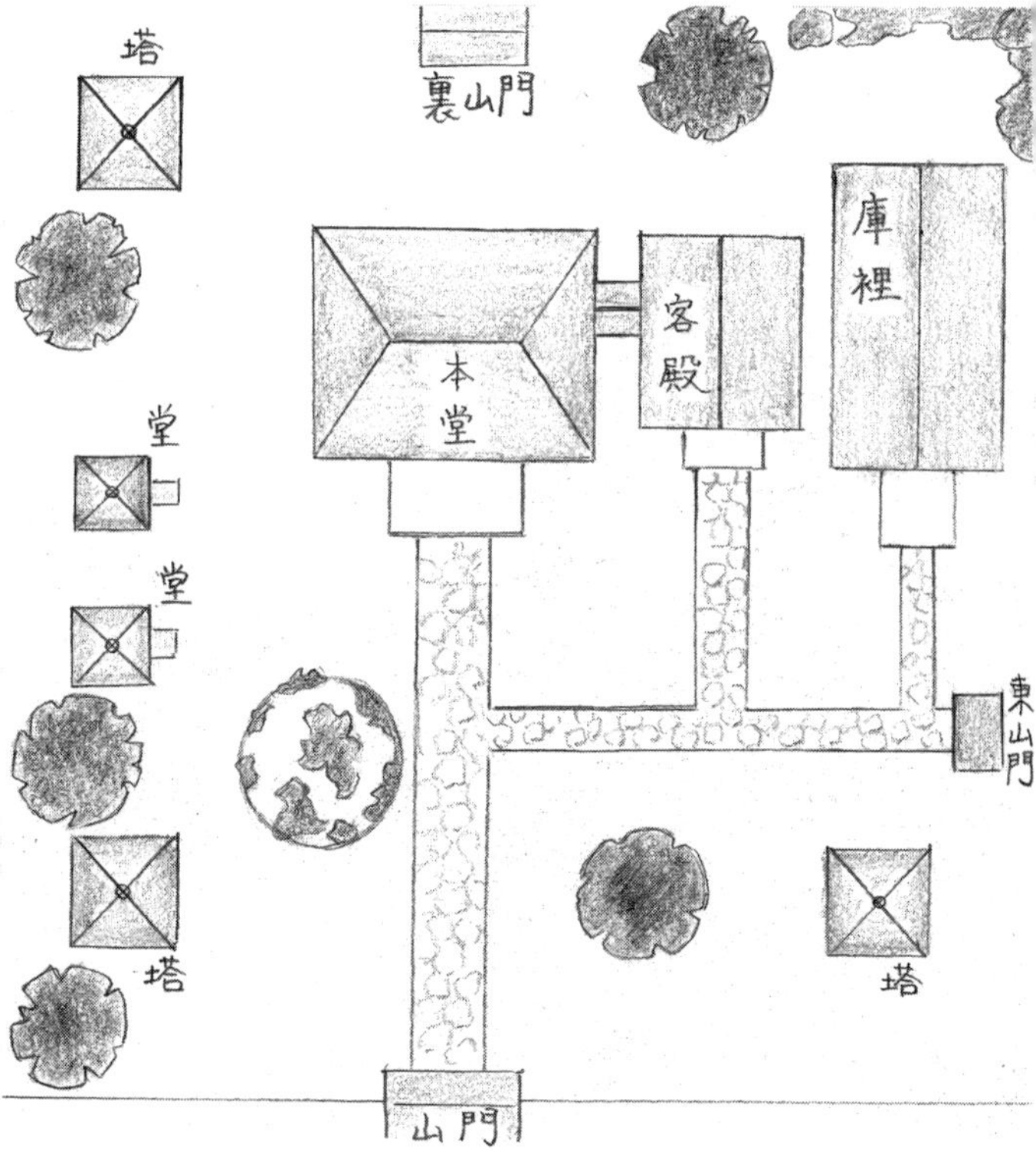

「本当ですね。それなら仮《かり》の本堂やお庫裡《くり》はどうするのですか？」とたずねると、

「いや、そこなんだよな、このお寺はすごく土地が広くあるから、今の建物は全てそのままにして、新しく建てるものはそっくり裏の方に造るんだ。そして新しい本堂や客殿、庫裡が完成したら全てをそちらに引越しするんだ。そして今の建物を壊した跡地に立派な庭園を創《つく》るんだよ」と成瀬は大まかに説明した。志

保は
「ワー凄いですね。今でも立派なお庭なのにもっと広くするんですか」と言うと、成瀬は
「そうなんだよ、そこに鬼子母神堂《きしもじんどう》、大黒天堂《だいこくてんどう》、そして三重塔《さんじゅうのとう》を三塔も建てるんだよ。本堂が十五間四方の大きさだ。内陣がまた飛び抜けて凄いんだ。なにしろ内々陣と内陣そして外陣、それに特別な位牌堂も本堂内に造るんだよ。更に客殿が八十坪、庫裡が百五十坪、全部で五百坪以上の建物だ。それを建てても広い境内はまだまだ一万坪も余っているから、そこにかつてない墓苑《ぼえん》を考えているそうだ。これは立派な伽藍《がらん》になるぞ」
と何かを想像するように作業場の一点を見て言った。
志保は
「よかったですね。こんな大きな寺院《じいん》建築になるとやっぱり成瀬工務所の仕事ですね。この前は池元邸、今度は大寺院、遣り甲斐《やりがい》のある仕事ですね。楽しみだわ！　バンザーイ！」
と小躍《こおど》りして悦《よろこ》んだのであった。
成瀬一法《なるせいっぽう》は、そんな志保の屈託《くったく》のない姿と素直な性格が愛くるしく、自分の娘のように思ったのであった。成瀬は
「ありがとう。また頑張って行こうな！」
と志保を見た。志保は声をはずませて

「ハイ！　よろしくお願いします」

と深く礼をした。成瀬は更に続けた。

「なあー志保君。土木工事や大工工事そして君らがやる木工事などに関する工事は全て俺らが出来るが、問題は仏教画だ。ご住職さんは余程仏教に精通し、尚且つ斬新な感性を持ち、大胆な発想表現が出来る画家を紹介してくれと言っているんだ。しかしこれは難しい。俺《わし》は仕事柄、昔から伝わる浄土や地獄絵図、それに明王《みょうおう》や菩薩《ぼさつ》に関する絵はいろいろ観て来たが、どれもだいたい同じような絵でご住職さんの意図に合わない様だ。『悲しい時も、嬉しい時も、怒《いかり》が爆発する時や矛盾とか憤《いきどお》りを感じた時も、絵を観ると老若男女《ろうにゃくなんにょ》全ての人の心が安穏になり、明日への希望が湧いてくるような、そんな素晴らしい絵が描けないものか』とご住職さんは望んでいるんだ。そんな理想に満ちた絵が描ける画家がいるのかなあー。志保君、何か妙案はないかね。何時《いつ》だったたっけなあー、五人ほどの子供が一人の子を苛《いじ》めていた時だった。君はその場を通りかかり足を止めてこれを見ていた。

　そして君は注意をせずに皆にお不動さんの話をして見事に苛《いじ》めを止《や》めさせたことがあった。俺《わし》は物陰で聞いていたが、あの話は面白かった。そのせいか、あのいたずら者の子供達はそれから苛めるのを止め、正義の味方に変身したんだ。俺《わし》はあの時ビックリしたぞ。あの苛められていた子供はすぐ隣りの子だが、あの時以来メソメソしなくなった。それればかりか、あの苛めっ子達は以前と比べると、とても礼儀正しくなったんだよな。俺《わし》は不思議な事もあるもんだなあー、もしかしたら本当にお不動さんが現《あらわ》れたのかなあーと思ったよ。絵もあの話のように観る人の心に通じるように描けるといいなあ。そして自戒《じかい》の念が生まれると最高だなあー」とダルマストーブに木片を入れながら志保に語った。志保は
「あら、そんな事があったのかしら。え～覚えていないわ。私ったらどんな話をしたのかしら、もう～駄目ですね。恥ずかしいわ、今度その子供達に逢ったらどうしましょう」
と赤くなりながら、志保は
「私の事は別にして、皆さんが安心出来る様な絵を描ける人がいたらいいですね。父はいつも願えば叶うと言っていました。私はきっと素晴らしい画伯さんに巡《めぐ》り逢《あ》えると思います。だってそれは皆《みんな》の願いですもの」
と微笑んで応えた。成瀬はコックリと頷き、
「そうだな、時間はたっぷりとあるから、ゆっくりとご縁を待つとするか。でもなあ、ただ待つだけでは能がないから、俺《わし》も仏教の勉強をする必要があるかもな。人の心というものは一寸した事で変わる場合が往々《おうおう》にしてあるもんだ。どんな事でもそうだが、一《ひとつ》の事を通じて世のためになれば、それこそ理想だよな。俺《わし》らの仕事は人様《ひとさま》の住《す》む家造りだ。気に入ってもらえば一生どころか末代《まつだい》まで大切にしてもらえるが、その反対ならば一生建主一族が

《あんな工務店に頼んで失敗した！　あんなのは騙《だま》しだ！》と生涯悔《く》いを残してしまう。それは罪だ。その責任は重大なんだよ！　絵も、字も、俺《わし》らの仕事も一刀入魂《いっとうにゅうこん》の思いで創作し、施主の夢を満たす気持ちが、自《みずか》らを充実させ良い仕事が出来るんだ。建築で最初に取り掛かる工事は基礎造りだ。寸法が毛の太さ程でも違ったら大変な事になる。だから絶対に正確でなければならない。そのために、職人は赤ん坊の頬をそっと撫《な》でるようにして、基礎を仕上げているんだよ。そして一厘一毛《いちりんいちもう》も違わない完璧な基礎を完成させているんだ。そして、その上に大工達は吟味をこらした材を使用して土台を造り、柱を建てていく。一寸《ちょっと》でも狂っていると、どんな高価な材質の柱を立てても完全な家は出来ないんだ。そうして気を配り順を追って一つ一つ何千、何万という工程を経て、何百日もかけて目標に向かって創作する訳だ。それ故に完成まで気が抜けないのが俺等《わしら》の業《ごう》というもんだ。その意味では志保君も同じだろうな。そこでだ、気分転換と良い智恵を授かりに千光寺《せんこうじ》の五本杉を拝《おが》みに行かないか」

と成瀬は志保を誘った。志保はその刹那《せつな》飛び跳ねるようにして、

「ハイ！　喜んでいきます！」と言った。

二人は自転車でゆっくりと周辺の景色を見ながら飛騨千光寺《ひだせんこうじ》に向かった。

やがておごそかで巨大な五本杉の下《もと》に二人は並んで跪《ひざまず》き、合掌したのであった。

神秘に満ちた雄大な山々に囲まれている高山盆地の千光寺にいると、次々と人が集まって来る。

〝五本杉のある清麗《せいれい》な処に人は憧《あこが》れているんだ〟そう思った志保は、ここから神仏《しんぶつ》の世界が見えるかも知れないと思った。

同時に神仏はみんなを見ているとも思った。人々は白い息を吐いて元気に人間修行をしている事を神仏に知らせているようにも見えた。

志保は娑婆世界に居る事を忘れ、神仏の懐に抱かれているのを実感し思わず、

〝神様《かみさま》、ほとけさまありがとう！　みんなありがとう〟と心の中で叫んだ。

成瀬は声を出して
「本年も皆、無事で良い仕事が出来ます

ように」

と合掌三拝したのであった。

（十八）

志保が体験して来た昭和前半期の日本は大波乱の連続であった。

ポツダム宣言を受けた日本の国民は、総じて真っ黒になって働いた。

国策によって各地に工場団地が造られて、大量生産、大量販売が進んだ。

しかし志保が三十五歳くらいの頃から、その画一的《かくいってき》な量販物から個性を重視する傾向に移り始めたのであった。

そのため個性を満《み》たした多品種《たひんしゅ》が続々と作られた。

さまざまな業種の小売店が大型店に傾向するのもこの頃であった。

インフラ整備、道路整備も進み、大型自動車や一般普通自動車などが大量に造られ、物流は活発になった。

志保が三十九歳の時、東京オリンピックの開催によって、首都高速道路や、東京から新大

阪間を三時間余で結ぶ東海道新幹線が開通するなど目まぐるしく進化した。

そうした日本の変化は飛騨高山盆地にも届き始めたのであった。

家庭用電化製品も充実し、自動洗濯機や炊飯器、テレビ等さまざまな物が行き届き、戦前の日本とは全く異なる新次元のようになってしまった。

志保は結婚もせず母との生活を楽しんでいた四十二歳の時、

「ねえ、お母さん、この家もあちこち傷んできたから、もう少し便利な所に土地を買って新しい家を建てない？」

と提案した。母静は

「そうね、思い出が沢山詰め込まれた家だけど、確かに古くなってしまったね。私はかまわないわ。でもお父さんが作ったお仏壇は持って行きたいわ」

とやさしく応えたのであった。志保は

「もちろんだわ、それじゃそうするか」と言って土地を物色したのである。

土地は知り合いの石橋不動産が三百坪強の住宅地を提案して来たので、志保は母と共にその土地を購入した。

志保は母の希望を全面的に取り入れ、近代設備を整えた家を成瀬工務所に依頼し、内装工事等は志保と母静の設計で共に進めた。

母静は、図面の段階から積極的で大工達とも仲良くなり、棟上《むねあ》げから造作と進んでいく工程と職人達の技《わざ》を見るのを楽しみにしていたのであった。

そして次第に仕上がっていく部屋を見て「この部屋には何を飾ろうかしら」といろいろと自分の考えを示し、また庭に出ると「ここにはどんな木を植えようかしら」などと職人達と楽しげに話している。

その姿はまるで少女時代に戻ったかのように溌剌《はつらつ》としていた。

志保は母の飛び跳ねるような元気な姿を見て、この上ない嬉しさを感じていた。母静は
「志保ちゃん、なんと大きく素晴らしい家だこと。庭も和洋の風情でまるで天国のようね。お父さんもさぞ満足してくれていると思うわ。あなたのおかげでお母さんは最高の幸せ者よ。ありがとう」

と感無量の悦《よろこ》びを示し、志保を称《たた》えたのであった。

志保は別棟も建てた。そしてそこをさまざまなデザインなどを構想するアトリエとした。母屋と渡り廊下で結び、建築、建具、寺院仏具、家具を始め洋裁など多岐《たき》に渡る発想教室を造り、志保を慕《した》って《弟子《でし》にして》と願ってくる人の学び舎としたのであった。

母静も志保の弟子と称する若い娘《こ》と毎日顔を合わせる事を楽しみに至福の時を過ごしていたのであった。

そしてそれから五年後、母静は七十九歳になって寝込む日が多くなって来た。

子供達の願いと歌代の勧めもあり、高山市の病院に入院した。

この頃、歌代は岐阜の国立病院に勤務していたので、四人で相談した結果、見舞の時間がたっぷり取れる近くの市立病院に決めたのであった。

進、波江、志保は毎日交代で見舞いに行き、何かと声をかけ励ましていた。

歌代も十日に一度は駆け付け、

「お母さんは病気じゃないのよ。今まで頑張って来たから、神仏さまが少し休みなさいと言って休暇をくれたのよ。だから何にも心配する事はないわ。私が言うんだから間違いないわよ、へへへ」と明るく元気づけていた。母静も
「ホホホ、歌代の言葉は専門家として重みがあるね、ありがとう。早く家に帰って、あなたの好きな赤飯《せきはん》をたっぷりご馳走するからね」と応じて楽しそうにしていた。

しかし日増しに体力が衰えて行くのが見てとれたので、志保は付きっきりで看病を続けていた。今日も母の傍で、しずかに見舞いの花を花瓶に入れ替えていると、

「そこに居るのは志保ちゃんなの……」と母静は弱々《よわよわ》しく声をかけた。志保は
「ハイ、お母さん、なに?」と顔をのぞき込むようにして応えると母は、「志保……」と言ってしばらく志保を見つめ、

「わたしは今、昔を振り返って改《あらた》めて厳しかった時代を思い出していたのよ。戦後四十年、激しく変動する時代にあなたは、良く大石社長さんやお父さんの代わりに難しい舵取《かじとり》を見事に成《な》し遂《と》げたね。本当にご苦労さまでした。さっきお父さんとその話をしていたのよ。お父さんはすごく悦《よろこ》んでいたわよ」

とやさしく志保を誉《ほ》めた。志保は

「私達が無事にここまでになれたのはお母さんのおかげなの。でも未《ま》だ道半《なか》ばなのよ。これからが本当に良くなるのよ。親孝行の本番はこれからよ。だから元気出してね。私達は皆《みんな》お母さんが心の支《ささ》えなのよ。百歳まで元気でいてくれたら、もっともっと悦《よろこ》んで貰えるようになるからね。早く良くなって家に帰りましょう」

と必死に励ました。母は

「もう充分親孝行してもらっているわ、だからもういいのよ、ありがとう……。志保……、ご免ね…眠くなっちゃった」と言って目を閉じたのであった。志保は

「そう、無理しないでね、それじゃあ少しおやすみなさい」

とそっと布団を直したが、かつてない焦《あせ》りを感じて、看護婦に主治医に逢《あ》いたい旨《むね》を伝えた。程なく主治医が来て慎重に診察し、沈痛な表情で

「ご家族に連絡して下さい。大変重篤《じゅうとく》な状態にあります」と小声で告げたのである。

志保はビックリして高鳴る動悸《どうき》を抑《おさ》えるようにしながら、すぐに長姉の波江と長兄の進に連絡をした。進は歌代に電話をかけ
「母さんが危篤だ。すぐに来られるか」と言うと、歌代は
「エッ！」と言って絶句した。進は
「オイッ！　歌代！」と呼びかけると、
「お兄ちゃん、……私、私……」と言って泣き出した。進は
「しっかりしろ、大丈夫だ！　なるべく早くな」と言った。歌代は
「ウン、今すぐ仕度《したく》して行く」と言って電話を切った。
その夜、皆《みんな》は揃って母の傍《そば》に居た。進は
「母さん皆《みんな》傍に居るよ、解るか」としずかな口調で呼び掛けるように言ったが、母静は
「……」無言でかすかに頷《うなず》くのみであった。歌代は
「お母さん私よ！　目をあけて！」と叫ぶように声をかけた。波江も「波江よ！　お母さん！」と言って両手でそっと手をとったが、微《かす》かな反応しか返ってこなかった。
歌代は事態の重大さを感じ、看護婦の動作と主治医の目を見た。
主治医は脈を測りながら首を振り「皆さんで呼びかけて下さい」と言った。
志保は全身の血が一挙に引く事を感じた。そして母の身体《からだ》を揺《ゆ》するようにして、必死で

「お母さん嫌よ、私を置いて行かないで」と言ったが何の反応も示さなかった。志保は「嫌よ！　嫌、嫌!!　お母さん!!　お母さん!!」と泣き叫んだ。皆も、一斉に「お母さん!!」と叫んだ。

するとと母静は、最後の力を振り絞るようにうっすらと目を開《あ》け、聴《き》きとれないようなか細い声で「みんなありがとう」と言ってしずかに息を引きとったのであった。

志保は自制心を失い、「お母さん！」と言って母の胸に突っ伏して泣きじゃくった。波江と歌代も、志保と同じ心境で深い悲しみに陥《おちい》ってしまった。

それでも波江と歌代は健気《けなげ》に頑張って来た妹の痛々しいまでの姿に、思わず《志保ちゃん》と言って抱き締めたのであった。

この時歌代は、最愛の母が自然にとけ込むようにしずかに眠る姿を見て、その気高《けだか》さに菩薩の存在を彷彿《ほうふつ》したのであった。

そして豁然《かつぜん》として母の教えが目の前に広がって行くように思ったのである。科学や医学がどのように進んでも、到底届かぬ世界があるのだ。そこは人智の及ばぬ素晴らしい浄土であるという事も想像出来たのであった。

そして十二歳で浄土に帰った原口という少年が、臨終の時に歌代に語った言葉を思い出していた。

歌代が原口の額《ひたい》に自分の額《ひたい》を付け囁《ささや》くように語りかけた刹那《せつな》の事だった。

「原口君、君は何で病気になってしまったのかしら？　可哀相にね。でも浄土にいったらその忌《い》まわしい病気から解放されるわ。そしたら元気な天子になって、どんな事でも自由自在に楽しく出来るようになるわ」

と言うと、普段思うように話せない言語障害のある原口が、ビックリするような透き通る声で『豊島先生、僕は浄土に居る時いつも原口家の生業を見ていたのです。原口家はどういう訳か、代々《だいだい》悪霊《あくりょう》に祟《たた》られ、どんなに頑張ってもその悪霊から逃れる事が出来ない因縁《いんねん》を持っていたのです。だから僕は原口家に憑依《ひょうい》する悪霊と原口家を救済することを修行の目的にしたのです。そして原口家に生まれる瞬間《とき》、取り憑《つ》いていた全《すべ》ての悪霊をこの身に集《あつ》めたのです。そのために不治の病になったのです。その他《ほか》にも原口家に存在する悪い因縁を絶《た》つ事に的《まと》を絞《しぼ》って来ました。そして今、その目的を達《たっ》したので、長い間行く先を見失って憑依《ひょうい》していた全ての諸霊《しょれい》を連れて浄土に帰ります。これで今日から長い間不幸続きだった原口家は立ち直り幸せになります。無論《むろん》僕もです。浄土に行けず苦しんで原口家に取り憑《つ》いていた悪霊と言われていた諸霊も救う事が出来ます。人間界で十二年間修行が出来たのは先生のおかげです。ありがとうございました』と言った言葉の意味が今はっきりと理解出来たのである。そして浄土の存在が歌代の心の中にありありと浮かんで来るのであった。

貴重な人間界と生業の真理をこの原口から学び、そして今、母からも教示を受けた。

歌代は改めて自分に課せられた使命の大きさを悟《さと》ったのであった。

（十九）

志保は安らかに眠る母の姿の前で呆然自失《ぼうぜんじしつ》になっていた。そして真っ白になった頭の中には世のつれなさ切なさが次々と襲って来る。〃嗚呼《ああ》、無常《むじょう》の風はなんと頼《たの》み難《がた》きものなのか。そして歳《とし》を執《と》ることは何と無慈悲《むじひ》で残酷《ざんこく》なものなのか〃と人の性《さが》と老病死《ろうびょうし》を思惟《しゆい》しても尚、母への想いは募《つの》り悲しみを断ち切る事が出来なかった。

父光男の死は突然の事だった。その悲しみとショックは他に比類のない初めて知った衝撃であった。

しかしその時は母と抱き合うようにして耐え忍び、何とか乗り越えられたように思っていた。

しかし母の死に対しては心の支《ささ》えがない。

三十五日が過《す》ぎ四十九日が去《さ》っても、志保の哀《かな》しみはますます深くなるばかりであった。

母が使っていた物や、写真、ビデオを見ると更に深い悲哀《ひあい》の底に落ちて這《は》い上《あ》がることが出来なくなってしまったのであった。

進も波江も歌代も最愛の母を亡くしたその悲しみは同じだ。

歌代は毎日のように電話をして来る。進と波江は仏壇の前で心の対話をして悲しみに耐えている。

ある日、仏壇の前でメソメソしている時であった。突然やさしい母静の声が聴こえた。志保は〈ハッ！〉として周囲を見たが、母の姿はなく只《ただ》いつものやさしい声だけがはっきりと聴こえたのであった。

それがどう言う事か解らなかったが、その声だけで〈ワッ！〉と泣き崩れてしまったのである。母は、『志保や、あなたが毎日そんな風に泣いていると、私も悲しくなってしまうのよ。その反対に嬉しい報告を受けると、とても楽しくなるのよ。それはお父さんも、文彦も、お爺《じい》ちゃんもお婆《ばあ》ちゃんも同じよ。それはかりか、進も波江も歌代も、そして社員のみなさんも同じよ。愛別離苦は人生の中で一番過酷な苦しみなの。でもこの事は世界中の人が経験しているのよ。そして誰でも皆《みんな》、耐《た》え忍《しの》んでいるのよ。厳しい言《い》い方《かた》になるけど、亡くなった大切な人に帰って来てと何千回、何万回と唱《とな》えても、それは絶対に無理なことなのよ。そうは言ってもその深い悲しみや虚《むな》しさから脱却することはとても難《むずか》しい。お母さんもお父さんが病院で突然亡くなった時は、全《すべ》てが信じられなかった。二人で同じ目標を持って、どんな苦しい事があっても互《たが》いに助け合い語り合って毎日を過ごして来たのに、ある日突然他界《たかい》するなんて思いもよらない事だった。私はその瞬間《とき》から四十九日くらいまではなんとか、フラフラしながらも過《す》ごせたけれど、その後は〝ああー、お父さんは本当に死んでしまったんだ。もう話し相手がいなくなってしまったんだ。もう二人で力《ちから》を合わせる事が出来なくなってしまったんだ。もうお父さんの世話をする事が出来なくなってしまったんだ〟と思った時、その虚《むな》しさ寂《さみ》しさは言葉に表現出来ない大きな衝撃となって初めてお父さんの死を感じたわ。それから毎日、絶望感に襲《おそ》われて何をする気も失《う》せてしまったのよ。いつかは必ず来る連《つ》れ合《あ》いとの別れ、その事は充分理解しているつもりだった。でもそれが現実となった時、毎日の食事の仕度にお父さんの分も作ってしまう。お箸やお茶碗を見る時などはとても辛い気持ちになってしまう。気概《きがい》を失《な》くした自分に、覆《おお》い被《かぶ》さるような悲しみから私は逃《のが》れることが出来るかしらと、すごく不安になったわ。そして、もうどうでもいいわ、早くお父さんの処へ行こうと思ったことも度々《たびたび》あったのよ。そんな時、お父さんと過ごした嬉しかった事や辛《つら》かった事などを思い出してノートに書いたの。書いている時は悲しさが倍増して大泣きに泣いてしまったわ。それから毎日毎日誰もいなくなった時に次々とノートに書きながら泣いたの。そうしたら、最初に書いた思い出のノートを二回目に見る時はもう泣かなくなったのよ。その繰り返しを一ヶ月ほどしたら、少しずつだけど自分を取り戻してきたわ。人によってその思いは異《こと》なるかも知れないけど、思い切って大泣きして帰って来てと言っても、それがどれ程虚《むな》しい事かが次第に解って来たわ。気持ちが上向きになって来た時に、私は未《ま》だあなた達のために役に立つ事があるかも知れないと思うようになったのよ。皆《みんな》がお母さんの事を思ってくれる事は嬉しいけど、悲しんでいるあなたを見るのはとても辛いわ。志保ちゃん、気を取り直してね。今あなたは人のため、社会のためにやらなければならない事が山積《さんせき》しているのよ。ね、だからもう泣かないでね。あなたが悲しむと周《まわ》りの人も辛《つら》くなるのよ。どう思う』と母の声はやさしくもあり、心に届く凛《りん》とした響《ひび》きがあった。

志保は〈ハッ!〉とした。〝そうなんだ。私の優柔不断は兄や姉、そして多くの社員達も巻《ま》き添《ぞ》えにしてしまっていたんだ。そればかりか浄土に安住《あんじゅう》して居る父母や文彦兄ちゃん、それにご先祖さままで悲しませてしまっていたんだ〟と思ったのである。

人間が持つ四苦八苦の一片で、老病死や愛別離苦の真理を説《と》いてくれた母の教えが身に沁みたのであった。

志保は考えを新たにする事を亡き母に誓って、出来るだけ嬉しいことや楽しい事などを仏前で報告し、心の対話をするようにしたのであった。

そしてその日から、毎日弟子として通《かよ》っている娘達《こたち》も大石製作所の全ての人も、志保の変わりように〈ホッ！〉としたのであった。

一方、姉の波江や元次郎と起こした最先端事業を始め、食品、木工などは衰えることなく順調に推移していた。

全ての役員を務める志保は悲しんでいる余裕はない程多忙を極めていた。

この時、志保は五十二歳、最愛の母を亡くした大きなショックでなかなか立ち直る事が出来ずにいた時期も過ぎ、やっと自分を取り戻し、事務椅子に座り「フー！」と大きく息を吐いた。

傍にいてデザインを学んでいた二十五歳になる沢田則子は、

「あら先生、大きな吐息で、なにか良い事でもありましたか？」

と和やかな目をしてたずねた。志保は
「アッ！　ご免なさい、別になんでもないのよ。でも、沢田さん一寸私の話を聞いてくれる？」

沢田は志保から話を持ちかけられた事におどろき「ハイ喜んで」と咄嗟《とっさ》に応えた。

志保は遠くを見る様な眼差《まなざし》しで、

「あれは私の二十代後半から三十代にかけた時だった。忘れもしない出来事が次から次へと起きたのよ。境内地《けいだいち》が一万二千坪もある本妙寺《ほんみょうじ》さんの本堂、客殿、庫裡《くり》、三重塔、大黒《だいこく》天堂《てんどう》、鬼子母神堂《きしもじんどう》などの大伽藍《だいがらん》を成瀬棟梁が四年余の期間を要して建立したの。ご住職、大《おお》内日勝上人《うちにっしょうしょうにん》さまが希望していた襖絵がいよいよ完成する時だった。成瀬棟梁が突然倒れたのよ。私はビックリして、膝がガクガクして一歩も歩く事が出来なくなってしまったのよ。でも、やっとの思いで成瀬さんの傍《そば》に這《は》って行き、『棟梁、棟梁』と大きな声で叫んで顔を見ると、棟梁はとても穏やかな表情で目を閉じて、口元をしっかり噛み締めるようにしていたの。私はその時、棟梁に言い知れぬ威厳を感じたのよ。大きな仕事の先が見えた安堵感もあったのか、脳溢血を発症してしまった。幸い軽く治《おさ》まり本当によかった。でも一時は騒然としてどうなるのかと思ったわ。重道さんが良く後を受け継ぎ、仕事の面では何の支障もなかったので安心したのよ。それから棟梁は大事をとり、三年ほど入退院を繰り返して、あっけなく浄土に帰ってしまったのよ。あの時私は、物凄いショックを受け暫くの間、地に足が着かない思いだった事を今《いま》も昨日《きのう》のように思い出すわ」

と沢田や他の弟子達に語ったのである。

志保は成瀬と共に遣《や》り遂《と》げた池元邸や本妙寺の大伽藍を見る度に、いなせな棟梁や多くの職人達の顔が次々と頭に浮かび、懐かしさと共に人の世の虚しさを味わった時でもあった。

時代の流れはスピードを増し、一般家庭にさまざまな新しい文化が取り入れられ、志保が若い頃に試行錯誤して作った物より、はるかに合理的な物がどんどん取り入れられていた。

上下水道などのインフラ整備が充実する事によって井戸も極端に少なくなり、床上の部屋に台所を造り、風呂場のとなりに電気洗濯機を置くなど、ほんのひと昔前では考えられない文化生活である。

更に炊飯器や電子レンジなども普及《ふきゅう》し、主婦達は時間の余裕が出来るのでパートタイマーとして外に出て働くようになった。

大石製作所は大活況で人を増員しても追い付かない状態にあった。

しかし昭和五十年代、大石美千代夫人も亡くなり、秋山、山根、池田も浄土に帰ってしまっていた。

年長《ねんちょう》の頼《たよ》れる人が皆《みんな》亡くなっている事に改《あらた》めて思いを馳《は》せて、自分が大石グループの先頭にいる事を再確認したのであった。

志保は強い重圧感と心細さに身が縮むような時もあったが、その反対に今までにない強い責任感を覚えていたのであった。

波江、元次郎の存在がもしなかったら、果たしてこんな気概《きがい》が持てただろうか？

連れ合いを持たない志保の孤独がこっそりと、のぞき見られる年頃でもあった。

波江と元次郎の長男、明宏《あきひろ》と長女の敏子《としこ》、進の長男、健治《けんじ》、文彦と芳子の子である芳彦の四人も立派に成長して事業の中枢になっている。

志保は〝ようし！　基礎造りをしてくれた大石夫妻の思い、父光男と母静の思いをかけた人生本番の挑戦だ！　頑張るぞ！〟と強く心に誓ったのであった。

高度成長期の時代から徐々にバブル景気が始まっている事を多くの事業家は知らなかった。

しかし志保と波江は、池元の講演の時に、『日本はかつて経験した事のない偽物《にせもの》の好景気に必ず直面する時が来る。そのような事になる前から気を付けないと日本の企業は崩壊する。それは需要を超えた絵空事《えそらごと》の世界、つまり泡《あわ》のように実体経済とかけはなれた相場が日本中を駆《か》け巡《めぐ》るんだ。そんな恐ろしい事に巻き込まれたら大変な事になる』と警告していた事を思い出し、生産の拡大及び販路を広げる事もしなかった。

そんな折、日経平均が二五、七〇〇余円の時であった。

アメリカのダウ平均は突然五〇〇ドルを下げたのであった。

その衝撃を受け日経平均は三、八三六円余の下げを記録したのである。

しかし翌日は二千余円高となるなどの乱高下を繰り返しながら、バブルの膨張《ぼうちょう》と共に史上最高値三八、九一五円余を付けたのであった。だがそれを頂点に下げが下げを呼び、株式市場は大混乱になったのである。

一九九〇年、中東で湾岸戦争が勃発した頃から、日本のバブル景気は崩壊の一途を辿ったのであった。

銀行や証券会社が破綻し、中小零細企業の倒産は悲惨を極めていた。不動産業はその最《さい》たるものであった。そんな世情の中、大石グループは池元の警告を守ったおかげで、バブル被害は最小限で済んだのであった。志保は役員会議で、

「バブルで我が木工業界の倒産は多くを数え、当社のライバルは半数以下になってしまった。しかし海外でも作られる粗悪な品が大量に出回って来る事は確実です。ですが、そんな製品に対抗する事をしていたら日本の文化は衰退する事になってしまう。創立者の大石秦一《しんいち》郎《ろう》氏は、『我々の仕事を通じて世に貢献出来る事は飛騨高山文化の伝承だ。どのような世の中になっても手を抜かず良い作品を創《つく》らなければならない。毎日消費されるものと違い、大切にしてもらえれば何百年も受け継がれる日本の宝を造る、それが大石製作所に課せられた仕事である』と常々言っていた。私達はその言葉を根本として更に精進する事を誓いましょう。次に今後、会社の安定基盤となるべく組織改革を行う必要に迫《せま》られています。皆さんはどうしたらより安定的な運営が出来るかをテーマにして議論を尽くして下さい」

と命じたのであった。

半年後、波江のリードで、明宏、敏子、芳彦、健治の他十名の役員達が工夫を重ね、完璧な基盤を構築したのであった。

大石製作所の社名も、株式会社飛騨大石と変えていた。

社員も五十人に拡大した。そして志保は、波江と元次郎と共に研究をして来たミネラルウォーターの生産会社、加えて高山特産品の会社、そして更に芳彦を代表として岐阜山県市《やまがた》に特殊な半導体の研究所を設けて順調に進めた。

それから数年、ミネラルウォーターは高山盆地の湧水がミネラルが豊富で無菌に近く美味であったので全国に広がった。

また肥えた土壌から生産される農作物は京都と同じように希少価値があるため、漬物類の評判は群を抜いていた。

木工、水、特産品の三工場の敷地は一万坪余となった。

芳彦がリーダーとして進めている、特殊な素材と技術により半永久的に劣化しない半導体基盤は世界に類のない希少なものとなり、世界の注目の的となった。

事業所は岐阜県山県市大桑《ぎふけんやまがたしおおくわ》に二万坪の敷地を確保して確実な運営をしているのであった。

その時七十一歳になった志保は、今後の日本の流通が世界規模になり大きく変化して行く事に強い違和感と危機感を持ったのである。

そのため事業の拡大に対して警戒感を持つと共に、今まで培《つちか》ってきた事業の安定と技術者の養成に力を注ぎながら、慎重に遂行して行ったのであった。

時は夢幻の如くに過ぎ、平成二十三年三月五日を迎えた。

大石グループの名誉会長になっていた志保は八十六歳になり、山形県の新庄盆地と天童市を含む山形盆地に水資源等の視察のため、五日間の予定で訪れていた。

視察人数は志保の他十九名であった。進の長男健治は食品部門の代表、元次郎と波江の長男明宏は木工部門の代表、同長女の敏子はグループの総監査役、文彦の一子芳彦は半導体部門の代表でそれぞれ部下を従えての視察であった。

出羽山地や神室山地、そして奥羽山脈に囲まれた雄大な盆地で、高山盆地とは異《こと》なる特質を持っていたので、志保は若い時から興味を持っていた。そのため年齢にめげず精力的に動き回《まわ》ったのであった。

ホテルの食事も盆地特有の魅力があり、視察の実りは大きかった。

そして三月十日の朝、関係者に見送られ自社のバスで帰途についたのであった。

翌三月十一日午後、志保が視察の疲れを癒《いや》すため、自宅のテレビで国会中継を見ている時に地震があった。それは二時四十六分、総理大臣の答弁中に画面が切り替わり、思いもよらない巨大地震が発生している事を報じたのであった。

志保はビックリして画面を凝視していると、弟子達が側《そば》に来て皆テレビに釘付《くぎづ》けになってしまった。

特殊映画と見紛《みまが》うほど凄《すさ》まじい光景が刻々と報じられている。

三陸沖を震源とするM9・0震度7の国内観測史上最大の巨大地震であった。陸前高田市や名取市、そして仙台空港など各地を十メートル以上の大津波が襲っている有り様をヘリコプターから実況放送されていた。大火災も発生し手のつけられない状態である。

三陸海岸は壊滅状態になってしまった。

その地震の規模は、北海道、青森、岩手、宮城、福島、山形、新潟、栃木、群馬、茨城、千葉、東京、埼玉、神奈川、山梨、長野、静岡、愛知など途方もない大きさであった。

翌々日になって、福島原発放射能漏れという特大の見出しで、原子力発電所第一号機建屋が水素爆発で吹き飛んだ事を大写真入りで新聞各社は報じたのであった。

志保は阪神・淡路大震災の事を思い出していた。テレビや新聞は連日、ことの成り行きを報じ、通信、物流、燃料及び電気等が不足している事や、避難している人達の大きな混乱を報じていた。

政治はストップ状態になり、先の見通しが立たない事も大きく報じていたのであった。

志保はあまりにも巨大な出来事のため、〝今後日本はどうなるのか？　短期間で復興は出来ない。大変な事になる〟と危機感を覚えると同時に、〝政府は民間と同じ事をすまい、必ずもっと安全策と復興策を講じるだろう。そうしたら考え方によるが、今よりもっと良く変貌するかも知れない〟と思ったのである。

〝基盤のしっかりした日本を創造する。それはあらゆるものを一段上のものに変えて行くであろう〟と思うのであった。

天災にも強く、ましてや人災などは絶対に起こしてはならない事を、犠牲になられた方々《かたがた》が命をかけて教示して下さったのだ。

その尊い教えを絶対に無駄にしないためにも原点から厳しく立て直す。そうする事が犠牲になられた方々に報いる事ではないか。

志保は社会の一員として、何か出来る事はないかと真摯《しんし》に模索《もさく》するのであった。

志保はそれから一ヶ月程して身体《からだ》の変調を覚えた。

急速に目が衰えて来たので、さまざまな会議に出席せず自宅に籠《こも》るようになったのである。

（二十）

心配した健治や明宏、そして芳彦と敏子が揃って様子を見に来て、

「叔母さん、具合はどう?」と言って励ましてくれた。志保は

「ありがとう、あなた方四人は職務柄毎日多忙な事でしょうに、私のために時間をつくってくれて申し訳ありません。でも嬉しいわ。それにしても世話をかけてご免ね。年を取るという事は、こういう事かと実感している処よ。でも今日は何だかとても良《い》い気分よ。今日は偶然かどうか、四人揃っているから一寸《ちょっと》私の思っている事を話してもいいかな」

と優しい声で言った。敏子は

「あら、どんな話かしら、楽しみだわ」と嬉しそうに志保の手をそっと握って目を輝かせた。

健治も芳彦も明宏も同じようにニッコリと微笑んで二人を見ていた。志保は

「お見舞いに来てくれたのに難しい事を言ってしまうけどご免ね。さて今は、アメリカやヨーロッパの諸国も不況なのよ。日本の中小零細企業も二段底とも三段底とも言われ、なか

なか大底デフレ不況から脱け出す事が出来ないでいる。総理大臣が変わって良い結果が生まれるといいけどね。あの太平洋戦争の後、先進国だと言われてきた国はこぞって先詰まっている。なかなか世界経済に刺激を与える材料がなく、手を拱《こまね》いている様子だね。日本も世界の工業国として先進国の仲間入りを果たしたと有頂天になったこともあった。でもやっぱり先詰まって国の借金はとうとう一千兆円を超えてしまったわね。おまけに、大企業との格差は広がる一方で、中小零細企業は全く先の見えない状態が続いている。この事は一般庶民にも当《あ》て嵌《はま》っているわね。この矛盾に加《くわ》え、東日本大震災で大変な被害に遭遇し、途方もない困難にある人々の事を考えると、一日も早く先詰まっているものを取り除き、日本再生を願う事は国民の総意だと思うわ。私もそう願う一人よ。さて内輪《うちわ》の話になるけど、もう少し聞いてね。人は誰にでも予期せぬ困難が思いがけないところから突然襲いかかるようにして来るものよ。そんな時、私はいつも大石家と豊島家が、なぜこんなに親密になったのか、父や母から聞いた話を含めた両家の原点を思うことにしているのよ。この事は私の命の源《みなもと》でもあるのよ。その心の支えでもある思い出は遠い昔のようでもあり昨日《きのう》のような気もする。私にとってはとても大切な気概《きがい》となる宝物なのよ」

と見えなくなりつつある志保の目は、ボンヤリと映る外の光景を追い求めるようにゆっくりと目線を移し更に話を続けた。

「私がまだこの世に生まれていなかった昔、利美夫爺《とみおじい》ちゃんが若かった頃の話よ。日本は明治維新《いしん》が成《な》され、国民は《日本の夜明けだ！　ついに日本も近代国家として動き出した！》と祝い、明治政府が誕生した。そして政府は廃藩置県《はいはんちけん》、秩禄処分《ちつろくしょぶん》、地租改正《ちそかいせい》などさまざまな改革を行った。庶民はその仕組みが良く呑み込めないうちに時《とき》だけは矢の如くに過ぎ、国民の生活は戸惑いをかくせなかった。特権階級にある人や、優越権及び支配権を有する人と一般庶民との資産の格差は著《いちじる》しく、その差は八百倍から二千倍近くに及ぶほどあったと伝えられている。そうした事によって巨大な独占的資本家《どくせんてきしほんか》が誕生したそうよ。そんな世相の中、高山では指折りの豪農と言われていた利美夫爺ちゃんは何とかして事業家になり、高山の発展に尽くしたいという思いから投機詐欺《とうきさぎ》に遭《あ》ってしまったのよ。そうして何代《なんだい》も受け継いで来た豊島家の全財産を〈アッ！〉と言う間に無くしたの。そのため爺ちゃんは、一人息子であった私の父光男《みつお》を仕方なく材木問屋の丁稚小僧《でっちこぞう》として住み込みで働くようにあずけたの。父はその材木問屋で一生けんめい陰日向《かげひなた》なく働いていた。そして人智の及ばぬ不思議な縁《えん》が、大石秦一郎親方によってもたらされたのよ。その行為は、材木問屋から父光男を引き抜《ひぬ》く形で大石製作所の雑役工《ざつえきこう》としてくれた事にあった。その事が切っ掛けで、豊島家と大石家の深い深い切っても切れない絆《きずな》が出来たのよ。つまり劇的な両家《りょうけ》の原点はこの出会いの時点にあったの。それから大石親方はとっても父を大事にしてくれたのよ。木工所の仕事や事業の基本を教えて下さった。そして幼なじみであった父光男と母静が結婚して私達兄姉《きょうだい》が生まれた。明治生まれの父母の暮らしは今とは大変な違いで、俗に言う〈月とスッポン〉の例え通りで現代人には到底考えられない、想像もつかないほど酷《ひど》いものだったのよ。しかしそんな極貧の中であっても、父母は私達全員にやさしく、そして規律正しく接して愛情いっぱいに育ててくれたわ。大正年代、昭和年代と激動時代を文字通り真っ黒になって親方も父も働いたわ。そんな厳しい最中だった。大石親方は腎臓を悪くして亡くなってしまった。父は大変なショックを受けながらも、跡《あと》を継《つ》ぎ懸命に頑張ったけど、やはり内臓の病気にかかり、あっけなく大石さんの後を追ってしまうという最悪のアクシデントがあったのよ。後に残された美千代奥さんと社員全員は途方にくれたのよ。そんな大変な時、お得意先であった成瀬棟梁を始め多くの人達に助けられて、何とか繋《つな》いで最悪の事態を避けることが出来たのは、奇跡だったと今でも思っているわ。本当にあの時は倒産寸前に追い込まれ、胸がドキドキする程必死だった。それから嬉しかった事は、元次郎さんと波江姉ちゃんが結ばれて大石家と豊島家は磐石《ばんじゃく》な絆が出来たことよ。そして大石製作所は運よく多くの人材に恵まれて今に至り、現在はあなた達の力で益々安定した会社になったわ。私は皆《みんな》に恵《めぐ》まれて無上の幸せ者よ。今の私の気持ちは満足感で溢《あふ》れているのよ。これで安心して浄土《じょうど》に帰り大石ご夫妻と父母、祖父母に報告出来るわ。これは全て皆《みんな》のおかげよ、ありがとう」

とやさしく諭《さと》すように話したのであった。

四人はそれぞれ大石グループの責任者だけに、志保の話を真剣に聞いていた。

そして健治は
「そうなのか。今日は素晴らしい話を聞いて良かった。叔母さん、今の話は自分達にとっては掛替《かけがえ》のない宝の様《よう》な話です。一生涯忘れずに心の奥義《おうぎ》にして行きます」

と応えたのであった。

《志保先生の弟子です》と慕《した》って来る見習い社員にもやさしく接し、思い出話や仕事の話をていねいに教えていた。

そんな思い遣《や》りのある志保を、皆尊敬の眼差《まなざ》しをもって、毎日付きっきりで看護をしていたが、平成二十三年五月二十日、志保の容態は急変し危篤《きとく》状態になってしまった。

敏子の知らせに甥《おい》や姪《めい》、役員や弟子が病室に集まっていた。

医師は一同を見渡してしずかな声で「どうぞお声をかけて下さい」と言った。

敏子《としこ》は堰《せき》を切ったように
「叔母さん！　私よ！　敏子よ！　これからまだいっぱい教えてもらいたい事があるのよ！　だから元気を出して！　叔母さん」と取《と》り縋《すが》るようにして叫んだ。健治《けんじ》、芳彦《よしひこ》、明宏《あきひろ》

「志保叔母さん！　叔母さん！」と悲痛な声で志保を呼んだ。

苦労を共にしてきた役員達は、最も敬愛する志保との別れを目《ま》の当《あ》たりにして、〈グッ！〉と拳を握り必死に悲しみを堪《こら》えている。

志保も皆の呼び掛けに応えようとしたが身体《からだ》と心が分離するような妙な気持ちになり、声も出せない状態になってしまっていた。

敏子が握ってくれている手に力を入れたが、それは微《かす》かなものであった。

それでも敏子に届き、顔を近づけて「叔母さん大丈夫よ！」と声をかけてくれた。

志保は思いっ切り息を吸って「ありがとう」と言うのが精一杯だった。

その微《かす》かな声が皆に届いた。

役員達はその声を聞き、思わず声を揃えて《会長！》と叫び嗚咽《おえつ》したのであった。

志保は死を感じた刹那《せつな》、自分の意識とは全く異なり身体《からだ》がフアッと天井辺《あた》りまで浮き上がった感じがしたので、思わず下を見た。

その時、自分の身体《からだ》はベッドに寝ている状態で皆が声をかけてくれている。

志保は咄嗟《とっさ》に思った。〝アッ！　これが魂《たましい》の離脱《りだつ》なのか？　父や母の臨終の時、私に言ってくれた《志保、俺《わし》は死んだんじゃないよ、今までの身体《からだ》は神仏から借りていたからお返ししなければならないが、俺《わし》の心《たましい》は永遠に生きているんだよ》と言われた事が今はっきりと解《わか》った〟のであった。

志保の心《たましい》は次の瞬間、病院の壁や天井などあらゆる区切りが消えて完全な無辺《むへん》の状態になった処にポツンと一人でいたのであった。

志保は〝あれ……、ここは何処《どこ》かしら。何とも壮大でうるわしい処ね。これがあの世という処なのかしら〟としずかに周囲《しゅうい》を見渡すと、遥か北の方角から黄金《おうごん》の光、東の方角から白銀《びゃくごん》の光、南の方角からは瑠璃《るり》の光、西の方角からは頗梨《はり》の光が、あたかも大きなステージに立つ志保にスポットを当てるように照らしてくれている。

そしてその四色の光が次第に空中で交《まじ》わり、荘厳《おごそか》な色彩になり壮大な世界に棚引《たなび》くように広くゆったりと広がっていく。

志保は過去に経験したことのない光景で、心《たましい》の身《からだ》は羽衣に包まれているような心地好《ここちよ》い感触に酔う様にボーッとしていると、壮麗《そうれい》な世界から煌煌《こうごう》しい光がキラキラと輝きながら近づいて来る。

そしてその光の中に父母や祖父母、そして八年前に亡くなった長兄の進、五年前に浄土に帰った長姉の波江、三年前に修行を終えたと言って帰った次姉の歌代、そしてその側に文彦や大石夫妻や成瀬棟梁を始め大勢の人が志保を迎えに来てくれている事が解った。志保は「アッ、お父さん！　お母さん！　進兄ちゃん、波江姉ちゃん！　歌代姉ちゃん！　アッ、お爺ちゃんお婆ちゃん、アッ、文彦兄ちゃん！　アッ！　大石社長と奥さん！　ウワー！棟梁！　オー皆《みんな》！　みんなどうしたの？」

と大声で叫んだのであった。

その時、母静が『志保、ご苦労さまでした。もう今日であなたの修行は終わったのよ』と言った。志保は〝そうか、自分は一日修行をしていたのか〟と思い出し、自分の身体《からだ》のある病床を見た。おごそかな光がまるで病床をつつむようにしてやわらかく光っていた。そして皆が自分の身体に取りすがって、叔母さん！　会長！　と呼んでくれている。

志保は〝ああ—何という事か、娑婆世界から浄土に帰る時にはこうした事があるのか。

「みんなありがとう、おかげで私の一日修行は終わったのよ、ありがとう」

と礼を言い、しずかに光の中に入った。

その刹那《せつな》、志保の身体《からだ》は心不全の状態になり、多くの人に見守られながら、この世の命を終えたのであった。

修行を終えた志保は、兜率浄土《とそつじょうど》に帰って天子ロミルとして人界での生業《なりわい》を振り返って見た。神仏の世界から見るとたった一日にも満《み》たない人界の八十六年。

ロミルは愛別離苦《あいべつりく》や生老病死《しょうろうびょうし》など四苦八苦《しくはっく》を体験した。戦争や大震災、そして恐ろしい津波などで人間界の命を亡くした多くの人々も、極限の状況や苦しさから離《はな》れて清麗《せいれい》で壮麗《そうれい》な浄土に美しく気高い天子の姿になって帰って来ている。

天子に戻った人々は、人界で過ごした時に持っていた煩悩《ぼんのう》は留《とど》まる事を知らなかった。

それ故に苦行《くぎょう》があったのだ。そこに修行《しゅぎょう》としての価値がある、と認識していたのである。そして人間界に於いて歳《とし》を重《かさ》ねるにつれ、いや、四苦八苦の修行を積み、生業《なりわい》の粋《すい》を垣《かい》間《ま》見る事が出来るようになった時、人生は闘《たたか》いだけではない、それは大調和《だいちょうわ》であるという事も知ったのであった。

そこにロミルは人間の持つ夢幻《むげん》の業《ごう》なるものを感じ、何時《いつ》か再び夢幻に於《お》ける修行の続きをして、空《くう》なるものの本質を学びたいと思ったのであった。

そして神仏が天子のために具現《ぐげん》した三次元の奥義の素晴らしさを改めて知ったのであった。天子の修行の目的はあらゆる真理を悟《さと》った仏陀《ぶつだ》のようになるためにある。

ロミルは飛騨高山に於《お》いて、人間形成の根本は誕生前から環境の資質などによって大きく影響を受け宿業《しゅくごう》になることや、幼年期に受ける妙心《みょうしん》の指導が薄紙《うすがみ》を貼るように強固に善業《ぜんごう》が育《はぐく》まれて、その一生までもが定まって行く事を体験し、それを覚《がく》したのであった。

更に八十六年の経験は八万四千の工程の一歩にも満たない修行の一片《いっぺん》である事も理解出来た。

ロミルは浄土三部経で教示している王舎城《おうしゃじょう》の王の事を思った。

王は人や菩薩《ぼさつ》に真理《しんり》を教え悟《さと》りの世界へ導く先生である天人師《てんにんし》、世自在王如来《せじざいおうにょらい》が大勢の菩薩や僧侶《そうりょ》を伴って城を訪れた時、説法を聞く事が出来た。

そして王は、〝ああ、この如来の導きを受ければ多くの国民を救う事が出来る〟と確信し、王の位《くらい》を捨て僧侶《そうりょ》となり、名を法蔵《ほうぞう》として、如来の教えを乞《こ》うた。

以来、法蔵比丘《ほうぞうびく》は四十八願《がん》の誓《ちかい》を立て、五劫思惟《ごこうしゆい》という途方もない時をかけて修行をした。

そしてついにこれを成就《じょうじゅ》して、西方極楽浄土《さいほうごくらくじょうど》の教主《きょうしゅ》、阿弥陀如来《あみだにょらい》になられたことをロミルは知っていた。ロミルも時をかけ神仏が具現《ぐげん》した三次元に於ける奥義を修得するまで、ほとけにならない事を心に誓い、再び娑婆《しゃば》世界に降臨《こうりん》する事を思惟《しゆい》するのであった。

天子ロミルの一日修行　（完）

エピローグ

何故……？の課題

○人はこの世に生まれる前は、何処《どこ》に居たのでしょうか？

○人はどうして、親を選んで、この世に命を受けるのでしょうか？

○何故万物が住む三次元の宇宙が存在するのでしょうか？

○地球は、何方《どなた》が何の目的で創造したのでしょうか？

○人の命は如何《いか》なる価値があるのでしょうか？

○どうして、人間一人ひとりは、異《こと》なる業《ごう》を持っているのでしょうか？

○何故《なぜ》人には、運否天賦《うんぷてんぷ》があるのでしょうか？

○人の運命や宿業《しゅくごう》は、どのような規則や法則によって創られているのでしょうか？

○人は死んだら何処へ行くのでしょうか？

何故《なぜ》？　どうして？　などの課題は追い求めると終わりがないような気が致します。

何故、終わりにこのような事を申し上げるのか？

E
N
S
W

この課題は人類が追い求める究極の問いであり、本書の主題であるからでございます。こうした難問を著名な先生方が示された文献や仏教大辞典を参考にして推理致しました。

その結果、人類誕生の原点まで遡《さかのぼ》ることになってしまったのでございます。

人類誕生の発端は神仏《しんぶつ》の慈悲心《じひしん》より起こされたビックバンがあり、その事により三次元の宇宙が誕生して、そこに教え切れない壮大な銀河が創造されたのでございます。

しかも、三次元の宇宙は膨張《ぼうちょう》し、現在も秒速三十万キロメートルという猛烈なスピードで際限《さいげん》なく拡がっているのでございます。

その宇宙の中に、太陽系銀河があり、そこに奇跡の星、母なる星と言われる地球も生まれたのであります。

そこに人類誕生の原点があった事は申し上げるまでもございません。

しかし起源とされる処はこの三次元ではないのです。

三次元のバックボーンにある毘盧遮那《びるしゃな》の世界、そこが全ての根源なのです。

つまり人智の及ばぬ、超自然的に存在する神仏《しんぶつ》の宇宙〈浄土〉に私達人類の起源があったのでございます。

神仏の宇宙は無始無終《むしむしゅう》で、そのスケールは無限なのです。

それ故《ゆえ》に拙著はこの神仏の世界をこの物語上〈無次元《むじげん》〉と名付けたのでございます。

無次元の宇宙は完全で、しかも清麗《せいれい》な空気が辺際《へんざい》なく充満し、そこに三次元宇宙の千億兆倍もある釈迦牟尼仏《しゃかむにぶつ》が常住《じょうじゅう》する無勝浄土《むしょうじょうど》が煌煌《こうごう》しい光を放って存在しています。そして阿弥陀如来《あみだにょらい》が教主として成り立つ壮麗《そうれい》な西方極楽浄土《さいほうごくらくじょうど》は、清らかな七宝《しっぽう》の輝《かがや》きをもって東西南北上下をおごそかに照らしています。

更に大日如来《だいにちにょらい》の密厳浄土《みつごんじょうど》など数え切れない浄土が存在し、どの浄土も無始無終《むしむしゅう》で微塵《みじん》の汚《けが》れもない円満無上《えんまんむじょう》の世界なのです。

神仏の宇宙に存在する浄土は、いかに科学が進歩しても到底人智の及ぶ事が出来ない神秘に満ちた理想の境地なのでございます。

清麗《せいれい》で壮麗《そうれい》な無次元《むじげん》の浄土に於いて、毘盧遮那仏《びるしゃなぶつ》は全神仏に対して「娑婆世界《しゃばせかい》を地球に存在させ、男女の事を含む財欲《ざいよく》、名誉欲《めいよよく》、飲食欲《いんしょくよく》、睡眠欲《すいみんよく》などあらゆる欲から生ずる煩悩《ぼんのう》と悟《さと》り、生と死、善と悪を混同させ、無常観《むじょうかん》や生老病死《しょうろうびょうし》の四苦に愛別離苦《あいべつりく》、怨憎会苦《おんぞうえく》、求《ぐ》不得苦《ふとっく》、五陰盛苦《ごじょうおんく》の八苦などを修行事項に存在させ、天子達の一日限定にした修行道場に活用したらどうか?」と諸神仏に問い掛けたのでございます。

全《すべ》ての神仏は心に悦《よろこ》びを感じて、その問い掛けに賛成致しました。

斯《か》くして人間界の約百五十億年前に、神仏の神通力《じんつうりき》によってビックバンが起こされ、三次元の宇宙が誕生したのでございます。

しかし、諸神仏の住む無次元の宇宙と異《こと》なり、三次元は宇宙に存在する全ての銀河や星々の命は有限なのです。

従って、奇跡《きせき》の星、母なる星と称される地球も、そして地球に全《すべ》てを委《ゆだ》ねている微生物《びせいぶつ》を含む何兆にも及ぶあらゆる命も有限なのでございます。

神仏の一日は人間界の百年に値《あたい》するという説が〈増劫《ぞうこう》〉という言葉で仏教大辞典に記《しる》されています。

その経典によりますと、

〈人寿百歳《じんじゅひゃくさい》によって一歳を増す〉と教示しています。

この事を簡単に訳《やく》しますと、
娑婆世界《しゃばせかい》に於いて人間となった天子達の修行期間は求める修行内容によって異なりますが、人間となって行う修行は神仏の一日で、人の世界の百年前後と定められたのでございます。

さて増劫という哲学は、人生の全《すべ》てを語るに相応《ふさわ》しい哲学でございます。

一例を申し上げますと、増劫は人寿百年ごとに一歳を増し八万歳に至り、八万歳から減じて十歳になり、また百年に一歳を増して八万歳に至る事を二十回繰り返し、その初めに、〈成住壊空《じょうじゅうえくう》〉と申しまして、仏教哲学用語で成劫《じょうこう》、住劫《じゅうこう》、壊劫《えこう》、空劫《くうこう》の事です。この事柄は国土が成立し（例えば娑婆世界《しゃばせかい》）、そこに人が誕生し、人間世界が形成《けいせい》されて行く期間が成劫《じょうこう》とし、そうした世界が安定している期間を住劫《じゅうこう》として『火災、風災、水災』によってやっとの思いで成《な》した全《すべ》ての物を破壊される期間を壊劫《えこう》と申し、消滅して空《くう》となる期間が空劫《くうこう》でございます。

そして人は再び、何かを成すために命がけで働き、ついに願いを果たす。するとまた何かの災《わざわ》いなどによって壊《こわ》す事になるという事の繰《く》り返《かえ》しが行われているのではないでしょうか？　その事が修行期間になるのであります。

ともあれ増減を繰り返して人寿は最終的には無量歳《むりょうさい》に至る訳でございます。

こうした無限の生業《なりわい》の真理《しんり》を事細《ことこま》かく原稿用紙に書きとどのえると、高さ数メートルでも、もしかしたら足りない文章になるような気が致します。

増劫《ぞうこう》の説明が長文になり申し訳ございませんでした。これより本文に戻ります。

神仏によって娑婆世界が創造され、そこで一日限定の修行が出来る事を知らされた天子達は、人間って何だろう？　と最初はとても不安でした。

ですが、修行を望む天子は無次元から、三次元にある地球の全てを観察する事が出来る事を知らされていました。

そして人間界の親になってもらえる人を、自ら選ぶことも出来ると教えられていたのでございます。

本書の主役であります天子ロミルも、その一人でございました。

ロミルは人間界に生まれる前は、天上界であります兜率天《とそつてん》と言われる浄土《じょうど》に安住《あんじゅう》して居《い》たのでございます。

兜率天《とそつてん》は微塵《みじん》の汚《けが》れもない仏国土《ぶっこくど》で、お釈迦さまも一時お住《す》まいになっていた処です。

現在は弥勒菩薩《みろくぼさつ》さまが常住《じょうじゅう》している浄土でもあります。

この浄土には百千万億の宝樹《ほうじゅ》の葉が、清らかで優《やさ》しく吹く風に身をまかせ、その揺《ゆ》らぎによって奏《かな》でる妙《たえ》なる音色《ねいろ》は、正に瓔珞《ようらく》のふれ合うおごそかさを演出《えんしゅつ》しています。

兜率天《とそつてん》に住《じゅう》する五百万億の天子達の心に、その気品《きひん》に満《み》ちたやさしい音色《ねいろ》は安らぎを齎《もたら》していたのでございます。

宝樹《ほうじゅ》には百千万億の美しい宝相華《ほうそうげ》が咲き、百千万億の宝珠《ほうしゅ》が言葉に言い尽くせない、素晴らしい香りを漂《ただよ》わせています。

その香りに誘われるかのように、永遠の命を保《たも》つ端麗《たんれい》な蝶や絶妙な声で囀《さえず》る美しい鳥が何のかげりもなく、自在に歌や舞いを披露しています。

そんな超自然的な報土《ほうど》でロミルも友達の天子と伴に、散歩をしたり、空中で優美に舞いを楽しんだりしていたのでございます。

しかし、ロミルは人間界（娑婆世界）で修行して、釈迦牟尼仏《しゃかむにぶつ》のようになる事を目標としていたのでございます。

それ故に修行の根源となる娑婆世界で親になってもらえそうな人を模索していたのでございました。

ロミルは、インド、中東、欧州、東アジア、オーストラリア、アメリカ大陸等々、世界中を隈無《くまな》く捜しましたが、なかなか自分の思う人に巡《めぐ》り逢《あ》うことが出来ませんでした。

そんな時、日本列島を観察していた処。

飛騨地方の四季があまりに美しいので興味を持って、更に細部に目を移しました。すると高山町に流れる小八賀川《こはちがかわ》にほど近い処に、さびれた村落《そんらく》が存在しているのを発見したのでございます。

その村落のはずれに小さな平屋建《ひらやだ》てがあり、その家を中心になにやら忙《せわ》しげに働いている女性を見て気を奪《うば》われたのでした。

モンぺに襷《たすき》掛《が》け姿が美しく、その上仄々《ほのぼの》とした家庭の暖かさが浄土まで伝わって来るような気がして、深く心に響《ひび》いたのでございます。

胸《むね》を熱《あつ》くしたロミルはついに、自分の親や兄姉《きょうだい》はこの家の人と決めたのでありました。

親になってもらいたいと選んだのは、豊島光男《としまみつお》とその妻静《しず》でございます。

光男は明治二十五年生まれの中肉中背で、鼻筋が通った顔付き、そして清潔な身嗜《みだしな》みから、ロミルは実直《じっちょく》で心の強い人と思ったのでした。

妻の静《しず》は、どんなに困った事が起きても、周りに配慮《はいりょ》しながらやさしく対応している。そんな端正《たんせい》な姿を見て、ロミルは〝この人だ〟と心に悦《よろこ》びを感じたのでございます。

この二人の住む処は、岐阜県高山町《ぎふけんたかやまちょう》で大雨見山《おおあまみやま》・猪臥山《いぶしやま》・源氏岳《げんじだけ》・栃尾山《とちおやま》・乗鞍岳《のりくらだけ》などに囲まれた高山盆地《たかやまぼんち》でございます。

家族は長男の進《すすむ》十歳、長女波江《なみえ》八歳、次女歌代《かよ》五歳、次男文彦《ふみひこ》二歳がロミルの兄や姉になり、ロミルは末っ子になるのでございます。

浄土から娑婆世界の織《お》り成《な》す時代の流れを見ていると、早回しのフィルムのように激しく変動して行く事が見てとれていました。

豊島家もそんな激しい時代の流れに翻弄《ほんろう》されていたのでございました。

それは、豊島家の継承《けいしょう》の有《あ》り様《よう》や生業《なりわい》を見て、光男の両親の葛藤《かっとう》、そして光男と静の決意が同じ方向《ほうこう》にある事や、心を一つにしてひたすら清く目標を目指している事が、兜率《とそつ》浄土《じょうど》から見ていたロミルの胸を打ったのでございます。

二人は口には出しませんでしたが、豊島家の再興《さいこう》にかける秘《ひ》めたる希望が満ち溢《あふ》れていたのでございました。

二人の覚悟は何代《なんたい》もかけて果《は》たしたいという強い意志がありました。

ロミルは、それ故に二人の子供になり、その秘《ひ》めたる思いを継承《けいしょう》することを娑婆世界に於《お》いての修行にしたかったのでございます。

冗長《じょうちょう》な後書《あとが》きで大変恐縮でしたが、ロミルの誕生前、そして誕生の瞬間、更に一生涯の生業《なりわい》等《とう》に関《かか》わる人々との交わりから生《しょう》ずる様々《さまざま》な出来事や、心の奥に蓄積する善《ぜん》あるいは悪《あく》などによって成《な》し得《え》る根幹《こんかん》の業《ごう》等を本書を通じ、〈何故《なぜ》？　どうして？〉の答えの一片として何らかのご参考になればと、真《まこと》に僭越ながら思考するものでございます。

著者　挿絵　　高藤　吉伸

本作品はフィクションでございます。

天子ロミルの一日修行

2015年7月4日　初版発行

著者
高藤　吉伸

発行・発売
創英社／三省堂書店
〒101-0051　東京都千代田区神田神保町1-1
Tel：03-3291-2295　Fax：03-3292-7687

制作／プロスパー企画
印刷／製本　藤原印刷

ISBN978-4-88142-916-7 C0093